BUKOWSKI

BUKOWSKI

Ao sul de lugar nenhum

Tradução
Isadora Prospero

Rio de Janeiro, 2024

Copyright © 1973 by Charles Bukowski. Todos os direitos reservados.
Copyright da tradução © 2024 por Casa dos Livros Editora LTDA.
Todos os direitos reservados.

Publicado mediante acordo com a Ecco, um selo da HarperCollins Publishers.
Título original: *South of No North*

Todos os direitos desta publicação são reservados à Casa dos Livros Editora LTDA. Nenhuma parte desta obra pode ser apropriada e estocada em sistema de banco de dados ou processo similar, em qualquer forma ou meio, seja eletrônico, de fotocópia, gravação etc., sem a permissão dos detentores do copyright.

COPIDESQUE	Fernanda Marão
REVISÃO	Thiago Lins e Thaís Lima
DESIGN DE CAPA	Flávia Castanheira
ILUSTRAÇÃO DE CAPA	Fábio Zimbres
DIAGRAMAÇÃO	Abreu's System

Dados Internacionais de Catalogação na Publicação (CIP)
(Câmara Brasileira do Livro, SP, Brasil)

Bukowski, Charles, 1920-1994
  Ao sul de lugar nenhum / Charles Bukowski ; tradução Isadora Prospero. – Rio de Janeiro : HarperCollins Brasil, 2024.

  Título original: South of No North.
  ISBN 978-65-6005-171-3

  1. Contos norte-americanos I. Título.

24-191646   CDD-813

Índice para catálogo sistemático:
1. Contos : Literatura norte-americana   813
Bibliotecária responsável: Aline Graziele Benitez – Bibliotecária – CRB-1/3129

HarperCollins Brasil é uma marca licenciada à Casa dos Livros Editora Ltda.
Todos os direitos reservados à Casa dos Livros Editora LTDA.

Rua da Quitanda, 86, sala 601A – Centro,
Rio de Janeiro/RJ – CEP 20091-005
Tel.: (21) 3175-1030
www.harpercollins.com.br

*Para Ann Menebroker**

---

* Ann Menebroker (1936-2016) foi uma poeta americana que, ao longo da carreira, publicou mais de vinte livros, participou de antologias e editou uma revista de poesia. Em 1998, o primo de Menebroker, Roger Langton, lançou um livro em edição limitada de cinquenta exemplares com cartas que recebeu da poeta sobre Bukowski, de quem era amiga, assim como algumas cartas do autor, chamado *Surviving Bukowski: The Relationship Between Ann Menebroker and Charles Bukowski* [Sobrevivendo Bukowski: a relação entre Ann Menebroker e Charles Bukowski, em tradução livre]. [N.T.]

Sumário

Solidão	9
Nheco-nheco com a cortina	17
Você e sua cerveja e como você é incrível	26
Nenhum caminho para o paraíso	34
Política	41
Amor por dezessete e cinquenta	47
Dois bebuns	55
Maja Thurup	63
Os assassinos	70
Um homem	78
Classe	85
Pare de encarar os meus peitos, senhor	92
Algo sobre uma bandeira vietcongue	98
Você não sabe escrever uma história de amor	103
Lembra-se de Pearl Harbor?	109
Pittsburgh Phil & Co.	116
Dr. Nazi	125

Cristo de patins   133

Um empacotador de encomendas com nariz vermelho   142

O diabo era quente   152

Colhões   161

Assassino de aluguel   169

Foi isso que matou Dylan Thomas   175

Sem pescoço e ruim pra cacete   182

Como os mortos amam   192

Todos os cuzões do mundo e o meu   209

Confissões de um homem insano o bastante para viver com feras   233

Nota da tradutora
por Isadora Prospero   263

A luz inútil
por Bruno Ribeiro   267

solidão

Edna estava caminhando pela rua com uma sacola do mercado quando passou pelo automóvel. Havia um anúncio na janela:

PROCURA-SE MULHER.

Ela parou. Era um pedaço grande de papelão na janela com algo colado nele. A maior parte estava datilografada. De onde observava, na calçada, Edna não conseguia ler. Só via as letras grandes:

PROCURA-SE MULHER.

Era um carro novo e caro. Edna deu um passo à frente na grama para ler a parte datilografada:

Homem de quarenta e nove anos. Divorciado. Quer conhecer mulher para se casar. Deve ter de trinta e cinco a quarenta e quatro anos. Gostar de televisão e películas. Boa comida. Sou auditor contábil, emprego estável. Dinheiro no banco. Gosto de mulheres mais gordas do que magras.

Edna tinha trinta e sete anos e era mais gorda do que magra. Havia um número de telefone no anúncio. Também havia três fotos do cavalheiro à procura de uma mulher. Ele parecia muito sério em seu terno e gravata. Também parecia enfadonho e um pouco cruel. *E feito de madeira*, pensou Edna, *feito de madeira*.

Edna seguiu em frente, com um leve sorriso. Também sentia certa aversão. Quando chegou ao apartamento, tinha se esquecido dele. Só algumas horas depois, sentada na banheira, que pensou nele de novo, e dessa vez refletiu sobre como deveria estar realmente solitário para fazer tal coisa:

PROCURA-SE MULHER.

Ela o imaginou voltando para casa, encontrando as contas de gás e telefone na caixa do correio, despindo-se, tomando banho, a TV ligada. Depois o jornal vespertino. Depois indo à cozinha fazer uma refeição. Parando lá de short, encarando a frigideira. Pegando a comida e caminhando até uma mesa, comendo. Bebendo café. Depois mais TV. Talvez uma latinha de cerveja solitária antes de dormir. Havia milhões de homens assim por todos os Estados Unidos.

Edna saiu da banheira, secou-se, vestiu-se e saiu do apartamento. O carro ainda estava lá. Ela anotou o nome do homem, Joe Lighthill, e o número de telefone. Leu a seção datilografada de novo. "Películas." Que termo estranho de se usar. As pessoas diziam "filmes" agora. *Procura-se mulher.* O anúncio era muito ousado. Nesse aspecto, ele era original.

Quando chegou em casa, Edna bebeu três xícaras de café antes de discar o número. O telefone tocou quatro vezes.

— Alô? — respondeu ele.

— Sr. Lighthill?

— Sim?
— Vi o seu anúncio. O anúncio no carro.
— Ah, sim.
— O meu nome é Edna.
— Tudo bem, Edna?
— Ah, tudo bem. Tem feito tanto calor. Esse tempo é de matar.
— É, deixa a vida difícil.
— Bem, sr. Lighthill...
— Me chame de Joe.
— Bem, Joe, hahaha, eu me sinto uma boba. Sabe por que estou ligando?
— Você viu o meu anúncio?
— Quer dizer, hahaha, qual é o seu problema? Não consegue arranjar uma mulher?
— Acho que não, Edna. Diga-me, onde estão elas?
— As mulheres?
— Sim.
— Ah, por toda parte, sabe.
— Onde? Diga-me. Onde?
— Bem, na igreja, por exemplo. Têm mulheres na igreja.
— Eu não gosto de igreja.
— Ah.
— Escuta, por que não vem até aqui, Edna?
— Quer dizer, na sua casa?
— Sim. A minha casa é bem agradável. Podemos tomar uma bebida, conversar. Sem pressão.
— Está tarde.
— Nem tanto. Escuta, você viu o meu anúncio. Deve estar interessada.
— Bem...

— Você está com medo, é só isso. Só está com medo.
— Não, não estou com medo.
— Então vem, Edna.
— Bem...
— Vem.
— Tudo bem. Vejo você em quinze minutos.

Ficava no último andar de um prédio moderno. Apartamento 17. A piscina abaixo refletia a iluminação. Edna bateu. A porta se abriu e lá estava o sr. Lighthill. Entradas se formando na testa; um nariz adunco com os pelos espetando-se das narinas; a camisa aberta no pescoço.
— Entra, Edna...
Ela entrou e a porta se fechou atrás de si. Estava usando seu vestido de tricô azul. Sem meia-calça, de sandálias, e fumava um cigarro.
— Senta. Vou pegar uma bebida pra você.
Era um apartamento agradável. Tudo em azul e verde e *muito* limpo. Ela ouviu o sr. Lighthill cantarolando enquanto preparava as bebidas, hummmmmmm, hummmmmmmm, hummmmmmmmm... Ele parecia relaxado, o que a tranquilizou.
O sr. Lighthill — Joe — voltou com as bebidas. Entregou a de Edna e então sentou-se em uma poltrona do outro lado da sala.
— Sim — disse ele —, tem feito calor, um calor dos infernos. Mas eu tenho ar-condicionado.
— Eu reparei. É muito agradável.
— Bebe.
— Ah, sim.
Edna tomou um gole. Era uma boa bebida, um pouco forte, mas com gosto agradável. Ela observou Joe inclinar a cabeça enquanto bebia. Ele parecia ter rugas profundas ao redor do pescoço.

E a calça que usava era grande demais. Parecia ser alguns tamanhos maior do que deveria. Dava um aspecto engraçado às pernas.

— Esse é um belo vestido, Edna.

— Gostou?

— Ah, sim. E você é rechonchuda. Ele fica apertado, bem apertado em você.

Edna não disse nada. Joe também não. Eles só ficaram sentados, olhando um para o outro e tomando uns golinhos dos drinques.

Por que ele não fala?, pensou Edna. *Cabe a ele falar. Tem* algo *nele que lembra madeira.* Ela terminou a bebida.

— Vou pegar outra pra você — disse Joe.

— Não, eu realmente preciso ir pra casa.

— Ah, vamos — insistiu —, vou pegar outra bebida pra você. Precisamos de algo pra relaxar.

— Tudo bem, mas depois dessa eu vou.

Joe entrou na cozinha com os copos. Não estava mais cantarolando. Voltou, entregou a bebida a Edna e sentou-se de volta na poltrona do outro lado da sala. Essa era mais forte.

— Sabe — disse ele —, eu me dou bem em questionários sexuais.

Edna deu um golinho e não respondeu.

— Como você se sai em questionários sexuais? — perguntou Joe.

— Nunca fiz nenhum.

— Deveria, sabe, assim vai descobrir quem você é, e o que é.

— Acha que esses negócios acertam? Já vi no jornal. Nunca fiz um, mas já vi — disse Edna.

— Claro que acertam.

— Talvez eu não seja boa no sexo — refletiu Edna —, talvez seja por isso que estou sozinha.

Ela tomou um longo gole do copo.

— Cada um de nós está, no fim das contas, sozinho — falou Joe.

— Como assim?

— Quer dizer, não importa o quão bem as coisas estejam, sexualmente ou amorosamente ou ambos, chega o dia em que tudo acaba.

— Isso é triste — disse Edna.

— Claro. Então chega o dia em que tudo acaba. Ou há uma separação ou a coisa toda acaba em uma trégua: duas pessoas morando juntas sem sentir nada. Acredito que estar sozinho é melhor.

— Você se divorciou da sua esposa, Joe?

— Não, ela se divorciou de mim.

— O que deu errado?

— Orgias sexuais.

— Orgias sexuais?

— Sabe, uma orgia sexual é o lugar mais solitário do mundo. Aquelas orgias... eu tinha uma sensação de desespero... aqueles paus entrando e saindo... perdoe-me...

— Não tem problema.

— Aqueles paus entrando e saindo, as pernas entrelaçadas, os dedos se movendo, as bocas, todo mundo se agarrando e suando e determinado a fazer aquilo... de alguma forma.

— Não conheço muito essas coisas, Joe — disse Edna.

— Acredito que, sem amor, o sexo não é nada. As coisas só podem ser significativas quando existe algum sentimento entre os participantes.

— As pessoas têm que gostar uma da outra, é isso?

— Ajuda.

— E se elas se cansarem uma da outra? E se elas *tiverem* que ficar juntas? Pelas finanças? Os filhos? Tudo isso?

— Aí orgias não vão ajudar.

— O que ajuda?
— Bem, não sei. Talvez trocar de casais.
— Trocar de casais?
— Sabe, quando dois casais se conhecem *muito* bem e trocam de parceiros. Os sentimentos, pelo menos, têm uma chance. Por exemplo, digamos que eu sempre tenha gostado da esposa do Mike. Que eu goste dela há meses. Já a observei caminhar pela sala. Gosto de como ela se move. Os movimentos dela me deixaram curioso. Eu me pergunto, sabe, o que se segue a esses movimentos. Já a vi brava, já a vi bêbada, já a vi sóbria. E então, a troca. Você está no quarto com ela, está finalmente conhecendo ela melhor. Tem uma chance de algo real. Claro, Mike está com a sua esposa em outro cômodo. Boa sorte, Mike, você pensa, espero que você seja um amante tão bom quanto eu.
— E dá certo?
— Bem, não sei... essas trocas podem causar problemas depois. Tudo tem que ser discutido... muito bem discutido com antecedência. E, claro, talvez as pessoas não saibam o suficiente, não importa o quanto falem...
— Você sabe o suficiente, Joe?
— Bem, essas trocas... acho que podem ser boas para alguns... talvez boas para muitos. Acho que não funcionariam para mim. Sou careta demais.

Joe terminou a bebida dele. Edna tomou o que restava da dela e se levantou.

— Escute, Joe, eu tenho que ir...

Joe atravessou a sala e foi ao encontro dela. Parecia um elefante naquela calça. Ela viu as orelhas grandes. Então ele a agarrou e a beijou. Seu mau hálito era perceptível, apesar de todas as bebidas. Ele tinha um cheiro muito azedo. Parte da boca dele não estava fazendo contato. Ele era forte, mas a força não era pura — implorava. Ela afastou a cabeça, mas ele ainda a segurava.

PROCURA-SE MULHER.

— Joe, me solte! Você está indo *rápido* demais, Joe! Me solte!
— Por que veio aqui, piranha?

Ele tentou beijá-la de novo e conseguiu. Foi horrível. Edna ergueu o joelho. Acertou-o em cheio. Ele se curvou e caiu no tapete.

— Meu Deus, meu Deus... por que teve que fazer isso? Tentou me matar...

Ele rolou no chão.

O traseiro dele, pensou ela, *ele tem um traseiro tão feio.*

Ela o deixou rolando no tapete e correu escada abaixo. O ar estava límpido lá fora. Ouviu pessoas falando, ouviu as televisões. Não era uma longa caminhada até seu apartamento. Ela sentia que precisava de outro banho, então tirou o vestido azul de tricô e se esfregou. Depois saiu da banheira, secou-se e enrolou o cabelo com bobes cor-de-rosa. Decidiu que não o veria de novo.

nheco-nheco com a cortina

Falávamos sobre mulheres, espiávamos as pernas delas quando saíam dos carros, e olhávamos pelas janelas de noite torcendo para ver alguém fodendo, mas nunca vimos ninguém. Uma vez vimos um casal na cama, e o sujeito estava macetando a mulher, e pensamos: *Agora a gente vai ver*. Mas ela disse: "Não, hoje não quero!". E deu as costas para ele. O cara acendeu um cigarro e nós saímos em busca de uma nova janela.

— Filha da puta, mulher minha não ia me dar as costas nunca!
— Minha também não. Que tipo de homem era aquele?

Éramos três: eu, Careca e Jimmy. Nosso grande dia era domingo. No domingo, a gente se encontrava na casa do Careca e pegávamos o bonde até a Main Street. A passagem custava sete centavos.

Havia duas casas de teatro burlesco naqueles tempos, a Follies e a Burbank.* Éramos apaixonados pelas strippers da Burbank,

---

* Localizado na Main Street, o Follies foi inaugurado em 1904 como Belasco Theatre e renomeado em 1919. Começou a oferecer espetáculos de burlesco a partir dos anos 1920 e, na década de 1930, muitas strippers famosas se apresentaram lá. Em 1927, uma campanha para "limpar a Main Street de espetáculos questionáveis", como afirmou um jornal da época, levou à prisão de vinte e sete mulheres e outros envolvidos no espetáculo *Hot Mammas*. Quatro homens da produção foram condenados e multados, mas no ano seguinte um

e as piadas eram um pouco melhores lá, então era onde íamos. Tínhamos tentado o cinema de filmes pornô, mas os filmes não eram realmente pornô e as tramas eram todas iguais. Uns caras embebedavam uma garotinha inocente e, antes que ela superasse a ressaca, se via em uma casa de prostituição com uma fila de marinheiros e corcundas batendo à sua porta. Além disso, os mendigos* dormiam noite e dia naqueles lugares, mijavam no chão, bebiam vinho e se engalfinhavam. O fedor de mijo e vinho e assassinato era insuportável. Fomos ao Burbank.

— Vão a um teatro burlesco hoje, rapazes? — perguntava o avô de Baldy com frequência.

— De jeito nenhum, senhor, temos coisas pra fazer.

Íamos. Íamos todo domingo. Íamos cedo, no fim da tarde, bem antes do show, e percorríamos a Main Street olhando para dentro dos bares vazios onde as garotas sentavam-se na porta com as saias puxadas para cima, balançando os tornozelos sob a luz do sol que se infiltrava no bar escuro. Elas eram bonitas. Mas sabíamos como o negócio funcionava. Tínhamos ouvido falar. Se um cara entrava para beber, eles cobravam o olho da cara, tanto pela sua bebida como pela da garota. Mas misturavam a da garota com água. Você dava uma apalpadela ou duas e era isso. Se mostrasse dinheiro, o barman via e logo vinha uma bebida batizada e você desmaiava no bar e seu dinheiro sumia. A gente sabia.

---

tribunal determinou que uma lei contra espetáculos "obscenos, indecentes e lascivos" era inconstitucional. Apesar de ser fechado e reaberto diversas vezes, o teatro seguiu em funcionamento até ser demolido, em 1974. A duas quadras do Follies ficava o Burbank, inaugurado em 1893. Nos anos 1950, a equipe do Follies se mudou para o Burbank, que passou a ser chamado de New Follies antes de ser demolido, em 1973. [N.T.]

* No original, usa-se a palavra "*bums*", um termo pejorativo para se referir a pessoas em situação de rua que sobrevivem de doações. Optou-se por traduzir para "mendigo" para manter o tom depreciativo do original. [N.E.]

Depois da caminhada pela Main Street, parávamos na carrocinha de cachorro-quente e pegávamos nosso cachorro-quente de oito centavos e nosso copo grande de refrigerante por cinco centavos. Levantávamos pesos e nosso músculos se avolumavam e usávamos as mangas enroladas até o alto e cada um tinha um maço de cigarro no bolso da camisa. Até tentamos um programa de Charles Atlas, Dynamic Tension,* mas levantar peso parecia o jeito mais rústico e óbvio.

Enquanto comíamos o cachorro-quente e bebíamos o refrigerante gigante, brincávamos na máquina de *pinball*, um jogo por um centavo. Passamos a conhecer aquela máquina muito bem. Quando você conseguia uma pontuação perfeita, ganhava um jogo de graça. E precisávamos de pontuações perfeitas, já que não tínhamos tanto dinheiro assim.

Franky Roosevelt estava no comando e as coisas estavam melhorando, mas ainda era a Depressão e nenhum de nossos pais estava empregado.** Onde achávamos os trocados que gastávamos era um mistério, exceto que tínhamos um olho afiado para tudo que não estivesse cimentado no chão. Não roubávamos, compartilhávamos. E inventávamos. Tendo pouco dinheiro, ou nenhum, inventávamos brincadeirinhas para passar o tempo — uma delas era caminhar até a praia e voltar.

Geralmente fazíamos isso em dias de verão, e nossos pais nunca reclamavam quando voltávamos tarde para o jantar. Tam-

---

* Charles Atlas (1892-1972) foi um fisioculturista ítalo-americano que desenvolveu um método próprio para desenvolvimento muscular sem o uso de pesos. Seu programa de exercícios, chamado de Dynamic Tension (1929), foi adotado por diversos campeões de boxe e halterofilismo da época. [N.T.]
** Este é um dos vários contos do livro com aspectos autobiográficos — o próprio Bukowski foi adolescente durante a Grande Depressão e o governo de Franklin Roosevelt (1933-1945). [N.T.]

bém não se importavam com as bolhas altas e reluzentes na sola de nossos pés. Só quando viam como tínhamos desgastado os saltos e os solados que começávamos a ouvir as broncas. Éramos enviados à loja de utilidades, onde saltos e solados e cola eram disponibilizados a um preço razoável.

A situação era a mesma quando jogávamos futebol americano na rua. Não havia verba pública para quadras. Éramos tão durões que jogávamos futebol na rua durante toda a temporada de futebol, nas temporadas de basquete e beisebol, e até a temporada seguinte de futebol. Quando se é derrubado no asfalto, coisas acontecem. Pele rasga, ossos machucam e sangue escorre, mas nos levantávamos como se nada tivesse acontecido.

Nossos pais nunca se importaram com as cicatrizes e o sangue e os machucados; o pecado terrível e imperdoável era abrir um *buraco* em um dos joelhos da calça. Porque cada garoto só tinha dois pares de calça: o par do dia a dia e o par de domingo, e você nunca podia rasgar um buraco no joelho de um dos seus dois pares, porque isso demonstrava que era pobre e imbecil e que seus pais eram pobres e imbecis também. Então você aprendia a derrubar um cara sem cair em *nenhum* dos joelhos. E o cara que era derrubado aprendia a ser derrubado sem cair de joelhos também.

Quando brigávamos, brigávamos por horas, e nossos pais não nos salvavam. Imagino que era porque fingíamos ser muito durões e nunca pedíamos trégua, e eles ficavam esperando que pedíssemos trégua. Mas odiávamos nossos pais, então não podíamos pedir, e porque os odiávamos eles nos odiavam, e saíam na varanda e nos observavam casualmente no meio de uma briga terrível que não acabava nunca. Só bocejavam, pegavam um panfleto jogado ali e voltavam para dentro de casa.

Briguei com um cara que mais tarde acabou ocupando um posto muito alto na Marinha dos Estados Unidos. Lutei com ele um dia das oito e meia da manhã até depois do pôr do sol. Ninguém nos impediu, embora estivéssemos em plena vista do jardim da frente da casa dele, embaixo de duas aroeiras imensas com os pardais cagando na gente o dia todo.

Foi uma luta dura, até a exaustão. Ele era maior, um pouco mais velho e pesado, mas eu era mais maluco. Desistimos por comum acordo — não sei bem como funciona, você tem que viver para entender, mas depois que duas pessoas se batem por oito ou nove horas, surge um estranho tipo de irmandade.

No dia seguinte, meu corpo estava inteiro roxo. Eu não conseguia falar ou mover qualquer parte do corpo sem sentir dor. Estava na cama, me preparando para morrer, e minha mãe entrou com a camisa que eu tinha usado durante a briga. Ela a ergueu sobre a minha cara e disse:

— Olhe, esta camisa está manchada de sangue! Manchada de sangue!

— Desculpa!

— Eu nunca vou conseguir tirar isso aqui! *Nunca!!*

— É sangue *dele*.

— Não importa! É sangue! Não sai!

O domingo era o nosso dia, nosso dia tranquilo e gostoso. Íamos ao Burbank. Sempre passava um filme ruim primeiro. Um filme muito velho, e você assistia e esperava. Estava pensando nas garotas. Os três ou quatro sujeitos no poço da orquestra tocavam alto, talvez não tocassem muito bem, mas tocavam alto, e as strippers finamente apareciam e agarravam a cortina, a beirada da cortina, e agarravam a cortina como se fosse um homem e balançavam o corpo e faziam *nheco-nheco-nheco* com a cortina. Então saíam rebolando e começavam a tirar a roupa. Se você tinha dinheiro, dava para comprar até um saquinho de pipoca; se não tinha, dane-se.

Antes do ato seguinte, havia um intervalo. Um homem baixinho se erguia e dizia:

— Senhoras e senhores, se puderem me dar sua gentil atenção...

Ele vendia anéis com imagens. Na pedra de vidro de cada anel, se você o segurava contra a luz, via-se uma imagem maravilhosa. A promessa era essa! Cada anel custava só cinquenta centavos, uma lembrança para a vida toda por apenas cinquenta centavos, disponibilizada apenas aos clientes do Burbank e que não era vendida em nenhum outro lugar.

— Só o coloque contra a luz e verá! E, obrigado, senhoras e senhores, por sua gentil atenção. Agora os lanterninhas vão passar pelos corredores entre vocês.

Então dois vagabundos maltrapilhos desciam pelos corredores cheirando a moscatel, cada um carregando um saco de anéis. Nunca vi alguém comprar um. Imagino, porém, que se você erguesse um contra a luz, a imagem no vidro seria a de uma mulher nua.

A banda começava a tocar de novo e as cortinas se abriam e lá vinha a fileira de coristas, a maioria antigas strippers envelhecidas, com rímel e ruge e batom pesados, e usando cílios falsos. Elas faziam o melhor que podiam para acompanhar a música, mas sempre estavam um pouco atrás. Mesmo assim persistiam, e eu achava que eram muito corajosas.

Aí vinha o cantor. Era muito difícil gostar do cantor. Ele cantava alto demais sobre um amor fracassado. Não sabia cantar e, quando terminava, abria os braços e curvava a cabeça para uma ínfima onda de aplausos.

Aí vinha o comediante. Ah, ele era bom! Aparecia em um sobretudo marrom velho, o chapéu puxado sobre os olhos, curvado e andando como um vagabundo, um vagabundo sem nada para fazer e nenhum lugar aonde ir. Uma garota andava pelo palco e os olhos dele a seguiam. Então ele se virava para a plateia e dizia, com a boca desdentada:

— Deus do céu, o que é isso!

Outra garota entrava no palco e ele ia até ela, colocava o rosto perto do dela, e dizia:

— Eu sou velho, passei dos quarenta e quatro, mas quando a cama quebra eu termino o que estava fazendo no chão mesmo.

E isso bastava. Como a gente ria! Os caras jovens e os caras velhos, como a gente ria. E aí tinha o número da mala. Ele tenta ajudar uma garota a fazer a mala dela. As roupas não param de transbordar.

— Não consigo enfiar!
— Espera, deixe eu te ajudar!
— Saíram de novo!
— Espera! Eu subo nela!
— Quê? Ah, *não*, você não vai *subir* nela!

Eles falavam sem parar no número da mala. Ah, como ele era engraçado!

Finalmente, as primeiras três ou quatro strippers aparecem de novo. Cada um de nós tinha nossa stripper preferida e estávamos apaixonados. Baldy tinha escolhido uma francesa magra com asma e olheiras escuras. Jimmy gostava da Mulher Tigre (oficialmente, A Tigresa). Eu mostrei pro Jimmy que a Mulher Tigre definitivamente tinha um peito maior do que o outro. A minha era Rosalie.

Rosalie tinha um bundão que ficava rebolando, cantava musiquinhas engraçadas e, enquanto andava tirando as roupas, falava sozinha e dava risadinhas. Era a única que realmente gostava do trabalho. Eu estava apaixonado por Rosalie. Vivia pensando em escrever para ela e contar como era ótima, mas por algum motivo nunca cheguei a fazer isso.

Uma tarde, estávamos esperando o bonde depois do show e vimos que a Mulher Tigre também estava no ponto. Ela estava usando um vestido verde bem justo e ficamos parados lá, observando-a.

— É a sua garota, Jimmy, é a Mulher Tigre.

— Rapaz, ela é um estouro! Olhe só pra ela!

— Eu vou falar com ela — disse Baldy.

— É a garota de Jimmy.

— Eu não quero falar com ela — respondeu Jimmy.

— Eu vou falar com ela — disse Baldy.

Ele enfiou um cigarro na boca, acendeu e foi até ela.

— Ei, querida! — Ele sorriu para ela.

A Mulher Tigre não respondeu. Só ficou olhando para a frente esperando o bonde.

— Sei quem você é. Vi você tirando a roupa hoje. Você é um estouro, querida, um estouro mesmo!

A Mulher Tigre não respondeu.

— Você rebola pra valer, meu Deus, rebola mesmo!

A Mulher Tigre continuou olhando para a frente. Baldy ficou parado lá, sorrindo feito um idiota para ela.

— Eu gostaria de te fazer uma proposta: eu gostaria de te foder, querida!

Fomos até lá e arrastamos Baldy para longe. Andamos com ele pela rua.

— Seu merda, você não tem direito de falar com ela desse jeito!

— Bom, ela sobe lá no palco e fica rebolando a bunda, ela sobe na frente dos homens e fica rebolando a bunda!

— Ela só tá tentando ganhar a vida.

— Ela é fogosa, é fogosa demais, ela tá querendo!*
— Você é louco.
Nós andamos com ele pela rua.

Pouco depois disso, comecei a perder interesse naqueles domingos na Main Street. Suponho que o Follies e o Burbank ainda estão lá. É claro, a Mulher Tigre e a stripper com asma, e Rosalie, minha Rosalie, já se foram há tempos. Provavelmente estão mortas. O bundão que Rosalie rebolava provavelmente está morto. E, quando estou no meu bairro, passo de carro pela casa onde eu morava e tem uns desconhecidos morando lá. Mas aqueles domingos eram bons, a maioria daqueles domingos era boa, uma luzinha nos dias escuros da Depressão quando nossos pais caminhavam pela varanda, sem emprego e impotentes, e olhavam de relance para a gente se espancando antes de entrar em casa e encarar as paredes, com medo de ligar o rádio por causa da conta de luz.

---

* Baldy diz "*She's hot, she's red hot, she wants it!*". Hot pode ter o sentido mais usual no inglês contemporâneo de "gostosa", mas também significa uma mulher sexualmente excitada ou receptiva, como o personagem sugere logo em seguida ao afirmar que "ela tá querendo". O argumento de Baldy para culpar a mulher pelo assédio é recorrente até hoje, enquanto o narrador e Jimmy defendem a dançarina com uma perspectiva surpreendentemente compreensiva. [N.T.]

você e sua cerveja e como você é incrível

Jack entrou em casa e encontrou o maço de cigarros na cornija da lareira. Ann estava no sofá, lendo um exemplar da *Cosmopolitan*. Jack acendeu o cigarro e sentou-se em uma poltrona. Faltavam dez minutos para a meia-noite.

— Charley disse pra você não fumar — advertiu Ann, erguendo os olhos da revista.

— Eu mereço. A luta foi difícil hoje.

— Você venceu?

— Foi decisão dividida, mas eu ganhei. Benson é um rapaz durão, cheio de garra. Charley disse que Parvinelli é o próximo. Se ganharmos de Parvinelli, ganhamos o campeonato.

Jack se levantou, foi à cozinha e voltou com uma garrafa de cerveja.

— Charley me disse pra não deixar você beber cerveja — disse Ann, abaixando a revista.

— "Charley me disse, Charley me disse..." Cansei de ouvir isso. Ganhei a minha luta. Ganhei dezesseis lutas seguidas, tenho o direito de beber uma cerveja e fumar um cigarro.

— Você tem que se manter em forma.

— Não importa. Consigo derrubar qualquer um deles.

— Você é tão incrível... eu tenho que ficar ouvindo como você é tão incrível quando você se embebeda. Não aguento mais.

— Eu sou incrível. Dezesseis consecutivas, quinze nocautes. Quem é melhor do que eu?

Ann não respondeu. Jack levou a garrafa de cerveja e o cigarro para o banheiro.

— Você nem me deu um beijo quando chegou. A primeira coisa que fez foi pegar uma garrafa de cerveja. Você é incrível, é mesmo. É um incrível bebedor de cerveja.

Jack não respondeu. Cinco minutos mais tarde, ele estava parado à porta do banheiro, a cueca e o short abaixados junto aos sapatos.

— Jesus Cristo, Ann, você não pode nem deixar um rolo de papel higiênico aqui?

— Desculpa.

Ela foi ao armário e pegou o rolo para ele. Jack fez o que tinha que fazer lá dentro e saiu. Então terminou a cerveja e pegou outra.

— Cá está você, morando com o melhor peso-leve do mundo, e só sabe reclamar. Muitas garotas adorariam ficar comigo, mas você só fica sentada o dia inteiro enchendo o saco.

— Eu sei que você é bom, Jack, talvez o melhor, mas você não sabe como é *entediante* ficar sentada aqui te ouvindo falar sem parar sobre como você é incrível.

— Ah, você tá entediada, é?

— Sim, inferno, com você, com a sua cerveja e com como você é incrível.

— Me fala um peso-leve melhor. Você nem vai nas minhas lutas.

— Existem *outras* coisas além de lutar, Jack.

— Como o quê? Ficar plantada no sofá lendo *Cosmopolitan*?

— Eu gosto de aperfeiçoar a minha mente.

— E deveria. Tem muito trabalho a ser feito aí.
— Estou te dizendo, tem outras coisas além de lutar.
— Quais? Faça uma lista.
— Bem, arte, música, pintura, coisas assim.
— Você é boa em alguma delas?
— Não, mas eu gosto delas.
— Cacete, eu prefiro ser o melhor no que faço.
— Ser bom, melhor, o melhor... Deus, você não pode apreciar as pessoas pelo que elas são?
— Pelo que elas *são*? O que *são* a maioria delas? Lesmas, sanguessugas, dândis, capachos, cafetões, lacaios...
— Você está sempre desprezando todo mundo. Nenhum dos seus amigos é bom o suficiente. Você é *tão* incrível!
— É isso mesmo, querida.

Jack entrou na cozinha e saiu com outra cerveja.

— Você e a sua maldita cerveja!
— É o meu direito. Eles vendem. Eu compro.
— Charley disse...
— Foda-se o Charley!
— Você é *tão* incrível!
— Isso mesmo. Pelo menos a Pattie sabia disso. Ela reconhecia. Tinha orgulho disso. Ela sabia que não é pra qualquer uma. Você só sabe encher o saco.
— Por que não volta pra Pattie, então? O que ainda está fazendo aqui comigo?
— É uma ótima pergunta.
— Bem, não somos casados, eu posso ir embora a qualquer momento.
— É a única vantagem que a gente tem. Cacete, eu chego aqui morto de cansaço depois de uma luta de dez rodadas e você nem fica feliz que eu ganhei. Só fica reclamando de mim.

— Escuta, Jack, existem outras coisas além de lutar. Quando te conheci, eu te admirei pelo que você era.

— Eu era um lutador. Não *existe* qualquer outra coisa além de lutar. É isso que eu sou: um lutador. Essa é a minha vida e eu sou bom nisso. O melhor. Reparei que você sempre corre atrás dos caras de segunda categoria... como o Toby Jorgenson.

— O Toby é muito engraçado. Ele tem um senso de humor, um senso de humor de verdade. Eu gosto do Toby.

— O recorde dele são nove vitórias, cinco derrotas e um empate. Eu derrubo esse cara até caindo de bêbado.

— E Deus sabe que você vive caindo de bêbado. Como acha que eu me sinto nas festas quando você está no chão, desmaiado, ou tropeçando pela sala, falando pra todo mundo: "Eu sou incrível, eu sou incrível, eu sou incrível!". Não acha que isso faz com que eu me sinta uma idiota?

— Talvez você seja uma idiota. Se gosta tanto do Toby, por que não vai ficar com ele?

— Ah, eu só disse que eu gosto dele, que acho que ele é *engraçado*, não significa que quero dar pra ele.

— Bem, você dá pra mim e disse que eu sou entediante. Não sei que porra você quer.

Ann não respondeu. Jack se levantou, foi até o sofá, ergueu a cabeça de Ann e a beijou, depois voltou e sentou-se de novo.

— Escuta, deixa eu te contar sobre essa luta com Benson. Até você teria ficado orgulhosa de mim. Ele me acerta no primeiro *round*, uma direita sorrateira. Eu me levanto e o seguro pelo resto do *round*. Ele me atinge de novo no segundo. Eu mal consigo me levantar em oito segundos. Seguro ele de novo. Os próximos *rounds* eu passo recuperando o equilíbrio. Levo o sexto, sétimo, oitavo, acerto ele uma vez no nono e duas no décimo. Eu não chamo isso de divisão dividida. Eles chamaram de divisão dividida. Bem, são quarenta e cinco mil, entendeu, garota? Quarenta e cinco mil. Eu sou incrível, você não pode negar que sou incrível, pode?

Ann não respondeu.

— Vamos, me diz que eu sou incrível.

— Tudo bem, você é incrível.

— Isso, agora sim. — Jack foi até o sofá e a beijou de novo. — Eu me sinto tão bem. Lutar boxe é uma obra de arte, é mesmo. O sujeito precisa de garra pra ser um artista incrível e precisa de garra pra ser um lutador incrível.

— Tudo bem, Jack.

— "Tudo bem, Jack", é só isso que você vai dizer? Pattie ficava feliz quando eu ganhava. Nós dois ficávamos felizes a noite toda. Você não pode compartilhar quando eu faço algo bem-feito? Porra, está apaixonada por mim ou pelos perdedores, aqueles imprestáveis? Acho que ficaria mais feliz se eu voltasse pra cá como um perdedor.

— Eu quero que você ganhe, Jack, é só que você coloca tanta ênfase no que você faz...

— Porra, é o meu trabalho, é a minha vida. Eu tenho orgulho de ser o melhor. É como voar, é como voar para o céu e derrubar o sol.

— O que você vai fazer quando não puder mais lutar?

— Porra, vamos ter dinheiro suficiente pra fazer o que quisermos.

— Exceto nos dar bem, talvez.

— Talvez eu possa aprender a ler a *Cosmopolitan*, aperfeiçoar a minha mente.

— Bem que tem espaço aí para aperfeiçoamento.

— Vai se foder.

— Quê?

— Vai se foder.

— Bem, taí uma coisa que você não faz há um bom tempo.

— Alguns caras gostam de foder mulheres que enchem o saco, eu não.

— Vai me dizer que a Pattie não enchia o seu saco?

— Todas as mulheres enchem o saco, você é a campeã.

— Por que não volta pra Pattie, então?

— Você tá aqui agora. Eu só posso abrigar uma puta por vez.

— Puta?

— Puta.

Ann se levantou e foi até o armário, pegou a mala e começou a jogar suas roupas dentro. Jack foi à cozinha e pegou outra garrafa de cerveja. Ann estava chorando, brava. Jack sentou-se com a cerveja e tomou um longo gole. Ele precisava de um uísque, precisava de uma garrafa de uísque. E um bom charuto.

— Eu posso pegar o resto das minhas coisas quando você não estiver aqui.

— Não se dê ao trabalho. Eu mando pra você.

Ela parou na porta.

— Bem, acho que é isso — disse ela.

— Acho que sim — respondeu Jack.

Ela fechou a porta e se foi. Procedimento padrão. Jack terminou a cerveja e foi até o telefone. Discou o número de Pattie. Ela atendeu.

— Pattie?

— Ah, Jack, como vai?

— Ganhei a luta grande hoje. Foi decisão dividida. Só preciso vencer do Parvinelli e eu ganho o campeonato.

— Você vai derrubar os dois, Jack. Sei que consegue.

— O que vai fazer hoje à noite, Pattie?

— São uma da manhã, Jack. Você estava bebendo?

— Bebi umas. Estou comemorando.

— E a Ann?

— A gente se separou. Eu só brinco com uma mulher por vez, você sabe disso, Pattie.

— Jack...

— Que foi?

— Eu estou com um cara.

— Um cara?

— Toby Jorgenson. Ele está lá no quarto...

— Ah, sinto muito.

— Eu também sinto, Jack, eu te amava... talvez ainda ame.

— Ah, merda, as mulheres adoram jogar essa palavra por aí...

— Sinto muito, Jack.

— Não tem problema.

Ele desligou, então foi ao armário pegar seu casaco. Vestiu, terminou a cerveja e desceu de elevador até o carro. Disparou pela avenida Normandie a cento e cinco quilômetros por hora, parou na loja de bebida da Hollywood Boulevard. Saiu do carro e entrou na loja. Comprou um pack de Michelob, uma caixa de aspirinas. Em seguida, no balcão, pediu ao vendedor uma garrafa de Jack Daniels. Enquanto o vendedor somava os itens, um bêbado se aproximou com dois packs de Coors.

— Ei, cara! — disse ele a Jack. — Você num é o Jack Backenweld, o lutador?

— Sou — respondeu Jack.

— Cara, eu vi a luta hoje, Jack, você é pura garra. É muito incrível!

— Obrigado, cara — disse ele ao bêbado, então pegou a sacola de compras e voltou para o carro.

Sentou-se, tirou a tampa do Daniels e tomou um bom gole. Então deu ré, disparou a oeste da Hollywood, virou à esquerda na Normandie e reparou em uma adolescente com um corpão cambaleando pela rua. Parou o carro, ergueu a garrafa da sacola e mostrou para ela.

— Quer uma carona?

Jack ficou surpreso quando ela entrou.

— Eu te ajudo a beber isso, moço, mas nada de favores.

— Porra, não — disse Jack.

Ele seguiu pela Normandie a cinquenta e cinco quilômetros por hora, um cidadão de respeito e o terceiro melhor peso-leve do mundo. Por um momento, teve vontade de contar para ela quem lhe dava carona, mas mudou de ideia e estendeu a mão para apertar um dos joelhos dela.

— Tem um cigarro, moço? — perguntou ela.

Ele pegou um e apertou o botão do isqueiro no painel. Quando saltou, ele o acendeu para ela.

nenhum caminho para o paraíso

Eu estava sentado em um bar na Western Avenue. Era por volta da meia-noite e eu estava desorientado, como de costume. Quer dizer, sabe quando nada dá certo: as mulheres, os empregos, a falta de empregos, o tempo, os cães? Enfim, você meio que só se senta estarrecido e espera como se estivesse no ponto de ônibus aguardando a morte.

Bem, lá estava eu sentado e eis que chega uma mulher com cabelo longo e escuro, um corpão e olhos castanhos tristes. Nem dei bola para ela. Ignorei-a, embora ela tivesse ocupado o banco ao lado do meu, mesmo tendo uma dúzia de outros lugares vazios. Na verdade, éramos os únicos no bar além do barman. Ela pediu um vinho seco. Então me perguntou o que eu estava bebendo.

— Uísque com água.

— Traga um uísque com água pra ele — disse ao barman.

Bem, isso era incomum.

Ela abriu a bolsa, puxou uma pequena gaiola de arame, tirou umas pessoinhas de dentro e as dispôs no balcão. Todas tinham cerca de oito centímetros e estavam vivas e apropriadamente vestidas. Havia quatro delas, dois homens e duas mulheres.

— Fazem esses agora — disse ela —, são muito caros. Custavam uns dois mil dólares cada quando comprei. Agora estão vendendo por dois mil e quatrocentos. Não sei como é o processo de fabricação, mas provavelmente é contra a lei.

As pessoinhas estavam andando sobre o balcão. De repente, um dos homenzinhos deu um tapa no rosto de uma das mulherzinhas.

— Sua piranha — disse ele —, estou por *aquí* com você!

— *Não, George, você não pode fazer isso!* — exclamou ela. — Eu te amo! Vou me matar! Preciso de você!

— Não me importo — disse o homenzinho, pegando um mini-cigarro e o acendendo. — Eu tenho o direito de viver.

— Se não a quer — disse o outro homenzinho —, eu fico com ela. Eu a amo.

— Mas eu não quero você, Marty. Estou apaixonada pelo George.

— Mas ele é um desgraçado, Anna, um desgraçado de verdade!

— Eu sei, mas o amo mesmo assim.

O desgraçadozinho então foi até a outra mulherzinha e a beijou.

— Eu tenho um triângulo acontecendo aqui — disse a mulher que me pagou a bebida. — Esses são Marty e George e Anna e Ruthie. Georgie topa tudo, tudo. Marty é meio careta.

— Não é triste assistir a tudo isso? Hum, qual o seu nome?

— Dawn.* É um nome péssimo. Mas é o que as mães fazem com os filhos, às vezes.

— Eu sou Hank. Mas não é triste...?

— Não, não é triste assistir. Eu não tive muita sorte com a minha vida amorosa, um azar terrível, na verdade...

---

* Amanhecer, aurora. [*N.T.*]

— Todos temos um azar terrível.

— Acho que sim. Enfim, eu comprei essas pessoinhas e agora assisto, e é como ter e não ter nenhum dos problemas delas. Fico terrivelmente excitada quando eles começam a fazer amor. É aí que fica difícil.

— Eles são sexy?

— Muito, muito sexy. Meu Deus, fico muito excitada!

— Por que não faz eles transarem? Quer dizer, agora. Vamos assistir juntos.

— Ah, não dá pra obrigá-los. Eles têm que decidir sozinhos.

— Com que frequência eles transam?

— Ah, são bem animados. Quatro ou cinco vezes por semana.

Eles estavam andando pelo balcão.

— Escuta — disse Marty —, me dá uma chance. Só me dá uma chance, Anna.

— Não — disse Anna —, meu coração pertence ao George. Não pode ser diferente.

George estava beijando Ruthie, apalpando os peitos dela. Ruthie estava ficando excitada.

— Ruthie está ficando excitada — apontei para Dawn.

— É. Está mesmo.

Eu também estava. Agarrei Dawn e a beijei.

— Escute — disse ela —, eu não gosto quando eles fazem amor em público. Vou levá-los pra casa pra fazerem lá.

— Mas aí eu não vou poder assistir.

— É só vir comigo.

— Certo — falei —, vamos.

Terminei a bebida e saímos juntos. Ela carregava as pessoinhas na pequena gaiola de arame. Entramos no carro dela e colocamos as pessoinhas entre nós no banco da frente. Olhei para Dawn. Ela era muito jovem e bonita. Parecia ser bonita por dentro também.

O que podia ter feito de errado com os homens? Havia tantos jeitos dessas coisas não darem certo. As quatro pessoinhas tinham lhe custado oito mil dólares. Só *isso* para fugir de relacionamentos *sem* fugir de relacionamentos.

A casa dela ficava perto das colinas e tinha uma aparência agradável. Saímos e fomos até a porta. Segurei as pessoinhas na gaiola enquanto Dawn abria a porta.

— Ouvi Randy Newman na semana passada no Troubador.* Ele não é ótimo? — perguntou ela.

— É, sim.

Fomos até a sala e Dawn tirou as pessoinhas e as colocou na mesa de centro. Então ela foi à cozinha, abriu a geladeira e pegou uma garrafa de vinho. Trouxe duas taças.

— Perdão — disse ela —, mas você parece meio louco. Trabalha com o quê?

— Sou escritor.

— Vai escrever sobre isso?

— Ninguém vai acreditar, mas vou.

— Olha — disse Dawn —, Georgie tirou a calcinha de Ruthie. Está enfiando os dedos nela. Gelo?

— Está mesmo. Não, sem gelo. Puro está bom.

— Não sei — disse Dawn —, eu fico muito excitada assistindo. Talvez seja porque eles são tão pequenos. Me deixa com muito tesão.

---

* Randy Newman (1943-) é um cantor e compositor de Los Angeles, cuja música traz influências do blues, R&B e rock. Compôs músicas para diversos artistas e lançou seu primeiro álbum, elogiado pela crítica, em 1968. A partir da década de 1970, começou a escrever para o cinema. The Troubadour é uma casa de espetáculos em West Hollywood aberta em 1957, onde tocaram grandes nomes como Bob Dylan, Nina Simone, Joni Mitchell, James Taylor, entre muitos outros. [N.T.]

— Entendo.
— Olha, George está chupando ela agora.
— Está, não é?
— Olha só eles!
— Deus do céu!

Agarrei Dawn. Ficamos lá de pé, nos beijando. Enquanto nos beijávamos, os olhos dela iam de mim para eles, e então voltavam para mim.

O pequeno Marty e a pequena Anna também estavam assistindo.

— Olha — disse Marty —, eles vão transar. A gente também pode transar. Até os grandões vão transar. Olha só eles!

— Ouviu? — perguntei a Dawn. — Eles disseram que vamos transar. É verdade?

— Espero que seja verdade — respondeu Dawn.

Eu a levei ao sofá e ergui seu vestido até os quadris. Beijei o pescoço dela todinho.

— Eu te amo — falei.

— Ama? Ama?

— Sim, de alguma forma, sim...

— Tudo bem — disse a pequena Anna ao pequeno Marty —, a gente também pode transar, mesmo que eu não te ame.

Eles se abraçaram no meio da mesa de centro. Eu tinha abaixado a calcinha de Dawn. Dawn gemia. A pequena Ruthie gemia. Marty se aproximou de Anna. Estava acontecendo em todo lugar. Ocorreu a mim que todas as pessoas do mundo estavam fazendo amor. Então esqueci o resto do mundo. De alguma forma, entramos no quarto. Então eu entrei em Dawn para a longa e lenta cavalgada...

* * *

Quando ela saiu do banheiro, eu estava lendo uma história entediante na *Playboy*.

— Foi tão bom — disse ela.

— O prazer é meu — respondi.

Ela subiu de novo na cama comigo. Abaixei a revista.

— Acha que conseguimos ficar juntos? — perguntou ela.

— Como assim?

— Quer dizer, acha que conseguimos ficar juntos por um tempo?

— Não sei. Coisas acontecem. O começo é sempre mais fácil.

Então soou um grito da sala.

— Ah não — disse Dawn.

Ela se ergueu de um salto e saiu correndo do quarto. Fui atrás dela. Quando cheguei, ela estava segurando George nas mãos.

— Ai, meu Deus!

— O que aconteceu?

— Anna pegou ele!

— Ela fez o quê?

— Cortou as bolas dele! George é um eunuco!

— Uau!

— Pega um papel higiênico pra mim, rápido! Ele pode sangrar até a morte!

— Aquele filho da puta — dizia a pequena Anna da mesa de centro. — Se eu não puder ficar com George, ninguém mais vai!

— Agora vocês duas pertencem a mim! — disse Marty.

— Não, você tem que escolher uma de nós — disse Anna.

— Qual das duas vai ser? — perguntou Ruthie.

— Eu amo as duas — disse Marty.

— Ele parou de sangrar — falou Dawn. — Está apagado.

Ela embrulhou George em um lenço e o colocou na cornija da lareira.

— Quer dizer — disse Dawn para mim —, se você acha que a gente não consegue, não quero fazer isso de novo.

— Acho que te amo, Dawn.

— Olha — disse ela —, Marty está abraçando Ruthie!

— Eles vão transar?

— Não sei. Parecem empolgados.

Dawn pegou Anna e a pôs na jaula de arame.

— Me tira daqui! Eu vou matar os dois! Me tira daqui!

George gemeu de dentro do lenço na cornija. Marty havia tirado a calcinha de Ruthie. Eu puxei Dawn para perto. Ela era linda e jovem e tinha algo por dentro. Talvez eu estivesse apaixonado de novo. Era possível. Nós nos beijamos. Eu caí dentro de seus olhos. Então me ergui e comecei a correr. Eu sabia onde estava. Uma barata e uma águia faziam amor. O tempo era um tolo com um banjo. Continuei correndo. O longo cabelo dela caiu sobre meu rosto.

— Eu vou matar todo mundo! — berrava a pequena Anna.

Ela chacoalhava as barras de sua gaiola de arame às três da manhã.

política

No Los Angeles City College, pouco antes da Segunda Guerra Mundial, eu posei como nazista. Mal sabia a diferença entre Hitler e Hércules e não dava a mínima.* Era só que, ao se sentar na aula e ficar ouvindo todos os patriotas pregarem que devíamos ir até lá e destruir a fera, eu ficava entediado. Decidi me tornar a oposição. Nem me dei ao trabalho de ler sobre Adolf, só papagueava qualquer coisa que sentia ser maléfica ou maníaca.

Porém, na verdade eu não tinha crença política. Era um jeito de flutuar, livre.

Sabe, às vezes, se um homem não acredita no que está fazendo, pode fazer um trabalho muito mais interessante porque não está emocionalmente envolvido com sua Causa. Não demorou muito para que todos os garotos altos e loiros formassem a Brigada

---

* Este é o primeiro de diversos contos narrados pelo suposto alter ego de Bukowski, Henry "Hank" Chinaski, protagonista de outros cinco livros do autor, incluindo *Factótum* (trad. Emanuela Siqueira, 2023). Bukowski, cuja mãe era alemã e tinha uma admiração por Hitler, também compareceu a reuniões de grupos neonazistas na juventude. No entanto, apesar da forte identificação que se criou entre o autor e o personagem — alcóolatra, misantropo e mulherengo — vale notar que as histórias são uma mescla de fato e ficção. [N.T.]

Abraham Lincoln para conter as hordas do fascismo na Espanha. E então levaram tiros na bunda das tropas treinadas deles. Alguns fizeram isso pela aventura e por uma viagem à Espanha, mas ainda levaram tiros na bunda. Eu gostava da minha bunda. Não havia muito que eu gostasse sobre mim mesmo, mas gostava da minha bunda e do meu pinto.

Eu me levantava na aula e gritava qualquer coisa que viesse à mente. Em geral, tinha algo a ver com a Raça Superior, o que eu achava ser bastante humorístico. Eu não atacava diretamente os negros e os judeus, porque via que eram tão pobres e confusos quanto eu, mas fazia uns discursos doidos dentro e fora das aulas, e a garrafa de vinho que mantinha no armário da escola me ajudava. Ficava surpreso que tantas pessoas me ouvissem e que tão poucas, quando havia alguma, questionassem minhas declarações. Eu só falava qualquer merda e ficava encantado ao ver como o Los Angeles City College podia ser divertido.

— Vai se candidatar a presidente do corpo estudantil, Chinaski?

— Não, porra.

Eu não queria fazer nada. Não queria nem ir à academia. Na verdade, a última coisa que eu queria fazer era ir à academia e suar e usar uma roupa de ginástica e comparar o tamanho do meu pinto. Eu sabia que tinha um pinto de tamanho mediano. Não precisava ir à academia para constatar isso.

Tivemos sorte. A faculdade decidiu cobrar uma taxa de matrícula de dois dólares. E nós decidimos — alguns de nós decidiram, pelo menos — que *aquilo* era inconstitucional, então nos recusamos. Protestamos. A faculdade nos permitiu assistir às aulas, mas tirou alguns de nossos privilégios, um deles sendo a academia.

Quando chegava a hora da aula de educação física, ficávamos parados lá em roupas civis. O treinador tinha ordens de nos fazer marchar de um lado ao outro do campo em uma formação fechada. Essa era a vingança deles. Perfeito. Eu não tinha que correr pela pista com a bunda suando ou tentar jogar uma maldita bola de basquete através de um maldito aro.

Marchávamos de um lado ao outro, jovens, cheios de raiva, cheios de loucura, cheios de tesão, sem bocetas à vista, à beira da guerra. Quanto menos você acreditava na vida, menos tinha a perder. Eu não tinha muito a perder, eu e meu pau de tamanho mediano.

Marchávamos e inventávamos canções obscenas, e os bons garotos do time de futebol americano ameaçaram acabar com a gente, mas nunca chegaram a fazer isso. Provavelmente porque éramos maiores e piores. Para mim, era maravilhoso: fingir ser nazista e no momento seguinte proclamar que meus direitos constitucionais estavam sendo violados.

Às vezes eu me emocionava. Lembro que uma vez, na aula, depois de exagerar um pouco no vinho, com uma lágrima em cada olho, eu disse:

— Juro pra vocês, essa não será de forma alguma a última guerra. Assim que um inimigo é eliminado, de alguma forma outro é encontrado. É infinito e sem sentido. Não existe isso de guerra boa ou guerra ruim.

Outra vez, tinha um comunista falando de um palanque em um terreno vazio ao sul do campus. Era um rapaz sincero com óculos sem armação e espinhas, usando um suéter preto com buracos nos cotovelos. Fiquei ouvindo, acompanhado de alguns de meus discípulos. Um deles era um russo branco, Zircoff, cujo pai ou avô tinha sido morto pelos vermelhos na Revolução Russa. Ele me mostrou um saco de tomates podres.

— Quando você der a ordem — disse ele —, começamos a jogá-los.

Ocorreu-me de repente que meus discípulos não estavam ouvindo o rapaz que discursava, ou, mesmo se estivessem, que nada que ele dizia importaria. Eles já estavam decididos. A maior parte do mundo era assim. De repente, ter um pau de tamanho mediano não me pareceu o pior pecado do mundo.

— Zircoff — falei —, guarde os tomates.

— Porra — disse ele —, queria que fossem granadas de mão.

Perdi o controle de meus discípulos naquele dia, e me afastei quando começaram a jogar os tomates podres.

Fui informado de que um novo partido de vanguarda seria formado. Deram-me um endereço em Glendale e eu fui lá na mesma noite. Nós nos sentamos no porão de uma casa grande com nossas garrafas de vinho e nossos paus de tamanhos variados.

Havia um palanque e uma mesa e uma grande bandeira americana pendurada na parede dos fundos. Um rapaz americano de aspecto saudável subiu na plataforma e sugeriu que começássemos com uma saudação à bandeira, jurando lealdade a ela.

Nunca gostei de jurar lealdade à bandeira. Era tão tedioso e bobo. Sempre me sentia mais inclinado a jurar lealdade a mim mesmo, mas lá estávamos nós e nos levantamos e fizemos tudo aquilo. Depois, houve uma pequena pausa e todo mundo se sentou com a sensação de que tinha sido levemente molestado.

O rapaz americano saudável começou a falar. Eu o reconheci como um garoto gordo que se sentava na primeira fileira da aula de dramaturgia. Nunca confiava naqueles tipos. Uns otários. Otários completos. Ele começou:

— A ameaça comunista *deve* ser controlada. Estamos reunidos aqui para tomar medidas nesse sentido. Para isso, tomaremos medidas legais e, talvez, ilegais...

Não me lembro muito do resto. Não me importava com a ameaça comunista nem com a ameaça nazista. Queria ficar bêbado, queria trepar, queria uma boa refeição, queria cantar com um copo de cerveja em um bar sujo e fumar um charuto. Eu não tinha consciência de nada. Era um imbecil, um trouxa.

Depois, Zircoff, eu e um ex-discípulo meu descemos para o Westlake Park e alugamos um barco e tentamos capturar um pato para o jantar. Conseguimos ficar muito bêbados e não capturamos pato algum, e descobrimos que não tínhamos dinheiro para pagar a taxa de aluguel do barco.

Flutuamos no lago raso e brincamos de roleta russa com a arma de Zircoff e todos tivemos sorte. Então Zircoff se ergueu sob o luar, bêbado, e deu um tiro bem no fundo do barco. A água começou a entrar e o levamos depressa para a margem. Um terço do barco afundou e tivemos que sair e arrastar as bundas molhadas pela água até a margem. Então a noite terminou bem e não foi desperdiçada...

Eu brinquei de nazista por mais um tempo, sem me importar nem com os nazistas nem com os comunistas nem com os americanos. Mas estava perdendo interesse. Na verdade, pouco antes de Pearl Harbor eu desisti. Não era mais divertido. Eu sentia que a guerra ia acontecer e não estava muito a fim de lutar nela e não estava muito a fim de ser um objetor consciencioso também. Era um merda. Era inútil. Eu e meu pau de tamanho mediano estávamos encrencados.

Eu ficava sentado na aula sem falar, esperando. Os alunos e professores me alfinetavam. Eu tinha perdido minha motivação, meu interesse, minha audácia. Sentia que a coisa toda estava fora do meu controle. Ia acontecer. Todos os paus estavam encrencados.

Minha professora de inglês, uma mulher bem simpática com belas pernas, um dia me pediu para ficar depois da aula.
— O que aconteceu, Chinaski? — perguntou ela.
— Desisti — respondi.
— Quer dizer da política? — perguntou ela.
— Quero dizer da política — respondi.
— Você seria um bom marinheiro — disse ela.
Eu fui embora...

Eu estava sentado com meu melhor amigo, um marinheiro, bebendo cerveja em um bar no centro da cidade quando aconteceu. Um rádio estava tocando música, então houve uma pausa na música. Então informaram que Pearl Harbor tinha acabado de ser bombardeada. Anunciaram que todo pessoal militar deveria retornar imediatamente a suas bases. Meu amigo pediu que eu pegasse o ônibus com ele até San Diego, sugerindo que poderia ser a última vez que eu o veria. Ele tinha razão.

amor por dezessete e cinquenta

O primeiro desejo de Robert — quando começou a pensar em tais coisas — foi entrar escondido no Museu de Cera uma noite e fazer amor com as moças de cera. No entanto, parecia arriscado demais. Ele se limitou a fazer amor com estátuas e manequins em suas fantasias sexuais e a viver no próprio mundo de fantasia.

Um dia, parado em um sinal vermelho, ele olhou para a porta de uma loja. Era uma daquelas lojas que vendiam de tudo — discos, sofás, livros, badulaques, tralhas. Ele a viu parada ali, usando um longo vestido vermelho. Ela usava óculos sem armação e tinha um corpão; era digna e sexy, do jeito que costumavam ser. Uma garota realmente classuda. Então o sinal abriu e ele foi obrigado a seguir em frente.

Robert estacionou a um quarteirão dali e voltou à loja. Ficou parado lá fora, na banca de jornal, e olhou para ela. Até os olhos pareciam reais, e a boca era muito impulsiva, fazendo um leve biquinho.

Robert entrou e examinou os discos. Assim ficava mais perto dela, e lançou alguns olhares de esguelha. Não, não as faziam mais assim. Ela até usava salto alto.

A garota da loja se aproximou.

— Posso ajudá-lo, senhor?
— Só estou dando uma olhada, moça.
— Se quiser alguma coisa, é só me chamar.
— Claro.
Robert foi até a manequim. Não havia etiqueta de preço. Ficou pensando se ela* estava à venda. Voltou aos discos, pegou um álbum barato e o comprou da garota.

Na próxima visita que fez à loja, a manequim ainda estava lá. Robert deu uma olhada nas coisas, comprou um cinzeiro que era moldado para imitar uma cobra enrodilhada e saiu.

A terceira vez que foi lá, perguntou à garota:
— A manequim está à venda?
— O manequim?
— Sim, a manequim.
— Você quer comprá-lo?
— Sim, vocês vendem coisas, não? A manequim está à venda?
— Só um momento, senhor.
A garota entrou nos fundos da loja. Uma cortina se abriu e um velho judeu saiu. Sua camisa não tinha os dois últimos botões e a barriga peluda estava à mostra. Até que ele parecia simpático.
— O senhor quer o manequim?
— Sim, ela está à venda?
— Bem, na verdade, não. Entende, é só uma peça de vitrine, uma brincadeira.

---

* No original, Robert se refere ao manequim como "ela" [*her*, em inglês], enquanto a outra personagem utiliza o pronome neutro *it*, geralmente utilizado para se referir a objetos inanimados. De forma a ressaltar a diferença na língua portuguesa, optou-se por usar o feminino no ponto de vista e nas falas de Robert, e o masculino nos demais momentos. [N.T.]

— Quero comprar.

— Bem, vejamos... — O velho judeu foi até a manequim e começou a tocá-la, tocando o vestido, os braços. — Vejamos... acho que posso deixá-lo levar essa... coisa... por dezessete e cinquenta.

— Vou levar.

Robert pegou uma nota de vinte. O lojista devolveu o troco.

— Vou sentir falta desse negócio — disse ele —, às vezes parece quase real. Quer que eu embrulhe?

— Não, vou levá-la como está.

Robert ergueu a manequim e a levou até o carro. Deitou-a no banco de trás, então entrou no carro e foi para casa. Chegando lá, por sorte, não parecia haver ninguém por perto, e ele cruzou a porta sem ser visto. Colocou-a no centro da sala e olhou para ela.

— Stella — disse —, Stella, sua puta!

Ele foi até ela e a estapeou na cara. Então agarrou a cabeça dela e a beijou. Foi um bom beijo. Seu pênis estava começando a endurecer quando o telefone tocou.

— Alô — respondeu ele.

— Robert?

— É. Sou eu.

— É o Harry.

— Como vai, Harry?

— Tudo bem. O que está fazendo?

— Nada.

— Pensei em passar aí, levar umas cervejas.

— Ok.

Robert desligou, pegou a manequim e a carregou até o closet. Empurrou-a para um canto do fundo e fechou a porta.

Harry não tinha muito a dizer. Ficou sentado com sua lata de cerveja.

— Como vai a Laura? — perguntou ele.

— Ah — disse Robert —, Laura e eu terminamos.
— O que aconteceu?
— Aquela história de ficar o tempo todo dando uma de sedutora. Sempre encenando esse papel. Ela não parava. Dava em cima de caras em todo canto... no mercado, na rua, em cafés, em todo lugar e em qualquer um. Não importava quem fosse, contanto que fosse homem. Até deu em cima de um cara que ligou por engano. Eu não aguentava mais.
— Você está sozinho agora?
— Não, tenho outra. Brenda. Você conheceu ela.
— Ah, é. Brenda. Ela é gente boa.

Harry ficou sentado lá, bebendo cerveja. Harry nunca tivera uma mulher, mas estava sempre falando sobre elas. Havia algo repugnante em Harry. Robert não incentivou a conversa e o sujeito logo foi embora. Robert foi ao closet e tirou Stella de lá.

— Sua biscate maldita! — disse ele. — Tá me traindo, não tá?

Stella não respondeu. Ficou parada lá, parecendo muito calma e recatada. Ele lhe deu um tapão. O inferno congelaria antes que uma mulher traísse Bob Wilkenson impunemente. Ele deu outro tapão nela.

— Piranha! Você foderia até um garoto de quatro anos se ele conseguisse ficar de pau duro, né?

Ele bateu nela de novo, então a agarrou e beijou. Ficou beijando sem parar. Então enfiou as mãos sob o vestido. Ela tinha um belo corpo, belíssimo. Stella o lembrava de uma professora de álgebra que tivera no Ensino Médio. Stella não usava calcinha.

— Sua piranha — disse ele —, quem pegou sua calcinha?

Aí o pênis dele estava pressionado contra a frente dela. Não havia abertura, mas Robert estava tomado por uma paixão tremenda. Ele o inseriu entre a parte superior das coxas. Era liso e apertado. Começou a se esfregar. Só por um momento, se sentiu extremamente tolo, mas logo a paixão tomou controle e ele começou a beijar o pescoço dela enquanto se movia.

Robert limpou Stella com um pano de prato, guardou-a no closet atrás de um sobretudo, fechou a porta e ainda conseguiu assistir ao último quarto do jogo dos Detroit Lions contra os L.A. Rams na TV.

A situação ficou bem agradável para Robert com o passar do tempo. Ele fez certos ajustes. Comprou para Stella várias calcinhas, uma cinta-liga, meias-calças transparentes e uma tornozeleira.

Também comprou brincos para ela, e ficou muito chocado ao descobrir que sua amada não tinha orelhas. Sob todo aquele cabelo, faltavam as orelhas. Ele colou os brincos mesmo assim, com fita adesiva. Mas havia vantagens — ele não tinha que levá-la a jantares, a festas, a filmes chatos; todas essas coisas mundanas que importavam tanto para a mulher comum. Também havia brigas. Sempre haveria brigas, mesmo com uma manequim. Ela não era falante, mas ele tinha certeza de que uma vez lhe dissera:

— Você é o melhor amante que já tive. Aquele velho judeu era um amante enfadonho. Você ama com a alma, Robert.

Sim, havia vantagens. Ela não era como qualquer outra mulher que ele já conhecera. Não queria fazer amor em momentos inconvenientes. Ele podia escolher a hora. E ela não menstruava. E ele a chupava. Cortou um pouco do cabelo da cabeça dela e o colou entre suas coxas.

No começo, o caso era só sexual, mas gradualmente ele começou a se apaixonar por ela. Sentia que estava acontecendo. Considerou ir a um psiquiatra, mas decidiu não fazer isso. Afinal, era necessário amar um ser humano real? Nunca durava muito.

Havia diferenças demais entre a espécie, e o que começava como amor tantas vezes acabava em guerra.

    E ainda havia o fato de que ele não precisava se deitar na cama com Stella e ouvi-la falar de todos os antigos amantes dela. Como Karl tinha um pau tão grande, mas Karl não a chupava. E como Louie dançava tão bem, que Louie poderia ter sido um bailarino em vez de vender seguros. E como Marty realmente sabia beijar. Ele tinha um jeito de entrelaçar as línguas. E assim por diante. Repetidamente. Uma merda. Claro, Stella tinha mencionado o velho judeu. Mas só daquela vez.

Robert estava com Stella fazia umas duas semanas quando Brenda ligou.

— Sim, Brenda? — atendeu ele.

— Robert, você não ligou para mim.

— Ando muito ocupado, Brenda. Fui promovido a gerente distrital e tive que realinhar as coisas no escritório.

— É mesmo?

— Sim.

— Robert, tem algo errado...

— Como assim?

— Eu sei pela sua voz. Tem algo errado. Que porra tá acontecendo, Robert? É outra mulher?

— Não exatamente.

— Como assim, não exatamente?

— Ah, Jesus!

— O que é? O que é? Robert, tem algo errado. Estou indo te ver.

— Não tem nada errado, Brenda.

— Seu filho da puta, você tá escondendo algo de mim! Tem alguma coisa acontecendo. Estou indo te ver! Agora!

Brenda desligou e Robert foi pegar Stella, ergueu-a e guardou-a no closet, bem no fundo, em um canto. Tirou o sobretudo do cabide e o jogou sobre ela. Então voltou, sentou-se e esperou.

Brenda abriu a porta e entrou afobada.

— Certo, o que está acontecendo? O que é?

— Escuta, garota — disse ele —, está tudo bem. Se acalma.

Brenda tinha um corpo bonito. Os peitos eram um pouco caídos, mas ela tinha belas pernas e uma bunda linda. Os olhos sempre tinham um brilho frenético, perdido. Ele nunca conseguiu curar os olhos dela. Às vezes, depois de fazer amor, uma calma temporária os preenchia, mas nunca durava muito.

— Você nem me beijou ainda!

Robert se ergueu da poltrona e beijou Brenda.

— Jesus, isso não foi um beijo! O que foi? — perguntou ela. — Qual é o problema?!

— Não é nada, nada mesmo...

— Se não me contar, eu vou gritar!

— Estou te dizendo, não é nada.

Brenda gritou. Ela foi até a janela e gritou. Dava para o bairro inteiro ouvi-la. Então ela parou.

— Meu Deus, Brenda, não faça isso de novo! Por favor, por favor!

— Vou fazer de novo! Vou fazer de novo! Me diga qual é o problema, Robert, senão vou fazer de novo!

— Tudo bem — disse ele —, espera aí.

Robert foi ao closet, tirou o sobretudo de cima de Stella e a levou para a sala.

— O que é isso? — perguntou Brenda. — O que é isso?

— Uma manequim.

— Uma manequim? Você quer dizer...?

— Quero dizer que estou apaixonado por ela.

— Ai, meu Deus! Quer dizer que... essa coisa? Essa *coisa*?
— Sim.
— Você ama essa *coisa* mais do que me ama? Esse pedaço de celuloide, ou do que quer que ela seja feita? Quer dizer que ama essa *coisa* mais do que me ama?
— Sim.
— Imagino que a leva pra cama com você? Imagino que faz coisas com... com essa *coisa*?
— Sim.
— Ah...

Então Brenda realmente gritou. Só ficou ali e gritou. Robert achou que ela nunca pararia. Em seguida, ela saltou para cima da manequim e começou a arranhá-la e bater nela. A manequim tombou e caiu contra a parede. Brenda saiu correndo pela porta, entrou no carro e dirigiu enlouquecida. Bateu contra a lateral de um carro estacionado, olhou de relance para ele e seguiu em frente.

Robert foi até Stella. A cabeça tinha quebrado e rolado sob uma cadeira. Havia lascas de material esbranquiçado no chão. Um braço pendia frouxo, quebrado, dois arames projetando-se para fora. Robert sentou-se em uma cadeira. Só ficou ali, sentado. Depois se levantou e entrou no banheiro, ficou parado lá por um minuto, e saiu de novo. Parou no corredor e viu a cabeça sob a cadeira. Começou a soluçar. Era terrível. Ele não sabia o que fazer. Lembrava-se de como tinha enterrado os pais. Mas isso era diferente. Era diferente. Ele só ficou parado no corredor, soluçando e esperando. Ambos os olhos de Stella estavam abertos e eram calmos e lindos. Eles o encaravam.

dois bebuns

Eu tinha vinte e poucos anos e, embora bebesse pesado e não comesse muito, ainda era forte. Quero dizer fisicamente, o que é uma sorte se mais nada vai indo muito bem. Minha mente estava em guerra com minha sina e minha vida, e o único jeito de acalmá-la era bebendo e bebendo e bebendo. Eu estava percorrendo uma estrada empoeirada e suja e quente, e acredito que o estado era a Califórnia, mas não tenho mais certeza. Era um deserto. Eu estava seguindo pela estrada, minhas meias duras, apodrecidas e fedendo, os pregos subindo pelo solado dos sapatos e perfurando meus pés, de modo que tinha que colocar papelão nos sapatos — papelão, jornal, qualquer coisa que encontrasse. Os pregos atravessavam tudo isso, então ou você arranjava mais material ou virava o negócio de ponta-cabeça, ou colocava ao contrário, ou moldava de outra forma.

O caminhão parou ao meu lado. Eu o ignorei e continuei andando. O motor ligou de novo e o sujeito seguiu ao meu lado.

— Garoto — disse o sujeito —, quer um trabalho?

— Quem eu tenho que matar? — perguntei.

— Ninguém — respondeu o sujeito —, vem, entra.

Fui até o outro lado e, chegando lá, encontrei a porta aberta. Subi no degrau, entrei, fechei a porta e me recostei no banco de couro. Tinha saído do sol.

— Se quiser me chupar — disse o sujeito —, você ganha cinco paus.

Meti a mão direita com força no bucho dele, bati a esquerda em algum ponto entre a orelha e o pescoço, voltei com a direita na boca e o caminhão guinou para fora da estrada. Agarrei o volante e o guiei de volta. Então desliguei o motor e freei. Pulei do caminhão e continuei andando pela estrada. Cerca de cinco minutos depois, o caminhão estava ao meu lado de novo.

— Garoto — disse o sujeito —, desculpa. Não quis ofender. Não quis dizer que você é viado.* Mas, quer dizer, você meio que parece viado. Tem algo errado em ser viado?

— Se você for viado, acho que não.

— Vem — convidou o cara —, entra. Tenho um trabalho honesto pra você. Você pode ganhar uma grana, se reerguer na vida.

Subi de novo. Partimos.

— Desculpa — disse ele —, você tem uma cara bem durona, mas olha só as suas mãos. São mãos de mulher.

— Não se preocupe com as minhas mãos — falei.

— Bem, é um trabalho pesado. Você vai carregar dormentes ferroviários. Já carregou dormentes ferroviários?

— Não.

— É um trabalho pesado.

— Eu trabalhei pesado a vida toda.

— Ok — disse o sujeito —, ok.

---

* *Homo*, no original, é uma forma pejorativa para se referir a homens homossexuais. Na tradução, optou-se por manter um termo equivalente, mantendo o teor preconceituoso do texto original. [N.E.]

Seguimos em silêncio, o caminhão balançando para a frente e para trás. Não havia nada além de poeira, poeira e deserto. O sujeito não tinha um rosto muito memorável, não tinha muito de nada. Mas, às vezes, pessoas pequenas que ficam no mesmo lugar por muito tempo acabam conquistando um pouco de prestígio e poder. Ele tinha o caminhão e estava contratando. Às vezes você tem que aceitar essas coisas.

Continuamos em frente e tinha um velho andando no acostamento. Ele devia ter uns quarenta e tantos anos. Isso é velho para estar na estrada. O tal sr. Burkhart — ele tinha me dito seu nome — desacelerou e perguntou ao velho:

— Ei, meu chapa, quer ganhar uns trocados?

— Ah, quero sim, senhor! — disse o velho.

— Abre espaço, deixa ele entrar — falou o sr. Burkhart.

O velho entrou e fedia muito — a bebida, suor, agonia e morte. Seguimos em frente até chegarmos a um pequeno grupo de construções. Descemos com o sr. Burkhart e entramos em uma loja. Lá vimos um cara com uma viseira verde e um monte de elásticos ao redor do pulso esquerdo. Ele era careca, mas os braços eram cobertos por pelos loiros e horrivelmente longos.

— Olá, sr. Burkhart — disse ele —, vejo que achou mais dois bebuns.

— Aqui está a lista, Jesse — disse o sr. Burkhart.

Jesse circulou pela loja reunindo os pedidos. Levou um tempo. Por fim, ele terminou.

— Mais alguma coisa, sr. Burkhart? Umas garrafas de vinho baratas?

— Nada de vinho pra mim — falei.

— Ok — disse o velho —, eu aceito as duas.

— Vai sair do seu pagamento — avisou Burkhart.

— Não importa — disse o velho —, tire do pagamento.

— Tem certeza de que não quer uma garrafa? — perguntou Burkhart para mim.

— Tá bom — respondi —, aceito uma garrafa.

Tínhamos uma barraca. Naquela noite, bebemos o vinho e o velho me contou dos problemas dele. Tinha perdido a esposa. Ainda a amava. Pensava nela o tempo todo. Uma grande mulher. Ele ensinava matemática para ela. Mas tinha perdido a esposa. Nunca houve outra mulher como ela. Blá, blá, blá.

Deus do céu, quando acordamos, o velho estava enjoado e eu não estava me sentindo muito melhor. O sol tinha nascido e fomos fazer nosso trabalho: empilhar dormentes ferroviários. Tínhamos que formar montes. A parte de baixo era fácil, mas quando crescia tínhamos que contar — "um, dois, três", eu contava, e aí soltávamos o dormente.

O velho usava uma bandana amarrada ao redor da cabeça, e a bebida vazava da cabeça dele, entrando na bandana, que ficava encharcada e escura. De vez em quando, uma lasca de um dos dormentes ferroviários rasgava a luva apodrecida e cortava minha mão. Normalmente a dor teria sido insuportável e eu teria desistido, mas a fadiga entorpecia os sentidos, entorpecia para valer. Quando acontecia, eu só ficava bravo — como se quisesse matar alguém, mas quando olhava ao redor só havia areia e penhascos e o sol amarelo-forte e seco, e nenhum lugar aonde ir.

De vez em quando, a companhia ferroviária arrancava os dormentes antigos e os substituía por novos. Deixavam os dormentes velhos ao lado dos trilhos. Não tinha nada muito errado com os dormentes velhos, mas a ferrovia os largava por lá e Burkhart fazia caras como nós empilhá-los em montinhos que ele transportava em seu caminhão e vendia. Imagino que os dormentes tinham vários usos. Em alguns ranchos, a gente os via enfiados no chão enrolados com arame farpado e usados como cercas. Suponho que havia outros usos também. Eu não estava muito interessado.

Era como qualquer outro trabalho impossível — você ficava cansado e queria pedir demissão, e aí ficava mais cansado e esquecia de se demitir, e os minutos não passavam, e você vivia para sempre dentro de um minuto, sem esperança, sem saída, preso, burro demais para pedir demissão e sem ter aonde ir se pedisse.

— Garoto, eu perdi a minha esposa. Ela era uma mulher tão maravilhosa. Eu fico pensando nela. Uma boa mulher é a melhor coisa na terra.

— É.

— Pena que a gente não tem um vinhozinho.

— Não temos vinho. Vamos ter que esperar até a noite.

— Será que alguém entende os bebuns?

— Só outros bebuns.

— Acha que essas farpas nas nossas mãos vão chegar até o coração?

— Sem chance; nunca tivemos sorte.

Dois índios* passaram por ali e nos observaram. Nos observaram por um bom tempo. Quando o velho e eu nos sentamos em um dormente para fumar, um dos índios veio ao nosso encontro.

— Vocês estão fazendo tudo errado — disse ele.

— Como assim? — perguntei.

---

* Hoje em dia prefere-se a palavra "indígena" em português, uma vez que "índio" origina-se de um erro histórico. Em inglês, críticas ao uso de "*Indian*" em vez de termos como "*Indigenous*", "*Native American*" ou o nome de nações específicas são feitas há décadas, embora o termo ainda continua em uso. Manteve-se "índio" aqui dado que seria o termo mais corrente na época, em ambas as línguas, e o fato de que o autor não é exatamente respeitoso com populações indígenas em suas obras. [*N.T.*]

— Estão trabalhando no auge do calor do deserto. O certo é acordar bem cedo e terminar o trabalho enquanto ainda está fresco.

— Você tem razão — falei —, obrigado.

O índio tinha razão. Decidi que acordaríamos cedo. Mas nunca conseguíamos. O velho estava sempre enjoado depois de beber a noite toda e eu nunca conseguia acordá-lo na hora.

— Mais cinco minutos — dizia ele —, só mais cinco minutos.

Por fim, um dia, o velho arregou. Não conseguia erguer outro dormente. Ficou se desculpando por isso.

— Não tem problema, vô.

Voltamos à tenda e esperamos anoitecer. O coroa ficou deitado lá, falando. Continuava falando sobre a ex-esposa. Eu o ouvi falar sobre a ex-esposa o dia todo, até a noite. Aí Burkhart chegou.

— Deus do céu, vocês não fizeram muito hoje. Tão pensando em viver da riqueza da terra?

— Acabamos o serviço, Burkhart — disse eu —, estamos esperando o pagamento.

— Pensando bem, minha vontade é não pagar vocês.

— Se estiver pensando bem — falei —, vai pagar.

— Por favor, sr. Burkhart — disse o velho —, por favor, por favor, a gente trabalhou pra caramba, juro por Deus!

— Burkhart sabe o que a gente fez — acrescentei. — Ele fez uma contagem das pilhas e eu também.

— Setenta e duas pilhas — disse Burkhart.

— Noventa pilhas.

— Setenta e seis pilhas — rebateu Burkhart.

— Noventa pilhas — falei.

— Oitenta pilhas — disse Burkhart.

— Vendido.

Burkhart pegou um lápis e papel e nos cobrou por vinho, comida, transporte e alojamento. O velho e eu acabamos cada um com dezoito dólares por cinco dias de trabalho. Aceitamos. E ganhamos uma carona de graça para voltar à cidade. De graça? Burkhart tinha nos ferrado de todo ângulo possível. Mas não podíamos invocar a lei, porque se um sujeito não tinha dinheiro, a lei parava de funcionar.

— Deus do céu — disse o velho —, eu vou me embebedar pra valer. Vou ficar completamente chumbado. Você não, garoto?

— Acho que não.

Entramos no único bar na cidade, nos sentamos, e o coroa pediu um vinho, e eu, uma cerveja. O velho começou a tagarelar sobre a ex-esposa de novo e eu fui para a ponta do balcão. Uma garota mexicana desceu a escada e se sentou ao meu lado. Por que elas sempre descem escadas daquele jeito, como nos filmes? Eu até sentia que estava em um filme. Paguei uma cerveja para ela. Ela disse:

— Meu nome é Sherri.

E eu disse:

— Não é mexicano.

E ela disse:

— Não tem que ser.

E eu disse:

— Tem razão.

Custava cinco dólares pra subir, e ela me lavou antes e depois. Ela me lavou com uma tigelinha branca com desenhos de pintinhos que perseguiam uns aos outros ao redor da tigela. Ganhou em dez minutos o que eu tinha ganhado em um dia, mais algumas horas. Pelo jeito, em termos monetários, valia mais ter uma boceta do que um pau.

Quando desci a escada, o velho já estava com a cabeça apoiada no balcão; a bebida o derrubara. Não tínhamos comido naquele dia e ele não tinha tolerância ao álcool. Um dólar e uns trocados estavam jogados do lado da cabeça dele. Por um momento, pensei em levá-lo comigo, mas não conseguia cuidar nem de mim. Saí do bar. Estava fresco e caminhei rumo ao norte.

Eu me senti mal por deixar o coroa lá com os abutres daquela cidadezinha. Então me perguntei se a ex-esposa do velho pensava nele em algum momento. Concluí que não pensava, ou, se pensava, que dificilmente seria do mesmo jeito que ele pensava nela. A terra inteira estava infestada de pessoas tristes e magoadas como ele. Eu precisava de um lugar para dormir. A cama em que tinha me deitado com a mexicana era a primeira que eu via em três semanas.

Algumas noites antes, eu tinha descoberto que, quando ficava frio, as farpas na minha mão começavam a latejar. Dava para sentir onde cada uma estava. Começou a esfriar. Não posso dizer que odiava o mundo dos homens e das mulheres, mas sentia certa repulsa que me separava dos artesãos e comerciantes e mentirosos e amantes, e agora, décadas mais tarde, sinto a mesma repulsa. Claro, essa é só a história de um homem, ou a visão de realidade de um homem. Se continuar lendo, talvez a próxima história seja mais feliz. Espero que sim.

maja thurup[*]

A história tinha recebido uma cobertura extensa na imprensa e na TV, e a mulher ia escrever um livro. O nome dela era Hester Adams, divorciada duas vezes e mãe de dois filhos. Ela tinha trinta e cinco anos e era de imaginar que esse seria seu último casinho. As rugas estavam aparecendo, os peitos estavam caindo há algum tempo, os tornozelos e panturrilhas engrossavam e a barriga começava a ficar saliente. Os Estados Unidos tinham aprendido que a beleza só residia na juventude, especialmente na fêmea. Mas Hester Adams tinha a beleza sombria da frustração e da perda iminente; e essa perda iminente rastejava sobre ela e lhe dava um quê sexual, como uma mulher desesperada e decadente sentada em um bar cheio de homens. Hester olhara ao redor, vira poucos sinais de ajuda do homem norte-americano, e embarcara em um

---

[*] Este conto usa como base estereótipos preconceituosos nos mais variados sentidos. A história reduz populações indígenas a seres selvagens sem cultura e generaliza-os como se todos compartilhassem a mesma cultura e as mesmas tradições. Além disso, o conto objetifica e sexualiza o homem negro em vários momentos, reduzindo-o aos seus desejos sexuais. De forma a manter o conteúdo o mais fiel possível ao original, manteve-se o uso de termos datados e preconceituosos, como "índio" e "tribo". [N.E.]

avião rumo à América do Sul. Entrou na selva com sua câmera, sua máquina de escrever portátil, seus tornozelos grossos e sua pele branca e achou um canibal para chamar de seu, um canibal negro: Maja Thurup. Maja Thurup tinha uma cara boa. Em seu rosto pareciam estar escritas mil ressacas e mil tragédias. E era verdade — ele tivera mil ressacas, mas as tragédias decorriam todas da mesma fonte: Maja Thurup era avantajado, incrivelmente avantajado. Nenhuma garota no vilarejo o aceitava. Ele tinha arrebentado e matado duas garotas com seu instrumento. Uma tinha sido penetrada pela frente, a outra por trás. Não importa.

Maja era um homem solitário e bebia e ruminava essa solidão até que Hester Adam chegou com o guia e a pele branca e a câmera. Após uma apresentação formal e algumas bebidas junto ao fogo, Hester entrou na cabana dele, aceitou tudo que Maja Thurup tinha a oferecer e pediu mais. Foi um milagre para os dois e eles se casaram em uma cerimônia tribal de três dias, durante a qual membros de uma tribo inimiga capturados foram assados e consumidos entre danças, encantamentos e ebriedade. Foi depois da cerimônia, depois que as ressacas tinham passado, que os problemas começaram. O curandeiro, notando que Hester não partilhava da carne dos inimigos assados (acompanhada de abacaxi, azeitonas e castanhas), anunciou a todos que ela não era uma deusa branca, mas uma das filhas do deus maligno Ritikan. (Séculos antes, Ritikan fora expulso do paraíso tribal por sua recusa de comer qualquer coisa exceto legumes, frutas e castanhas.) O anúncio causou dissensões na tribo, e dois amigos de Maja Thurup foram imediatamente assassinados por sugerirem que o modo como Hester lidava com o membro avantajado de Maja era um milagre por si só, e o fato de ela não ingerir outras formas de carne humana poderia ser perdoado — temporariamente, pelo menos.

Hester e Maja fugiram para os Estados Unidos, especificamente para North Hollywood, onde Hester deu entrada nas burocracias para que Maja Thurup se tornasse um cidadão americano. Sendo ex-professora, Hester começou a instruir Maja no uso de roupas, da língua inglesa, da cerveja e dos vinhos californianos, da televisão e de comidas compradas no mercado Safeway mais próximo. Maja não só estava sempre encarando a televisão como apareceu nela com Hester, e nela declararam seu amor publicamente. Então voltaram ao apartamento em North Hollywood e fizeram amor. Depois, Maja sentou-se no meio do tapete com as gramáticas da língua inglesa, bebendo cerveja e vinho, cantando cânticos nativos e tocando o bongô. Hester trabalhou em seu livro sobre Maja e ela. Uma editora grande estava esperando. Ela só precisava escrevê-lo.

Uma manhã, eu estava na cama por volta das oito. No dia anterior, tinha perdido quarenta dólares em Santa Anita, minha poupança no California Federal estava ficando perigosamente baixa, e eu não escrevia uma história decente fazia um mês. O telefone tocou. Acordei, engasguei-me, tossi, atendi.

— Chinaski?

— Sim?

— Aqui é Dan Hudson.

Dan era o diretor da revista *Flare* em Chicago. Ele pagava bem. Era o editor e o dono.

— Oi, Dan, fala.

— Olha, eu tenho o negócio perfeito pra você.

— Que ótimo, Dan. O que é?

— Quero que faça uma entrevista com aquela piranha que se casou com o canibal. Dê *aquele* destaque pro sexo. Misture amor com horror, sabe?

— Sei. Fiz isso a vida toda.

— Tem quinhentos dólares te esperando, se entregar antes de 27 de março.

— Dan, por quinhentos dólares eu transformo Burt Reynolds numa lésbica.

Dan me passou o endereço e o telefone. Levantei-me, joguei água no rosto, engoli duas aspirinas, abri uma garrafa de cerveja e liguei para Hester Adams. Disse a ela que queria dar publicidade ao seu relacionamento com Maja Thurup como uma das grandes histórias de amor do século XX para os leitores da revista *Flare*. Garanti que isso ajudaria Maja a obter a cidadania americana. Ela concordou em fazer uma entrevista à uma da tarde.

Era um apartamento no terceiro andar de um prédio sem elevador. Ela abriu a porta. Maja estava sentado no chão com seu bongô, bebendo um vinho do porto de preço módico direto da garrafa. Estava descalço, usando calça jeans apertada e uma camiseta branca com listras pretas. Hester estava usando uma roupa idêntica. Ela me trouxe uma garrafa de cerveja, eu peguei um cigarro do maço na mesa de centro e comecei a entrevista.

— Quando você conheceu Maja?

Hester me deu uma data. Também me deu o horário e lugar exatos.

— Quando começou a ter sentimentos por Maja? Quais exatamente foram as circunstâncias que os inspiraram?

— Bem — falou Hester —, foi...

— Ela me ama quando eu dou a coisa pra ela — disse Maja do tapete.

— Ele aprendeu inglês bem rápido, né?

— Sim, ele é genial.

Maja pegou a garrafa e tomou um bom gole.

— Eu boto a coisa nela, ela diz: "Ai meu Deus, ai meu Deus, ai meu Deus!". Ha, ha, ha, ha!

— Maja tem um corpo maravilhoso — disse ela.

— Ela come também — continuou Maja —, come bem. Enfia tudo na garganta, ha, ha, ha!

— Eu amei Maja desde o começo — disse Hester. — Foram os olhos dele, o rosto... tão trágico. E o jeito como ele anda. Ele anda, bem, ele anda um pouco como um tigre.

— Foder — falou Maja —, a gente fode, trepa, fode fode fode. Tô ficando cansado.

Maja pegou outra bebida. Olhou para mim.

— Fode você ela agora. Tô cansado. Ela túnel grande faminto.

— Maja tem um senso de humor genuíno — disse Hester —, essa é outra coisa que eu adoro nele.

— Única coisa que adora em mim — retrucou Maja — é o poste telefônico que eu uso pra mijar.

— Maja está bebendo desde cedo — falou Hester —, você vai ter que perdoá-lo.

— Talvez eu devesse voltar quando ele estiver se sentindo melhor.

— Seria bom.

Hester me mandou voltar às duas da tarde no dia seguinte.

Melhor assim. Eu precisava de fotos. Conhecia um fotógrafo que estava liso, um tal de Sam Jacoby, que era bom e faria o trabalho barato. Eu o levei para lá comigo. Era uma tarde ensolarada, com apenas uma fina camada de neblina. Subimos e toquei a campainha. Não houve resposta. Toquei de novo. Maja abriu a porta.

— Hester não está — disse ele —, ela foi mercado.

— Tínhamos marcado às duas. Eu gostaria de entrar e esperar.

Entramos e nos sentamos.

— Eu toco tambor pra você — falou Maja.

Ele tocou tambor e cantou alguns cânticos da selva. Até que tocava bem. Estava esvaziando outra garrafa de vinho do porto. Ainda estava usando a camiseta listrada e o jeans.

— Foder foder foder — disse ele —, é só isso que ela quer. Ela me deixa bravo.

— Tem saudades da selva, Maja?

— Não dá pra cagar contra a corrente, papai.

— Mas ela te ama, Maja.

— Ha, ha, ha!

Maja tocou outro solo de tambor. Mesmo bêbado ele era bom. Quando ele terminou, Sam disse para mim:

— Acha que ela tem uma cerveja na geladeira?

— Talvez.

— Meus nervos estão atacados. Preciso de uma cerveja.

— Vai lá. Pega duas. Eu compro mais pra ela. Devia ter trazido umas.

Sam se levantou e foi para a cozinha. Ouvi a porta da geladeira abrir.

— Estou escrevendo um artigo sobre você e Hester — contei a Maja.

— Mulher buraco grande. Nunca cheio. Como vulcão.

Ouvi Sam vomitando na cozinha. Ele bebia pesado. Eu sabia que estava de ressaca. Mas ainda era um dos melhores fotógrafos por aí. Então veio o silêncio. Sam voltou da cozinha. Sentou-se. Não me trouxe uma cerveja.

— Eu toco tambor de novo — disse Maja.

Ele tocou o tambor de novo. Tocou bem. Mas não tão bem quanto da última vez. O vinho o estava afetando.

— Vamos embora daqui — disse Sam para mim.

— Tenho que esperar Hester — respondi.

— Cara, vamos embora — insistiu Sam.

— Vocês querem um vinho? — perguntou Maja.

Eu me levantei e fui para a cozinha pegar uma cerveja. Sam me seguiu. Fui na direção da geladeira.

— *Por favor*, não abra essa porta! — exclamou.

Sam foi até a pia e vomitou de novo. Olhei para a porta da geladeira. Não abri. Quando Sam terminou de vomitar, eu disse:

— Ok, vamos embora.

Entramos na sala e Maja ainda estava sentado junto ao bongô.

— Eu toco tambor de novo — disse ele.

— Não, obrigado, Maja.

Saímos do apartamento e descemos a escada e emergimos na rua. Entramos no meu carro. Eu dirigi. Não sabia o que dizer. Sam não disse uma palavra. Estávamos no distrito financeiro. Entrei em um posto de gasolina e disse ao frentista para completar com a comum. Sam saiu do carro e foi até a cabine de telefone ligar para a polícia. Eu o vi sair da cabine. Paguei pela gasolina. Não tinha conseguido minha entrevista. Tinha perdido quinhentos dólares. Esperei Sam voltar para o carro.

os assassinos

Harry tinha acabado de descer do trem de carga e andava pela Alameda Street em direção ao Pedro's para um café de cinco centavos. Era bem cedo, mas ele se lembrou que abriam às cinco. O sujeito podia só ficar sentado no Pedro's por umas duas horas por cinco centavos. Podia pensar um pouco. Podia lembrar quando tinha feito as coisas erradas ou quando tinha feito as certas.

Eles estavam abertos. A garota mexicana que serviu o café olhou para ele como se fosse um ser humano. Os pobres conheciam a vida. Boa garota. Bem, boa na medida do possível. Todas elas eram encrenca. Tudo era encrenca. Ele se lembrou de uma frase que ouvira em algum lugar: por definição, a vida é encrenca.

Harry sentou-se a uma das mesas velhas. O café era bom. Trinta e oito anos e ele estava acabado. Bebeu um gole do café e se lembrou do que tinha feito de errado — ou certo. Ele simplesmente tinha se cansado: do jogo dos seguros, dos pequenos escritórios e altas divisórias de vidro, dos clientes; simplesmente se cansara de trair a esposa, de apalpar secretárias no elevador e nos corredores; se cansara de festas de Natal e festas de Ano-Novo e aniversários, e pagamentos de carros novos e pagamentos de utilidades — luz, gás, água —, todo o maldito compêndio de necessidades.

Ele tinha se cansado e pediu demissão, era só isso. O divórcio veio rápido, a bebedeira veio rápido, e de repente ele estava fora daquele sistema. Não tinha nada e descobriu que não ter nada também era difícil. Era outro tipo de fardo. Se apenas houvesse algum tipo de caminho mais gentil entre os dois. Parecia que um homem só tinha duas escolhas: aceitar a exploração ou ser um vagabundo.

Harry ergueu os olhos e viu um homem sentar-se à sua frente, também com um café de cinco centavos. Parecia ter quarenta e poucos anos e estava tão mal vestido quanto Harry. O homem enrolou um cigarro, então olhou para Harry enquanto o acendia.

— Como você está?

— Pergunta difícil — respondeu Harry.

— É, acho que sim.

Eles ficaram sentados, bebendo café.

— O sujeito se pergunta como chegou tão baixo.

— É — disse Harry.

— Aliás, não sei se importa, mas o meu nome é William.

— Eu me chamo Harry.

— Pode me chamar de Bill.

— Obrigado.

— Você está com cara de quem chegou ao fim de alguma coisa.

— Só estou cansado de ser vagabundo, morto de cansaço.

— Quer voltar à sociedade, Harry?

— Não, isso não. Mas gostaria de sair dessa.

— Tem o suicídio.

— Eu sei.

— Escute — disse Bill —, o que a gente precisa é ganhar um dinheirinho fácil, pra dar uma respirada.

— Claro, mas como?

— Bem, envolve certo risco.

— Tipo o quê?
— Eu furtava casas. Não é ruim. Seria útil ter um bom parceiro.
— Ok, estou disposto a tentar qualquer coisa. Cansei de feijão aguado, rosquinhas da semana passada, da missão, dos sermões de Deus, dos roncos...
— Nosso problema é como chegar onde podemos operar — disse Bill.
— Eu tenho uns trocados.
— Tudo bem, me encontra por volta da meia-noite. Você tem um lápis?
— Não.
— Espera, vou te emprestar.
Bill voltou com um toco de lápis, pegou um guardanapo e escreveu nele.
— Pega o ônibus de Beverly Hills e pede pro motorista te deixar aqui. Aí anda duas quadras na direção norte. Vou te esperar lá. Vai conseguir chegar?
— Estarei lá.
— Tem esposa ou filhos? — perguntou Bill.
— Já tive — respondeu Harry.

Fazia frio naquela noite. Harry desceu do ônibus e andou duas quadras na direção norte. Estava escuro, muito escuro. Bill esperava de pé, fumando um cigarro enrolado. Não estava em plena vista, mas encostado em um arbusto grande.
— Oi, Bill.
— Oi, Harry. Pronto pra começar a sua nova carreira lucrativa?
— Sim.
— Certo. Andei espiando essas casas. Acho que encontrei uma boa pra gente. Isolada. Fede a grana. Você tá com medo?
— Não. Não estou com medo.

— Bom. Fique tranquilo e me siga.

Harry seguiu Bill pela calçada por uma quadra e meia, depois Bill abriu caminho entre dois arbustos, chegando a um jardim grande. Eles foram até os fundos da casa, um lugar grande de dois andares. Bill parou na janela dos fundos. Cortou a tela com uma faca e ficou imóvel, escutando. Era como um cemitério. Bill desenganchou a tela e a ergueu. Ficou ali, trabalhando na janela. Esforçou-se nisso por um tempo e Harry começou a pensar: *Jesus. Estou com um amador. Estou com algum tipo de maluco.* Então a janela se abriu e Bill pulou para dentro. Harry podia ver a bunda dele balançando ao entrar. *Isso é ridículo*, pensou ele. *Os homens fazem isso?*

— Vem — sussurrou Bill lá de dentro.

Harry pulou para dentro. Fedia mesmo a grana e lustrador de móveis.

— Por Deus, Bill. Agora tô com medo. Isso não faz sentido nenhum.

— Não fale tão alto. Você quer fugir daquele feijão aguado, não quer?

— Sim.

— Bem, então seja homem.

Harry esperou enquanto Bill lentamente abria gavetas e enfiava coisas nos bolsos. Eles pareciam estar em uma sala de jantar. Bill começou a enfiar colheres e facas e garfos nos bolsos.

Como essas coisas vão dar algum dinheiro?, pensou Harry.

Bill continuou enfiando os talheres nos bolsos do casaco. Então deixou cair uma faca. O chão era duro, sem tapete, e o som foi definitivo e alto.

— Quem está aí?

Bill e Harry não responderam.

— Eu perguntei quem está aí!

— O que foi, Seymor? — perguntou uma voz de garota.

— Achei ter ouvido alguma coisa. Alguma coisa me acordou.
— Ah, vá dormir.
— Não. Eu ouvi alguma coisa.

Harry ouviu o ranger de uma cama e então o som de alguém caminhando. O homem entrou e de repente estava na sala de jantar com eles. Estava de pijama, era um jovem de uns vinte e seis ou vinte e sete anos, e tinha cavanhaque e cabelo comprido.

— Certo, seus patifes, o que estão fazendo na minha casa?

Bill se virou para Harry.

— Vai lá pro quarto. Pode ter um telefone lá. Não deixa ela usar. Eu cuido desse aqui.

Harry foi para o quarto, encontrou a porta, entrou, viu uma loira de uns vinte e três anos de cabelo comprido, usando uma camisola chique, com os peitos soltos. Havia um telefone junto à cabeceira e ela não estava usando o aparelho. Levou as costas da mão à boca. Estava se sentando na cama.

— Não grite — disse Harry — ou eu te mato.

Ele ficou parado lá, olhando para ela, pensando na própria esposa, mas nunca tivera uma mulher como aquela. Começou a suar, sentindo-se atordoado, e eles se encararam.

Harry sentou-se na cama.

— Deixa a minha esposa em paz ou eu te mato! — exclamou o jovem.

Bill tinha acabado de entrar. Segurava o homem em uma chave de braço e cutucava o meio das costas dele com uma faca.

— Ninguém vai machucar a sua esposa, cara. Só fala onde tá o seu maldito dinheiro e a gente vai embora.

— Eu te disse que tudo o que tenho está na minha carteira.

Bill apertou o braço dele e empurrou a faca um pouquinho. O jovem se encolheu.

— As joias — disse Bill —, me leva até as joias.

— Estão lá em cima...

— Certo. Me leva até lá!

Harry viu Bill sair com ele. Continuou encarando a garota e ela o encarou de volta. Olhos azuis, as íris dilatadas de medo.

— Não grite — ordenou ele —, ou eu te mato, juro por Deus que te mato!

Os lábios dela começaram a tremer. Eram de um rosa muito pálido, e no momento seguinte a boca dele estava na dela. Ele tinha barba e fedia, rançoso, e ela era branca, suavemente branca, delicada, tremia. Ele segurou a mão dela. Afastou a cabeça e olhou nos olhos dela.

— Sua puta — disse ele —, sua puta de merda!

Ele a beijou de novo, com mais força. Eles caíram juntos na cama. Ele chutou os sapatos, segurando-a. Então foi abrindo as calças, tirando-as, o tempo todo a segurando e beijando.

— Sua puta, sua puta de merda...

— *Ah, não! Jesus Cristo, não! A minha esposa não, seus filhos da puta!*

Harry não os ouvira entrar. O jovem deu um grito e Harry ouviu um gargarejar. Ele se afastou e olhou ao redor. O jovem estava no chão com a garganta cortada; o sangue jorrava ritmicamente no chão.

— Você matou ele! — disse Harry.

— Ele estava gritando.

— Não precisava matar ele.

— Você não precisava estuprar a mulher dele.

— Eu não estuprei ela e você matou ele.

A mulher começou a gritar. Harry pôs a mão sobre a boca dela.

— O que a gente faz agora? — perguntou.

— Mata ela também. Ela é testemunha.

— Eu não consigo matar ela — disse Harry.

— Eu mato — falou Bill.

— Mas não devíamos desperdiçar ela.
— Vai lá, então, pega ela.
— Enfia algo na boca dela.
— Eu cuido disso — disse Bill.

Ele tirou um cachecol da gaveta e o enfiou na boca dela. Em seguida, rasgou a fronha do travesseiro e amarrou o cachecol com as faixas.

— Vai lá — disse Bill.

A garota não resistiu. Parecia estar em choque.

Quando Harry acabou, Bill começou. Harry assistiu. Era isso. Era assim que funcionava em todo o mundo. Quando um exército conquistador chegava, tomava as mulheres. Eles eram o exército conquistador.

Bill desceu da cama.

— Merda, isso foi muito bom.
— Escuta, Bill, não vamos matar ela.
— Ela vai falar. É uma testemunha.
— Se pouparmos a vida dela, ela não vai contar. Vai valer a pena pra ela.
— Ela vai falar. Eu conheço a natureza humana. Mais tarde ela vai contar.
— Por que ela não deduraria pessoas que fazem o que a gente faz?
— É isso que estou dizendo — disse Bill —, por que dar a chance pra ela fazer isso?
— Vamos perguntar pra ela. Vamos falar com ela. Vamos perguntar o que ela acha.
— Eu *sei* o que ela acha. Vou matar ela.
— Por favor, não mata, Bill. Vamos demonstrar um pouco de decência.

— Demonstrar um pouco de decência? Agora? É tarde demais. Se você tivesse sido homem o suficiente pra manter seu pinto imbecil fora dela...

— Não mata ela, Bill, eu... eu não aguento ver...

— Vira de costas.

— Bill, por favor...

— Eu disse pra se virar!

Harry se virou. Não ouviu som algum. Minutos se passaram.

— Bill, você fez?

— Fiz. Vira e olha.

— Não quero olhar. Vem. Vamos sair daqui.

Eles saíram pela mesma janela por onde entraram. A noite estava mais fria do que nunca. Eles desceram pela lateral escura da casa e passaram pela cerca-viva.

— Bill?

— Que foi?

— Eu me sinto bem agora, como se nunca tivesse acontecido.

— Mas aconteceu.

Eles voltaram para o ponto de ônibus. As paradas noturnas eram bem espaçadas, provavelmente teriam que esperar no mínimo uma hora. Eles ficaram ali no ponto, procuraram sangue um no outro e, estranhamente, não encontraram nada. Então enrolaram e acenderam dois cigarros.

Bill subitamente cuspiu o dele.

— Puta que pariu. Ah, caralho dos infernos!

— Que foi, Bill?

— Esquecemos de pegar a carteira dele!

— Ah, merda — disse Harry.

um homem

George estava deitado em seu trailer, de costas, assistindo a uma pequena TV portátil. Os pratos do jantar estavam sujos, os pratos do café da manhã estavam sujos, ele precisava se barbear, e cinzas do cigarro enrolado caíam em sua camiseta. Parte das cinzas ainda queimava. Às vezes, as cinzas ardentes caíam fora da camiseta e atingiam sua pele, e aí ele xingava enquanto as tirava com a mão.

Alguém bateu à porta do trailer. Ele se levantou devagar e atendeu. Era Constance. Ela tinha consigo uma sacola com uma garrafa de uísque fechada.

— George, larguei aquele filho da puta, não aguentava mais aquele filho da puta.

— Senta aí.

George abriu o uísque, pegou dois copos, encheu um terço de cada um com uísque e dois terços com água. Sentou-se na cama com Constance. Ela tirou um cigarro da bolsa e o acendeu. Estava bêbada e suas mãos tremiam.

— Eu peguei a porra do dinheiro dele também. Peguei a porra do dinheiro dele e fui embora quando ele estava no trabalho. Você não sabe como eu sofri com aquele filho da puta.

— Me dá um trago — disse George.

Ela estendeu o cigarro e, quando se aproximou, George pôs o braço ao redor dela, a puxou e a beijou.

— Seu filho da puta — disse ela —, senti sua falta.

— Senti falta dessas suas pernas lindas, Connie. Realmente senti saudade dessas pernas lindas.

— Ainda gosta delas?

— Fico duro só de olhar.

— Eu nunca teria dado certo com um cara da faculdade — disse Connie. — Eles são moles demais, uns mansos. E ele mantinha a casa dele limpa. George, era como ter uma empregada. Ele fazia tudo. O lugar era imaculado. Dava pra comer ensopado de carne direto da privada. Ele era *antisséptico*, é o que ele era.

— Beba. Você vai se sentir melhor.

— E ele não conseguia fazer amor.

— Quer dizer que o negócio não subia?

— Ah, subia. Subia o tempo todo. Mas ele não sabia fazer uma mulher feliz, entende. Ele não sabia o que fazer. Todo aquele dinheiro, toda aquela educação... ele era inútil.

— Eu queria ter feito faculdade.

— Você não precisa disso. Tem tudo de que precisa, George.

— Eu sou só um peão. Todos aqueles trabalhos de merda.

— Já disse que você tem tudo de que precisa, George. Você sabe fazer uma mulher feliz.

— Sei?

— Sim. E sabe o que mais? A *mãe* dele vinha visitar! A *mãe*! Umas duas ou três vezes por semana. E ela ficava lá sentada olhando pra mim, fingindo gostar de mim, mas o tempo todo me tratando como se eu fosse uma puta. Como se eu fosse uma puta malvada que estava roubando o filho dela! Seu precioso Walter! Jesus! Que zona!

— Beba, Connie.

George tinha acabado o dele. Ele esperou Connie esvaziar o copo, então o pegou e encheu os dois.

— Ele dizia que me amava. E eu falava: "Olha a minha boceta, Walter!", mas ele não olhava a minha boceta. Ele dizia: "Eu não quero olhar essa coisa". Essa *coisa*! Era assim que ele chamava! Você não tem medo da minha boceta, tem, George?

— Ela nunca me mordeu.

— Mas você mordeu ela, deu umas mordidinhas, né, George?

— Acho que sim.

— E lambeu e chupou?

— Acho que sim.

— Você sabe muito bem o que fez, George.

— Quanto você pegou dele?

— Seiscentos dólares.

— Eu não gosto de pessoas que roubam as outras, Connie.

— É por isso que você é a porra de um lavador de pratos. Você é honesto. Mas ele é um cretino, George. E não vai fazer falta pra ele, e eu mereci... ele e a *mãe* dele e o *amor*, o *amor de mãe* dela, as bacias e privadas e sacos de lixo limpinhos e os carros novos e enxaguantes e loções pós-barba e o pauzinho duro dele e o precioso "fazer amor". Era tudo pra *ele mesmo*, entende, tudo pra *ele mesmo*! Você sabe o que uma mulher quer, George...

— Obrigado pelo uísque, Connie. Deixa eu pegar outro cigarro.

George encheu os copos de novo.

— Senti falta das suas pernas, Connie. Realmente senti falta dessas pernas. Gosto do jeito que você usa salto alto. Eles me deixam louco. Essas mulheres modernas não sabem o que estão perdendo. O salto alto dá forma à panturrilha, à coxa, à bunda; cria um gingado no andar. Realmente me excita!

— Você fala como um poeta, George. Às vezes fala como um poeta. É um lavador de pratos e tanto.

— Sabe o que eu realmente queria fazer?

— O quê?

— Bater o meu cinto nas suas pernas, na bunda, nas coxas. Queria te fazer tremer e chorar e então, quando estivesse tremendo e chorando, eu meteria o pau em você com puro amor.

— Eu não quero isso, George. Você nunca falou assim antes. Sempre me tratou bem.

— Puxa a saia pra cima.

— Quê?

— Puxa a saia pra cima, quero ver mais das suas pernas.

— Você gosta mesmo das minhas pernas, não é, George?

— Deixa a luz brilhar nelas!

Constance ergueu a saia do vestido.

— Jesus Cristo amado, porra — disse George.

— Você gosta das minhas pernas?

— Eu amo as suas pernas!

Então George se estendeu sobre a cama e estapeou Constance com força no rosto. O cigarro dela saiu voando da boca.

— Por que você fez isso?

— Você trepou com o Walter! Trepou com o Walter!

— E daí? O que é isso?

— E daí que sobe a sua saia!

— Não!

— Faz o que eu mandei!

George a estapeou de novo, mais forte. Constance ergueu a saia.

— Só até a calcinha! — berrou George. — Não quero ver a calcinha!

— Jesus, George, o que deu em você?

— Você trepou com o Walter!

— George, juro, você ficou louco. Eu quero ir embora. Me deixa sair daqui, George!

— Não se mexe ou eu te mato!

— Você me mataria?

— Juro que sim!

George se levantou e se serviu um copo cheio de uísque puro, bebeu e se sentou ao lado de Constance. Apertou o cigarro contra o pulso dela. Ela gritou. Ele o segurou ali, com força, então o afastou.

— Eu sou um homem, querida, você entende?

— Eu sei que você é um homem, George.

— Aqui, olha os meus músculos! — George se ergueu e flexionou os dois braços. — Lindo, hein, querida? Olha esse músculo! Aperta! Aperta!

Constance apertou um dos braços dele. Depois o outro.

— Sim, você tem um corpo lindo, George.

— Eu sou um homem. Sou um lavador de pratos, mas sou um homem, um homem de verdade.

— Eu sei, George.

— Não sou que nem aquele bostinha que você largou.

— Eu sei.

— E sei cantar também. Você devia ouvir a minha voz.

Constance continuou sentada. George começou a cantar. Ele cantou "Old Man River". Então cantou "Nobody Knows the

Trouble I've Seen". Cantou "The St. Louis Blues". Cantou "God Bless America",* parando várias vezes e rindo. Então sentou-se ao lado de Constance.

— Connie, você tem pernas lindas.

Ele pediu outro cigarro. Fumou, bebeu mais dois copos, então abaixou a cabeça nas pernas de Connie, em contato com as meias dela, com o colo.

— Connie, acho que eu sou um traste, acho que estou louco, desculpa te bater, desculpa ter te queimado com o cigarro.

Constance só ficou ali, sentada. Correu os dedos pelo cabelo de George, acariciando-o, apaziguando-o. Logo ele estava dormindo. Ela esperou mais um pouco. Então ergueu a cabeça dele e a apoiou no travesseiro, ergueu as pernas dele e as endireitou na cama. Levantou-se, foi até a garrafa de uísque, serviu uma boa dose, acrescentou um toque de água e tomou tudo. Foi até a porta do trailer, abriu, saiu, fechou. Atravessou o jardim dos fundos, abriu a cerca, e percorreu o beco sob a lua de uma hora da manhã. O céu estava sem nuvens. O mesmo céu repleto de estrelas estava lá em cima. Ela saiu na avenida e caminhou para o leste e chegou à entrada do Blue Mirror. Entrou, olhou ao redor e encontrou

---

* As primeiras músicas citadas são clássicos estadunidenses do gênero *spírituals*, canções originadas ou inspiradas na população negra escravizada, com mensagens de luta e esperança. "Old Man River", de 1927, é escrita do ponto de vista de um estivador negro no rio Mississipi, incluindo um termo pejorativo para pessoas negras que foi alterado na famosa interpretação de Paul Robeson; "Nobody Knows the Trouble I've Seen" se originou no período escravocrata e foi interpretada no século XX por artistas como Louis Armstrong e Sam Cooke; e "The St. Louis Blues", de 1914, também foi cantada por diversos artistas de jazz. Já "God Bless America" é uma canção patriótica escrita em 1918, no final da Primeira Guerra, e revisada pelo compositor Irving Berlin em 1938, que a fez passar de uma canção de vitória para uma canção de paz. [N.T.]

Walter sentado sozinho e bêbado na ponta do balcão. Foi até lá e sentou-se ao lado dele.

— Sentiu minha falta, querido? — perguntou.

Walter ergueu os olhos. Reconheceu-a. Não respondeu. Ele olhou para o barman, que veio na direção deles. Todos eles se conheciam.

classe

Não sei bem onde ficava o lugar. Algum ponto no nordeste da Califórnia. Hemingway* acabara de terminar um romance, tendo chegado da Europa ou algum outro lugar, e estava no ringue lutando com alguém. Havia jornalistas, críticos, escritores — aquele povo — e também algumas moças sentadas ao lado do ringue. Eu me sentei na última fileira. A maioria das pessoas não estava assistindo Hem; conversavam e riam.

O sol estava alto. Era algum momento no início da tarde. Eu observava Ernie. Ele tinha o homem sob controle, estava brincando com ele. Dava *jabs* e cruzados quando queria. Então derrubou o sujeito, e aí as pessoas olharam. O oponente de Hem se levantou

---

* O escritor americano Ernest Hemingway (1899-1961) aparece em dois contos deste volume, além de alguns poemas de Bukowski. Seu uso de experiências de vida como material de escrita — Hemingway foi jornalista e serviu na linha de frente da Primeira Guerra e na Guerra Civil Espanhola — e seu estilo franco e direto o tornaram uma influência inicial de Bukowski. As semelhanças de estilo também levaram a muitas comparações entre os dois, embora o crítico Julian Smith tenha afirmado que Bukowski "reescreveu Hemingway com riso pós-moderno, formando uma escrita inteiramente distinta – alusiva, anárquica e milagrosamente divertida". Ou, como Bukowski diria no livro de viagens *Shakespeare Never Did This* (1979): "Ele sabia como escrever, mas não sabia como rir". [N.T.]

em oito segundos. Hem foi em direção a ele, mas parou. Tirou o protetor bucal, riu, acenou para o oponente. Tinha sido fácil demais derrotá-lo. Ernie foi até o canto. Recostou a cabeça e alguém jogou um pouco de água em sua boca.

Eu me ergui do meu lugar e caminhei lentamente pelo corredor entre os assentos. Estendi a mão e bati com os nós dos dedos ao lado de Hemingway.

— Sr. Hemingway?
— Sim, o que foi?
— Eu gostaria de lutar com o senhor.
— Tem experiência no boxe?
— Não.
— Vá adquirir um pouco.
— Estou aqui pra te arrebentar.

Ernie riu e disse ao cara no canto:
— Arranje um calção e umas luvas pro garoto.

O cara saltou do ringue e eu o segui pelo corredor até o vestiário.

— Você é doido, garoto? — perguntou ele.
— Não sei. Acho que não.
— Aqui, experimente esse calção.
— Ok.
— Ah, ah... está largo demais.
— Foda-se. Serve.
— Ok, deixa eu colocar as bandagens nas suas mãos.
— Sem bandagens.
— Sem bandagens?
— Sem bandagens.
— E o protetor bucal?
— Sem protetor bucal.
— Você vai lutar com esses sapatos?

— Vou lutar com esses sapatos.

Acendi um charuto e o segui para fora. Desci o corredor fumando charuto. Hemingway subiu de novo no ringue e puseram as luvas dele. Não havia ninguém no meu canto. Um tempo depois, alguém veio e colocou as luvas em mim. Fomos chamados para o centro do ringue para receber instruções.

— Agora, quando estiverem no *clinch** — disse o juiz —, eu vou...

— Eu não faço *clinch* — respondi.

Outras instruções se seguiram.

— Ok, de volta aos seus cantos. Quando tocar o gongo, comecem a lutar. Que vença o melhor. E — disse ele para mim — é melhor você tirar esse charuto da boca.

Quando tocou o gongo, avancei com o charuto ainda na boca. Puxando um bocado de fumaça, eu a soprei na cara de Ernest Hemingway. A plateia riu.

Hem avançou, tentou um *jab* e um gancho, e errou os dois golpes. Eu tinha pés ágeis. Fiz uma dancinha, me aproximei, tap tap tap tap tap, cinco *jabs* de esquerda velozes contra o nariz do papai. Desviei os olhos para uma garota na primeira fileira, uma coisinha bonita, e bem aí Hem acertou uma direita, esmagando o charuto. Eu o senti queimar a boca e a bochecha. Limpei as cinzas quentes, cuspi a bituca e dei um gancho na barriga de Ernie. Ele me deu um *uppercut* de direita e me acertou no ouvido com a esquerda. Abaixou sob minha direita e me prendeu com uma sequência de golpes contra as cordas. Bem quando tocou o gongo, ele me derrubou com uma direita certeira no queixo. Eu me levantei e voltei para o meu canto.

---

* O *clinch* é um movimento no boxe no qual se agarra o oponente em uma espécie de abraço de forma a impedi-lo de desferir socos de forma eficaz. [N.E.]

Um cara veio com um balde.

— O sr. Hemingway quer saber se você gostaria de outro *round* — disse o cara.

— Diga ao sr. Hemingway que ele teve sorte. A fumaça entrou nos meus olhos. Mais um *round* é tudo de que eu preciso pra terminar o trabalho.

O cara com o balde foi até lá e eu vi Hemingway rindo.

O gongo tocou e eu avancei. Comecei acertando-o, não forte demais, mas com boas combinações. Ernie recuou, errando os socos. Pela primeira vez, vi dúvida em seus olhos.

Quem é esse garoto?, estava pensando ele. Encurtei meus socos, atingi com mais força. Acertei todos os golpes. Cabeça e corpo. Uma variedade. Eu lutava boxe como Sugar Ray e batia como Dempsey.*

Encurralei Hemingway nas cordas. Ele não conseguia cair. Toda vez que começava a tombar para a frente, eu o endireitava com outro soco. Era assassinato. *Morte ao entardecer.***

Recuei e o sr. Ernest Hemingway caiu para a frente, desmaiado.

Desenlacei as luvas com os dentes, tirei-as e pulei do ringue. Fui até meu vestiário, quer dizer, o vestiário de Hemingway, e tomei um banho. Bebi uma garrafa de cerveja, acendi um charuto e me sentei na beira da maca de massagem. Ernie foi carregado para dentro e colocado em outra maca. Ainda estava apagado. Fiquei sentado lá, nu, vendo-os se preocupar com ele. Havia mulheres no vestiário, mas não prestei atenção nelas. Então um cara se aproximou de mim.

— Quem é você? — perguntou ele. — Qual é o seu nome?

---

* Os boxeadores americanos Sugar Ray Robinson (1921-1989) e William Harrison "Jack" Dempsey (1895-1983). [N.T.]

** Obra de não ficção de Hemingway sobre as touradas espanholas, publicada em 1932. [N.T.]

— Henry Chinaski.
— Nunca ouvi falar — disse ele.
— Vai ouvir — falei.

Todo mundo veio para o meu lado. Ernie ficou sozinho. Pobre Ernie. Todo mundo me rodeou. As mulheres também. Eu era bem franzino, exceto em um lugar. Uma mulher classuda estava me olhando de cima a baixo. Parecia uma mulher da alta sociedade, rica, instruída e tudo o mais — corpo bom, rosto bom, roupas boas, tudo isso.

— O que você faz da vida? — perguntou alguém.
— Fodo e bebo.
— Não, quer dizer, qual é sua profissão?
— Lavador de pratos.
— Lavador de pratos?
— É.
— Você tem um hobby?
— Bem, não sei se dá pra chamar de hobby. Eu escrevo.
— Você escreve?
— Isso.
— O quê?
— Contos. Eles são bem bons.
— Já foi publicado?
— Não.
— Por quê?
— Nunca enviei nenhum.
— Onde estão as suas histórias?
— Ali. — Apontei para uma mala rasgada de papelão.
— Escuta, sou um crítico do *New York Times*. Se incomoda se eu levar suas histórias pra casa pra ler? Depois eu devolvo.
— Por mim tudo bem, malandro, só que não sei onde vou estar.

A mulher classuda da alta sociedade deu um passo à frente.

— Ele estará comigo. — Então ela se virou para mim. — Vamos, Henry, vista-se. O caminho é longo e temos coisas para discutir.

Eu me vesti e então Ernie recuperou a consciência.

— Que merda aconteceu aqui? — perguntou ele.

— Você encontrou um homem muito bom, sr. Hemingway — alguém disse a ele.

Terminei de me vestir e fui até a maca dele.

— Você é um bom homem, papai. Ninguém ganha todas. — Apertei a mão dele. — Não estoure os miolos.

Saí com a mulher da alta sociedade e entramos em um conversível amarelo do tamanho de meio quarteirão. Ela dirigia com o acelerador no chão e fazia as curvas deslizando e guinchando, sem expressão alguma. Isso era classe. Se ela fizesse amor como dirigia, ia ser uma noite daquelas.

A casa ficava no topo das colinas, solitária. Um mordomo abriu a porta.

— George — disse ela —, tire a noite de folga. Pensando bem, tire a semana.

Entramos e havia um sujeito grandão sentado em uma cadeira, segurando uma bebida.

— Tommy — disse ela —, some daqui.

Seguimos pela casa.

— Quem era o grandão? — perguntei a ela.

— Thomas Wolfe — disse ela —, um chato.

Ela parou na cozinha para pegar uma garrafa de uísque e dois copos. Aí disse:

— Vamos.

Eu a segui até o quarto.

Na manhã seguinte, o telefone nos acordou. Era para mim. Ela me entregou o telefone e eu me sentei na cama a seu lado.

— Sr. Chinaski?

— Que foi?

— Eu li as suas histórias. Fiquei tão empolgado que não consegui dormir a noite toda. Você com certeza é o maior gênio da década!

— Só da década?

— Bem, talvez do século.

— Melhor.

— Os editores da *Harper's* e da *Atlantic* estão aqui comigo agora. Você não vai acreditar, mas cada um deles pegou cinco histórias para publicação futura.

— Eu acredito — falei.

O crítico desligou. Eu me deitei. A mulher da alta sociedade e eu fizemos amor mais uma vez.

pare de encarar os meus peitos, senhor

Grande Bart era o sujeito mais malvado do Oeste. Tinha a pistola mais rápida do Oeste e havia fodido a maior variedade de mulheres do Oeste do que qualquer outro. Não gostava muito de banhos ou baboseiras ou de ficar em segundo lugar. Também era o chefe de uma caravana de carroças que ia para o oeste, e não havia homem de sua idade que tivesse matado mais índios ou fodido mais mulheres ou matado mais homens brancos.

Grande Bart era um grande homem e sabia disso, assim como todo mundo. Até seus peidos eram excepcionais, mais altos do que o gongo do jantar, e ele era avantajado. O trabalho de Bart era garantir que as carroças passassem com segurança, trepar com as mulheres, matar uns homens e então voltar para conduzir outra caravana. Ele tinha uma barba preta, um cu sujo e dentes amarelados radiantes.

Tinha acabado de macetar a jovem esposa de Billy Joe e obrigara Billy Joe a assistir. Tinha feito a esposa de Billy Joe falar com Billy Joe enquanto a fodia. Ele a fizera dizer:

— Ah, Billy Joe, todo esse peruzão enfiado em mim, da periquita até a garganta, eu nem consigo respirar! Billy Joe, me salve! Não, Billy Joe, não me salve!

Depois que Grande Bart atingiu o clímax, fez Billy Joe lavar suas partes íntimas e então todos foram comer um grande jantar de joelho de porco e feijão-de-lima com biscoitos.

No dia seguinte, eles cruzaram com uma carroça solitária que atravessava a planície. Um garoto magrelo de uns dezesseis anos com um caso sério de acne estava nas rédeas. Grande Bart fez o cavalo se aproximar.

— Escute, garoto — disse ele.

O garoto não respondeu.

— Tô falando com você, garoto...

— Vai se foder — disse o garoto.

— Eu sou Grande Bart — falou Grande Bart.

— Vai se foder, Grande Bart — respondeu o garoto.

— Qual é o seu nome, moleque?

— As pessoas me chamam de "Garoto".

— Escute, Garoto, não tem como um homem passar pelo território dos índios só com uma carroça.

— Eu pretendo passar — disse o Garoto.*

— Ok, os colhões são seus, Garoto — falou Grande Bart.

Estava para ir embora quando as abas da carroça se abriram e eis que sai uma jovem potranca** com peitos enormes, um bela bundona e olhos como o céu depois de uma boa chuva. Ela pôs os olhos em Grande Bart e o peru dele estremeceu contra a sela.

— Pelo seu próprio bem, Garoto, você vem com a gente.

---

* Kid, no original, faz referência a William "Billy The Kid" Bonney (1859-1881), um famoso bandoleiro estadunidense que roubava gado. [N.E.]
** Filly, no original, também é usado para se referir a garotas jovens. Optou-se por usar a tradução mais literal — "potranca" — para enfatizar o termo animalesco que Bukowski emprega nesse trecho, algo que também faz para caracterizar os homens ao longo do conto. [N.T.]

— Vá se foder, velhote — disse o Garoto —, eu não aceito conselhos de um velho de cueca suja.
— Eu já matei homens por piscarem — avisou Grande Bart.
O Garoto só cuspiu no chão. Então esfregou a virilha.
— Velhote, você tá me entediando. Agora suma da minha frente ou vou te ajudar a parecer com um bloco de queijo suíço.
— Garoto — disse a jovem, inclinando-se sobre ele, um dos peitos balançando para fora e deixando até o sol com tesão. — Garoto, acho que o homem tem razão. Não temos chance contra aqueles índios desgraçados sozinhos. Não seja idiota. Diga ao homem que vamos nos juntar a ele.
— Vamos nos juntar a vocês — disse o Garoto.
— Qual é o nome da sua garota? — perguntou Grande Bart.
— Honeydew* — disse o Garoto.
— E pare de encarar os meus peitos, senhor — disse Melão —, senão eu quebro a sua cara.

As coisas deram certo por um tempo. Houve uma escaramuça com os índios em Blueball Canyon. Trinta e sete índios mortos, um capturado. Nenhuma baixa entre os americanos. Grande Bart enrabou o índio capturado e depois o contratou como cozinheiro. Houve outra escaramuça em Clap Canyon, trinta e sete índios mortos, um capturado. Nenhuma baixa entre os americanos. Grande Bart enrabou...
Era óbvio que Grande Bart estava doido para traçar Honeydew. Não conseguia tirar os olhos dela. Era aquela bunda, principalmente aquela bunda. Ele chegou a cair do cavalo enquanto a observava, e um dos dois índios cozinheiros riu. Com isso, restou um índio cozinheiro.

---

* A palavra *honeydew* significa tanto melada, um líquido açucarado secretado por insetos, quanto melão. [N.T.]

Um dia, Grande Bart enviou o Garoto com um grupo de caça para matar uns búfalos. Grande Bart esperou até o cavalo com ele se afastar, então seguiu para a carroça do Garoto. Pulou no banco, abriu as abas e entrou. Honeydew estava agachada no centro da carroça, se masturbando.

— Jesus, querida — disse Grande Bart —, isso é um desperdício!

— Suma daqui — disse Honeydew, tirando o dedo de si e apontando-o para Grande Bart —, suma daqui e me deixa fazer minhas coisas!

— Seu homem não tá cuidando de você, Honeydew!

— Ele tá cuidando de mim, cretino, é só que não é o suficiente. É só que depois da menstruação eu fico excitada.

— Escuta, querida...

— Vai se foder!

— Escuta, querida, olha aqui...

E ele tirou sua britadeira. Era roxa e balançava para a frente e para trás como o pêndulo em um relógio de cuco. Um fio de cuspe caiu no chão.

Honeydew não conseguia tirar os olhos daquele instrumento. Por fim, ela disse:

— Você não vai enfiar esse negócio maldito em mim!

— Agora fale como se fosse verdade, Honeydew.

— *Você não vai enfiar esse negócio maldito em mim!*

— Mas, por quê? Por quê? Olha pra ele!

— Estou olhando!

— Mas por que não quer?

— Porque estou apaixonada pelo Garoto.

— Apaixonada? — perguntou Grande Bart, rindo. — Apaixonada? O amor é um conto de fadas para idiotas. Olha pra essa maldita foice! Isso vence o amor toda vez!

— Eu amo o Garoto, Grande Bart.

— E ainda tem a minha língua — disse Grande Bart —, a melhor língua do Oeste!

Ele a esticou e fez ginástica com ela.

— Eu amo o Garoto — repetiu Honeydew.

— Então que se foda — disse Grande Bart, e avançou e se jogou sobre Honeydew.

Foi um trabalho do cão enfiar aquele negócio nela e, quando conseguiu, Honeydew gritou. Ele deu umas sete estocadas e então foi bruscamente puxado para trás.

Era o garoto. De volta da caça.

— Conseguimos o seu búfalo, filho da puta. Agora sobe essas calças e vai lá fora pra gente acertar as contas.

— Eu tenho a pistola mais rápida do Oeste — disse Grande Bart.

— Eu vou abrir um buraco tão grande em você que o seu cu vai parecer um poro — disse o Garoto. — Anda, vamos logo. Quero jantar logo. Essa história de caçar búfalo atiça o apetite...

Os homens ficaram sentados ao redor da fogueira, assistindo. Havia uma vibração perceptível no ar. As mulheres ficaram nas carroças, rezando, se masturbando e bebendo gin. Grande Bart tinha trinta e quatro riscos na pistola e uma memória ruim. O Garoto não tinha nenhum risco em sua pistola. Mas tinha uma confiança tal qual os outros raramente haviam visto. Grande Bart parecia o mais nervoso dos dois. Ele tomou um gole de uísque, virando metade do cantil, então foi até o Garoto.

— Escute, Garoto...

— Que foi, desgraçado...?

— Quer dizer, por que perdeu a calma?

— Eu vou estourar os seus colhões, velhote!

— Por quê?

— Você estava fodendo a minha mulher, velhote!

— Escuta, Garoto, não está vendo? As fêmeas jogam um homem contra o outro. Estamos caindo no jogo dela.

— Não quero ouvir o seu falatório, meu velho! Agora vai pra lá e saca a pistola! Você tá fodido!

— Garoto...

— Vai pra lá e saca!

Os homens na fogueira se enrijeceram. Uma brisa leve soprava do oeste, cheirando a bosta de cavalo. Alguém tossiu. As mulheres se agacharam nas carroças, bebendo gin, rezando e se masturbando. O crepúsculo se aproximava.

Grande Bart e o Garoto estavam a trinta passos um do outro.

— Saca, seu covarde — disse o Garoto —, saca, seu molestador de mulher covarde!

Em silêncio, através das abas de uma carroça, uma mulher apareceu com uma espingarda. Era Honeydew. Ela pôs a espingarda no ombro e apertou os olhos contra o cano.

— Vamos, seu estuprador metido a besta — disse o Garoto —, saca!

A mão de Grande Bart desceu ao coldre. Um tiro soou no crepúsculo. Honeydew baixou a espingarda fumegante e voltou para a carroça coberta. O Garoto jazia morto no chão com um buraco na testa. Grande Bart devolveu a pistola não usada ao coldre e foi em direção à carroça. A lua estava no céu.

algo sobre uma bandeira vietcongue

O deserto assava sob o sol de verão. Vermelho pulou do trem de carga quando desacelerou fora do pátio da ferrovia. Ele cagou atrás de umas pedras altas ao norte, e limpou a bunda com algumas folhas. Em seguida, caminhou uns quarenta e cinco metros, sentou-se atrás de outra pedra, onde não batia sol, e enrolou um cigarro. Viu os hippies caminhando em sua direção. Dois caras e uma garota. Eles tinham pulado do trem no pátio e estavam caminhando de volta.

Um dos caras carregava uma bandeira vietcongue. Os sujeitos pareciam frouxos e inofensivos. A garota tinha uma bundona bonita — quase rasgava a calça jeans azul. Ela era loira e tinha um sério problema de acne. Vermelho esperou até o grupo quase alcançá-lo.

— *Heil* Hitler! — disse ele.

Os hippies riram.

— Para onde estão indo? — perguntou Vermelho.

— Estamos tentando chegar a Denver. Acho que vai dar certo.

— Bem — disse Vermelho —, vão ter que esperar um pouco. Eu vou ter que usar sua garota.

— Como assim?

— Vocês ouviram.

Vermelho agarrou a garota. Com uma das mãos segurando o cabelo e a outra a bunda, ele a beijou. O mais alto dos dois caras pôs a mão no ombro de Vermelho.

— Ei, espere um momento...

Vermelho se virou e derrubou o sujeito com uma esquerda curta. Um soco no estômago. O cara ficou no chão, respirando pesado. Vermelho olhou para o cara com a bandeira vietcongue.

— Se não quiser se machucar, não me encha o saco. Vamos — disse ele à garota —, vá pra trás daquelas pedras.

— Não, não vou — respondeu a garota —, não vou.

Vermelho sacou um canivete e apertou o botão. Encostou a lâmina reta sobre o nariz dela e pressionou.

— Como acha que vai ficar sem nariz?

Ela não respondeu.

— Eu vou cortar ele fora. — Ele sorriu.

— Escute — disse o cara com a bandeira —, você não pode fazer isso.

— Vamos, menininha — falou Vermelho, empurrando-a para as pedras.

Vermelho e a garota desapareceram atrás das pedras. O cara com a bandeira ajudou o amigo a se levantar. Eles ficaram parados lá. Ficaram parados lá por alguns minutos.

— Ele tá fodendo a Sally. O que a gente vai fazer? Ele tá fodendo ela agora mesmo.

— O que a gente vai fazer? Ele é maluco.

— Devíamos fazer alguma coisa.

— Sally deve nos achar uns merdas.

— E somos. Somos dois. Podíamos ter dado um jeito nele.

— Ele tem uma faca.

— Não importa. A gente podia ter juntado nele.

— Eu me sinto tão mal.

— Como acha que a Sally se sente? Ele tá fodendo ela.

Eles ficaram ali e esperaram. O alto, que tinha levado o soco, chamava-se Leo. O outro era Dale. Estava quente sob o sol enquanto esperavam.

— Sobraram dois cigarros — disse Dale —, devemos fumar?

— Como assim vamos fumar quando aquilo tá acontecendo atrás das pedras?

— Você tem razão. Meu Deus, por que tá demorando tanto?

— Deus, não sei. Acha que ele matou ela?

— Estou ficando preocupado.

— Talvez seja melhor eu dar uma olhada.

— Ok, mas toma cuidado.

Leo foi até as pedras. Havia uma pequena colina com alguns arbustos. Ele esgueirou-se colina acima até o arbusto e olhou para baixo. Vermelho estava fodendo Sally. Leo ficou olhando. Parecia não acabar mais. Vermelho continuava e continuava. Leo esgueirou-se de volta colina abaixo e parou ao lado de Dale.

— Acho que ela está bem — disse ele.

Eles esperaram.

Enfim, Vermelho e Sally emergiram de trás das pedras e vieram na direção deles.

— Obrigado, irmãos — disse Vermelho —, ela tinha um belo rabo.

— Apodreça no inferno! — exclamou Leo.

Vermelho riu.

— Paz! Paz! — Ele fez o sinal com os dedos. — Bem, acho que vou indo...

Vermelho enrolou um cigarro, sorrindo enquanto o umedecia. Então o acendeu, tragou e partiu para o norte, mantendo-se na sombra.

— Vamos pedir carona pelo resto do caminho — disse Dale. — Trens não são nada bons.

— A rodovia fica a oeste — disse Leo. — Vamos pra lá.

Eles começaram a andar para o oeste.

— Jesus — disse Sally —, eu mal consigo andar! Ele é um animal!

Leo e Dale ficaram em silêncio.

— Espero que eu não engravide — continuou Sally.

— Sally — disse Leo —, sinto muito...

— Ah, cala a boca!

Eles seguiram em frente. A noite se aproximava e o calor do deserto diminuía.

— Odeio homens! — exclamou Sally.

Uma lebre saltou de trás de um arbusto, e Leo e Dale pularam quando ela saiu correndo.

— Uma lebre — disse Leo —, é uma lebre.

— A lebre assustou vocês, foi?

— Bem, depois do que aconteceu, estamos meio tensos.

— *Vocês* estão tensos? E eu? Escuta, vamos nos sentar um pouco. Estou cansada.

Havia um trecho de sombra, e Sally se sentou entre os dois.

— Mas, sabe... — disse ela.

— O quê?

— Não foi tão ruim. Em termos estritamente sexuais, quer dizer. Ele realmente metia bem. Em termos estritamente sexuais, foi uma trepada e tanto.*

— O quê? — disse Dale.

---

* A suposição de que uma mulher poderia ter gostado de ser estuprada é um argumento sexista que visa apagar a violência do crime cometido e desacreditar a vítima, principalmente em processos jurídicos. [N.E.]

— Quer dizer, moralmente, eu odeio ele. O filho da puta deveria levar um tiro. É um cão. Um porco. Mas em termos estritamente sexuais, foi uma boa trepada...

Ficaram sentados lá por um tempo, sem dizer nada. Então pegaram os dois cigarros e os fumaram, passando-os entre si.

— Queria que tivéssemos uma erva — disse Leo.

— Meu Deus, eu sabia que você ia falar isso — disse Sally. — Vocês dois parecem de mentira.

— Talvez você se sentiria melhor se a gente te estuprasse? — perguntou Leo.

— Não seja idiota.

— Acha que não consigo te estuprar?

— Eu devia ter ido com ele. Vocês são imprestáveis.

— Então agora você gosta dele? — perguntou Dale.

— Esquece! — disse Sally. — Vamos descer pra rodovia e pedir carona.

— Eu consigo meter em você — disse Leo —, consigo te fazer chorar.

— Posso assistir? — perguntou Dale, rindo.

— Não vai ter nada pra assistir — disse Sally. — Venham. Vamos logo.

Eles se levantaram e seguiram em direção à rodovia. Eram dez minutos de caminhada. Chegando lá, Sally parou na rodovia com o dedão esticado. Leo e Dale ficaram para trás, fora da vista. Tinham esquecido a bandeira vietcongue. Tinham deixado lá atrás, no pátio da ferrovia. Estava na terra, perto dos trilhos do trem. A guerra prosseguia. Sete formigas vermelhas, daquelas grandes, caminhavam sobre a bandeira.

você não sabe escrever uma história de amor

Margie ia sair com um cara, mas no caminho esse cara encontrou outro cara usando uma jaqueta de couro e o cara de jaqueta de couro abriu a jaqueta de couro e mostrou ao outro cara suas tetas e o outro cara foi até a casa de Margie e disse que não podia ir ao encontro deles porque um cara de jaqueta de couro tinha mostrado as tetas pra ele e ele ia foder esse cara. Então Margie foi ver Carl, Carl estava em casa, e ela se sentou e disse a Carl:

— Um cara ia me levar pra um café com mesas do lado de fora e a gente ia beber vinho e conversar, só beber vinho e conversar, só isso, mais nada, mas no caminho o cara conheceu outro cara de jaqueta de couro, e o cara da jaqueta de couro mostrou as tetas para o outro cara e agora esse cara vai foder o cara da jaqueta de couro, então eu fiquei sem a minha mesa e o meu vinho e a minha conversa.

— Não consigo escrever — disse Carl. — Acabou.

Então ele se ergueu e foi ao banheiro, fechou a porta e cagou. Carl cagava quatro ou cinco vezes por dia. Não tinha mais o que fazer. Ele tomava cinco ou seis banhos por dia. Não tinha mais o que fazer. E se embebedava pelo mesmo motivo.

Margie ouviu a descarga e Carl saiu.

— Um homem não tem como escrever oito horas por dia. Não tem nem como escrever todo dia ou toda semana. É uma agonia. Não há o que fazer além de esperar.

Carl foi à geladeira e voltou com um engradado de seis garrafas de Michelob. Abriu uma.

— Sou o maior escritor do mundo — disse ele. — Você sabe como isso é difícil?

Margie não respondeu.

— Consigo sentir a dor rastejando sobre mim. É como uma segunda pele. Queria poder trocar essa pele como uma cobra.

— Bem, por que não se deita no tapete e tenta?

— Escuta — perguntou ele —, onde eu te conheci mesmo?

— No Barney's Beanery.*

— Bem, isso explica um pouco. Pegue uma cerveja.

Carl abriu uma garrafa e a estendeu para ela.

— É — disse Margie —, eu sei. Você precisa da sua solidão. Precisa ficar sozinho. Exceto quando quer trepar, ou quando a gente se separa, aí você pega o telefone e diz que precisa de mim. Diz que está de ressaca, morrendo. Você fica fraco rápido.

— Eu fico fraco rápido.

— E você é tão *chato* perto de mim, você nunca se anima. Vocês, escritores, são tão... *sensíveis*... não suportam pessoas. A humanidade é uma bosta, certo?

— Certo.

— Mas toda vez que nos separamos você começa a dar festas gigantes de quatro dias. E de repente você fica *engraça-*

---

* Rede de *gastropubs* fundada em 1920 e estabelecida em West Hollywood, em 1927. Era popular entre artistas e escritores, incluindo atores da era de ouro de Hollywood como Clark Gable, Judy Garland e Rita Hayworth, e cantores como Jim Morrison e Janis Joplin, nos anos 1960. Bukowski também frequentou o local. [N.T.]

dinho, você começa a *falar*! De repente você fica cheio de vida, falando, dançando, cantando. Você dança na mesa de centro, joga garrafas pela janela, interpreta trechos de Shakespeare. De repente você fica vivo... mas só quando eu não estou mais aqui. Ah, eu fico sabendo!

— Eu não gosto de festas. Especialmente não gosto de pessoas em festas.

— Pra um cara que não gosta de festas, você com certeza dá muitas festas.

— Escuta, Margie, você não está entendendo. Eu não consigo mais escrever. Estou acabado. Em algum ponto, eu escolhi o caminho errado. Em algum ponto, eu morri no meio da noite.

— O único jeito que você vai morrer é por uma das suas ressacas gigantes.

— O Jeffers disse que até os homens mais fortes ficam presos.

— Quem era esse tal Jeffers?

— O cara que transformou Big Sur numa armadilha de turista.*

— O que você ia fazer hoje à noite?

— Eu ia escutar as músicas de Rachmaninoff.

— Quem é esse?

— Um russo morto.

— Olha pra você. Só fica sentado aí.

— Estou esperando. Alguns caras esperam dois anos. Às vezes, a escrita nunca volta.

— E se nunca voltar?

— Vou só calçar os meus sapatos e ir até a Main Street.

---

* O poeta estadunidense John Robinson Jeffers (1887-1962), que passou a maior parte da vida na cidade de Carmel, na área montanhosa conhecida como Big Sur, na Califórnia, cuja beleza selvagem ele explorou em sua obra ao longo de toda a carreira. [N.T.]

— Por que não arruma um emprego decente?

— Não existem empregos decentes. Se um escritor não consegue viver da criação, ele está morto.

— Ah, vá, Carl! Tem bilhões de pessoas no mundo que não vivem da criação. Você vai me dizer que estão mortas?

— Sim.

— E você tem alma? Você é um dos poucos com uma alma?

— Parece que sim.

— *Parece* que sim! Você e sua maquininha de escrever! Você e seus chequezinhos! A minha avó ganha mais que você!

Carl abriu outra garrafa de cerveja.

— Cerveja! Cerveja! Você e a sua maldita cerveja! Aparece nas suas histórias também. "Marty pegou sua cerveja. Quando ergueu os olhos, uma loira alta entrou no bar e se sentou ao lado dele..." Você tem razão. Você está acabado. Seu material é limitado, muito limitado. Você não sabe escrever uma história de amor, não sabe escrever uma história de amor decente.

— Você tem razão, Margie.

— Se um homem não sabe escrever uma história de amor, ele é inútil.

— Quantas você já escreveu?

— Eu não fico falando que sou escritora.

— Mas — disse Carl — meio que age como se fosse uma crítica literária e tanto.

Margie foi embora pouco depois disso. Carl ficou sentado e bebeu o restante das cervejas. Era verdade, a escrita o abandonara. Isso deixaria seus poucos inimigos do subterrâneo felizes. Eles podiam subir um nível. A morte os agradava, fosse embaixo ou em cima da terra. Ele se lembrou de Endicott, Endicott sentado lá dizendo: "Bem, Hemingway se foi, Dos Passos se foi, Patchen se foi, Pound se foi, Berryman pulou da ponte... as coisas estão ficando cada vez melhores".*

O telefone tocou. Carl atendeu.

— Sr. Gantling?

— Sim? — respondeu ele.

— Queríamos saber se você gostaria de fazer uma leitura na Fairmount College?

— Bem, sim, em que data?

— No dia trinta do mês que vem.

— Acho que não tenho nada marcado pra esse dia.

— Nosso pagamento habitual é cem dólares.

— Em geral eu recebo cento e cinquenta. Ginsberg recebe mil.**

---

* Além de Hemingway, são mencionados o escritor John dos Passos (1896-1970), cuja obra principal é a trilogia de romances *U.S.A.*, publicada nos anos 1930, que apresenta o desenvolvimento da sociedade estadunidense nas primeiras décadas do século XX, e tem uma estrutura experimental; o poeta e romancista Kenneth Patchen (1911-1972), que experimentou muito com estilo e temática ao longo da carreira, sendo um dos pioneiros da chamada *jazz poetry*; o poeta e crítico literário Ezra Pound (1885-1972), um dos principais nomes do movimento modernista; e o escritor John Berryman (1914-1972), mais conhecido por sua poesia confessional, em especial as obras *77 Dream Songs* (1964) e *His Toy, His Dream, His Rest* (1968). [N.T.]

** Allen Ginsberg (1926-1997), foi um dos principais autores da primeira onda *beat*, junto com William Burroughs e Jack Kerouac. Poeta confessional e ativista político, seu poema *O uivo* foi amplamente criticado por descrições explícitas de sexo casual, tanto heterossexual quanto homossexual. Ginsberg atraía grandes públicos para suas leituras de poesia, enquanto Bukowski desprezava as plateias acadêmicas, enfatizando sua persona de bêbado e tornando-se hostil com o público (como explora em outro conto deste livro). Bukowski era ambivalente em relação aos *beats*, que ao contrário dele eram de classe média e tinham educação universitária, tendo dito uma vez: "Eles me comparam à geração *beat*: Kerouac, Allen Ginsberg, William Burroughs, Gregory Corso. Mas eles eram muito diferentes. Preferiam jazz enquanto eu prefiro música clássica. Eram fascinados por drogas. Eu bebo cerveja barata. Eles brincavam com política, eu brinco com cavalos". Apesar disso, foi influenciado por eles, especialmente por

— Mas ele é Ginsberg. Só podemos oferecer cem.
— Certo.
— Muito bem, sr. Gantling. Enviaremos os detalhes ao senhor.
— E a viagem? É um trajeto longo pra caramba.
— Ok, vinte e cinco dólares para a viagem.
— Ok.
— Você gostaria de falar com alguns alunos nas salas de aula?
— Não.
— Ganha um almoço grátis.
— Eu aceito.
— Muito bem, sr. Gantling, estamos animados para vê-lo no campus.
— Tchau.

Carl andou ao redor do quarto. Olhou para a máquina de escrever. Inseriu uma folha de papel, então observou uma garota usando uma minissaia incrivelmente curta passar pela janela. Em seguida, começou a datilografar:

"Margie ia sair com um cara, mas no caminho esse cara encontrou outro cara usando uma jaqueta de couro e o cara de jaqueta de couro abriu a jaqueta de couro e mostrou ao outro cara suas tetas e o outro cara foi até a casa de Margie e disse que não podia aparecer no encontro deles porque um cara de jaqueta de couro tinha mostrado as tetas pra ele..."

Carl ergueu a cerveja. Era bom escrever de novo.

O uivo — ainda que criticasse Ginsberg pela homossexualidade e tenha dito que nunca mais escreveu algo bom depois disso. Ginsberg, por sua vez, achava-o um poeta menor, comentando após a morte de Bukowski: "A fama dele deve esvanecer um pouco. Talvez entrem alguns poemas em uma antologia de grande poesia, não tenho certeza". [N.T.]

lembra-se de pearl harbor?

Podíamos ir ao pátio de exercícios duas vezes ao dia, no meio da manhã e no meio da tarde. Não havia muito o que fazer. Os homens faziam amizades principalmente com base no que os tinha colocado na cadeia. Como dizia meu colega de cela, Taylor, os molestadores de criança e casos de ato obsceno ficavam no nível mais baixo da ordem social, enquanto os grandes trapaceiros e chefes de esquemas de apostas ficavam no topo.

Taylor não falava comigo no pátio de exercícios. Ele andava de um lado para o outro com um grande trapaceiro. Eu me sentava sozinho. Alguns dos caras enrolavam uma camisa e jogavam bola com ela. Pareciam gostar disso. As instalações para o entretenimento dos detentos não eram grande coisa.

Eu estava lá sentado. Logo reparei em uma aglomeração de homens. Era um jogo de dados. Levantei-me e fui até eles. Eu tinha menos de um dólar em moedas. Assisti a algumas jogadas. O homem com os dados levou o prêmio três vezes seguidas. Senti que sua sorte tinha terminado e apostei contra ele. Ele saiu da rodada. Ganhei vinte e cinco centavos.

Cada vez que um homem começava a ganhar muito, eu esperava até perceber que a sorte do cara tinha acabado. Então apostava contra ele. Notei que os outros homens apostavam em todas as jogadas. Fiz seis apostas e ganhei cinco. Então nos fizeram marchar de volta às celas. Eu estava um dólar mais rico.

Na manhã seguinte, entrei mais cedo. Ganhei dois dólares e cinquenta centavos de manhã e um dólar e setenta e cinco centavos à tarde. Quando o jogo terminou, um garoto veio falar comigo.

— O senhor parece estar se dando bem.

Dei quinze centavos ao garoto. Ele seguiu em frente. Outro cara começou a andar ao meu lado.

— Você deu alguma coisa praquele filho da puta?
— Aham. Quinze centavos.
— Ele sempre tira parte do prêmio. Não dê nada pra ele.
— Eu não tinha reparado.
— É. Ele tira uma parte. Pega um pouco a cada jogada.
— Vou ficar de olho nele amanhã.
— Além disso, ele é a porra de um caso de ato obsceno. Mostrava o pinto pra menininhas.
— É — falei —, odeio esses filhos da puta.

A comida era muito ruim. Depois do jantar, uma noite, mencionei para Taylor que eu estava ganhando nos dados.

— Sabe — disse ele —, dá pra comprar comida aqui, comida boa.
— Como?
— O cozinheiro desce pra cá depois que apagam as luzes. Você ganha a comida do carcereiro, a melhor que tem. Sobremesa e tudo. O cozinheiro é bom. O carcereiro mantém ele aqui por causa disso.
— Quanto custaria um jantar pra nós dois?
— Dá dez centavos pra ele. Não mais do que quinze.
— Só isso?
— Se você der mais, ele vai te achar um paspalho.
— Certo. Quinze centavos.

Taylor arranjou tudo. Na noite seguinte, depois que apagaram as luzes, esperamos e matamos percevejos, um por um.

— O cozinheiro matou dois homens. É um grande filho da puta cruel. Matou um sujeito, cumpriu dez anos, saiu da prisão e ficou uns dois ou três dias fora antes de matar outro cara. Isso aqui é só um centro de detenção, mas o carcereiro mantém ele aqui permanentemente de tão bem que ele cozinha.

Ouvimos alguém se aproximar. Era o cozinheiro. Eu me levantei e ele passou a comida para nós. Fui até a mesa, depois voltei à porta da cela. Ele era um grande filho da puta, assassino de dois homens. Dei quinze centavos a ele.

— Obrigado, amigo, quer que eu volte amanhã à noite?

— Toda noite.

Taylor e eu nos sentamos para comer. Tudo estava em pratos. O café era bom e quente, a carne — rosbife — era macia. Purê de batata, ervilha, biscoito, molho de carne, manteiga e torta de maçã. Eu não comia tão bem fazia cinco anos.

— O cozinheiro estuprou um marinheiro um dia desses. Arregaçou tanto o sujeito que ele não conseguia andar. Tiveram que mandar ele pro hospital.

Eu comi um bocado grande de purê de batata com molho de carne.

— Você não tem com que se preocupar — disse Taylor. — É tão feio que ninguém vai querer te estuprar.

— Eu estava mais preocupado em arranjar umas trepadas pra mim.

— Bem, eu aponto os boiolas* pra você. Alguns têm dono e outros não.

---

* No original, o personagem usa o termo *punks*, uma gíria comum em prisões estadunidenses usada para se referir a homens gays passivos de forma preconceituosa e depreciativa. Na tradução, optou-se pelo termo "boiola", que mantém o teor homofóbico do original. [N.E.]

— Essa comida é boa.

— Pra caralho. Agora, tem dois tipos de boiola aqui. Os que já entram como boiolas e os que são criados na prisão. Nunca tem boiolas o suficiente pra todos, então os garotos têm que fazer uns serviços extras pra suprir as necessidades.

— Faz sentido.

— Os boiolas fabricados na prisão são geralmente meio atordoados por causa dos socos que levam na cabeça. Eles resistem no começo.

— Ah, é?

— É. Depois decidem que é melhor viver como boiola vivo do que virgem morto.

Terminamos nosso jantar, fomos para a cama, lutamos contra os percevejos e tentamos dormir.

Continuei vencendo nos dados todo dia. Eu apostava mais pesado e ainda vencia. A vida na prisão estava ficando cada vez melhor. Um dia me disseram para não ir ao pátio. Dois agentes do FBI foram me ver. Fizeram algumas perguntas, aí um deles disse:

— Nós te investigamos. Você não tem que ir ao tribunal. Vai ser levado ao centro de recrutamento. Se o Exército te aceitar, você vai pra guerra. Se te rejeitarem, vai ser um civil de novo.

— Eu quase gosto aqui da cadeia — eu disse.

— Sim, está com uma cara boa.

— Nada de tensão — falei —, nada de aluguel, nada de contas, nada de discussão com namoradas, nada de imposto, nada de placas de carro, nada de pagar por comida, nada de ressaca...

— Continue com essas gracinhas e a gente atende ao seu pedido.

— Ah, merda — falei. — Tô só brincando. Finjam que eu sou Bob Hope.*
— Bob Hope é um bom americano.
— Eu também seria se tivesse a grana dele.
— Continue falando assim. A gente pode deixar as coisas difíceis pra você.

Não respondi. Um dos sujeitos tinha uma maleta. Ele se levantou primeiro. O outro sujeito o seguiu para fora.

Eles deram uma marmita de almoço para todos nós e nos enfiaram em um caminhão. Havia vinte ou vinte e cinco de nós. Os caras tinham acabado de tomar café da manhã uma hora e meia antes, mas estavam todos atacando suas marmitas. Não era ruim: um sanduíche de mortadela, um sanduíche de manteiga de amendoim e uma banana podre. Dei meu almoço para eles. Estavam muito quietos. Ninguém fazia piada, só olhavam para a frente. A maioria era negro ou moreno.** E todos eram grandes.

Passei no exame físico e fui ver o psiquiatra.
— Henry Chinaski?
— Sim.
— Sente-se.

Eu me sentei.

---

* O ator e comediante Bob Hope (1903-2003) iniciou a carreira como boxeador nos anos 1910, mas passou para a área do entretenimento na década de 1920, como ator e dançarino de *vaudeville*, ator da Broadway e de cinema, e apresentador de rádio e TV. [N.T.]

** O termo usado no original, *brown*, é um termo generalizante utilizado nos Estados Unidos para se referir a pessoas do Sul da Ásia, Oriente Médio, América Latina e nativos norte-americanos. O termo correto em português seria "pessoas racializadas" ou "pessoas não brancas", mas optou-se por manter "moreno", um termo antiquado de cunho racista, de forma a manter o tom do texto original. [N.E.]

— Você acredita na guerra?
— Não.
— Está disposto a ir para a guerra?
— Sim.

Ele olhou para mim. Eu encarei meus pés. Ele parecia estar lendo um maço de papéis que tinha à sua frente. Levou vários minutos. Quatro, cinco, seis, sete minutos. Então ele falou:

— Escute, eu vou dar uma festa em casa na quarta-feira que vem. Vai ter médicos, advogados, artistas, escritores, atores, todo esse tipo de gente lá. Estou vendo que você é um homem inteligente. Quero que vá à minha festa. Você vai?

— Não.

Ele começou a escrever. Escreveu e escreveu e escreveu. Eu me perguntei como ele sabia tanto sobre mim. Eu não sabia tanto assim sobre mim mesmo.

Eu o deixei escrever. Estava indiferente. Agora que não podia ir à guerra, eu quase queria a guerra. No entanto, ao mesmo tempo, fiquei contente por estar fora dela. O médico terminou de escrever. Senti que os tinha enganado. A minha objeção à guerra não era que eu teria que matar alguém ou ser morto à toa, isso nem importava. O que eu objetava era que me negassem o direito de me sentar em um quartinho pequeno e passar fome e beber vinho barato e enlouquecer à minha própria maneira e a meu bel-prazer.

Eu não queria ser acordado por um sujeito com um clarim. Não queria dormir em casernas com um bando de garotos americanos saudáveis, loucos por sexo, amantes de futebol, balofos, sarcásticos, masturbadores, amáveis, assustados, rosados, peidorreiros, filhinhos da mamãe, modestos e jogadores de basquete, com quem eu teria que ser simpático, com quem eu teria que me embebedar nas licenças, com quem eu teria que me deitar de costas e ouvir dezenas de piadas sujas sem graça e óbvias. Eu não queria seus cobertores ásperos ou seus uniformes desconfortáveis ou sua humanidade desconfortável. Não queria cagar no mesmo lugar ou mijar no mesmo lugar ou dividir a mesma puta com eles. Não queria ver suas unhas dos pés ou ler suas cartas. Não queria ver suas bundas balançando em minha frente em formação fechada, não queria fazer amigos, não queria fazer inimigos, só não queria eles ou isso ou a coisa toda. Matar ou ser morto mal importava.

Depois de esperar duas horas em um banco duro em um túnel marrom como uma fossa, açoitado por um vento frio, eles me deixaram ir embora e eu saí andando rumo ao norte. Parei para comprar um maço de cigarros. Entrei no primeiro bar que encontrei, sentei-me, pedi um uísque com água, desembrulhei o celofane do pacote, tirei um cigarro, acendi, peguei a bebida, virei metade, traguei o cigarro, olhei meu rosto bonito no espelho. Era estranho estar livre. Era estranho poder andar em qualquer direção que eu quisesse.

Só por diversão, levantei-me e fui até o banheiro. Mijei. Era outro banheiro de bar horrendo; quase vomitei com o fedor. Saí, enfiei uma moeda na *jukebox*, sentei-me e ouvi as músicas mais recentes. As mais recentes não eram melhores. Tinham ritmo, mas não alma. Mozart, Bach e Bee ainda os humilhavam. Eu iria sentir falta daqueles jogos de dados e da comida boa. Pedi outra bebida. Olhei ao redor do bar. Havia cinco homens lá dentro e nenhuma mulher. Eu estava de volta às ruas dos Estados Unidos.

pittsburgh phil & co.

Esse sujeito, um tal de Summerfield, recebia auxílio governamental e sempre tinha uma garrafa de vinho na mão. Era um cara bem entediante e eu tentava evitá-lo, mas ele estava sempre pendurado na janela, meio bêbado. Via eu saindo do meu apartamento e sempre dizia a mesma coisa: "Ei, Hank, que tal me levar às corridas?", e eu sempre respondia: "Uma hora dessas, Joe, hoje não". Bem, ele continuou insistindo, pendurando-se da janela meio bêbado, então um dia eu falei:

— Tá bom, pelo amor de Deus, vamos... — E lá fomos nós.

Era janeiro em Santa Anita e, se você conhece essa pista, sabe que lá pode fazer muito frio quando se está perdendo. O vento sopra das montanhas nevadas e seus bolsos estão vazios e você estremece e pensa na morte e em tempos difíceis e no aluguel que não tem como pagar e em todo o resto. Não é um lugar nada agradável para perder. Pelo menos no Hollywood Park você pode voltar com um bronzeado.

Então fomos. Conversamos o caminho todo. Ele nunca tinha ido a um hipódromo. Eu tive que explicar a diferença entre vencedor, placê e trifeta. Ele nem sabia o que era um portão de largada ou um programa. Quando chegamos lá, ele usou o meu.

Eu tive que mostrar a ele como ler. Paguei a entrada para ele e lhe entreguei um programa. Ele só tinha dois dólares. Suficiente para uma aposta.

Ficamos por ali de pé, antes da primeira corrida, olhando as mulheres. Joe me contou que não ficava com uma mulher há cinco anos. Ele era um cara com uma aparência desleixada, um verdadeiro perdedor. Passamos o programa um para o outro e observamos as mulheres. Então Joe disse:

— Por que o cavalo seis está cotado em catorze para um? Parece o melhor para mim.

Tentei explicar a Joe por que o cavalo estava cotado em catorze para um em relação a outros cavalos, mas ele não escutava.

— Com certeza parece o melhor pra mim. Não entendo. Tenho que apostar nele.

— Os dois dólares são seus, Joe — falei —, e não vou te emprestar dinheiro quando você perder.

O nome do cavalo era Red Charley, e ele era realmente um animal de aspecto bem triste. Saiu para se posicionar na pista com quatro ataduras. Seu preço pulou para dezoito para um quando deram uma olhada nele. Eu apostei dez dólares na vitória do cavalo mais lógico, Bold Latrine, que caíra de leve na classificação, mas tinha um bom histórico, um jóquei esperto e o segundo treinador principal. Achei que sete para dois era uma boa cotação naquele lá.

A corrida era de mil e seiscentos metros. Red Charley estava cotado em vinte para um quando eles saíram do portão, e ele saiu primeiro, não tinha como não o ver com todas aquelas ataduras, e o garoto saiu quatro corpos na frente na primeira volta, devia ter pensado que estava em uma corrida de quatrocentos metros. O jóquei só tinha duas vitórias em quarenta corridas e dava para ver o porquê. Ele ficou a seis corpos de diferença na reta oposta. Espuma escorria pelo pescoço de Red Charley; quase parecia creme de barbear.

No começo da curva, seis corpos tinham virado três e todos os outros estavam se aproximando dele. No começo da reta final, Red Charley só tinha um corpo e meio, e meu cavalo Bold Latrine estava se aproximando por fora. Parecia que eu ia vencer. Na metade da reta, eu estava a um pescoço dele. Mais um pouquinho e era minha. Mas eles foram até a linha de chegada assim. Red Charley ainda tinha um pescoço de vantagem no final. Ele pagou quarenta e dois dólares e oitenta centavos.

— Achei que ele parecia o melhor — disse Joe, e foi pegar seu dinheiro.

Quando voltou, pediu o programa de novo. Examinou-o.

— Por que o Big H está cotado em seis para um? — perguntou. — Ele parece o melhor.

— Ele *pode* parecer o melhor pra *você* — falei —, mas segundo os apostadores e especialistas experientes, profissionais de verdade, ele está cotado em cerca de seis para um.

— Não fique irritado, Hank. Eu sei que não sei nada sobre esse jogo. Só quis dizer que para mim parece que ele devia ser o favorito. Enfim, tenho que apostar nele. Posso muito bem apostar dez dólares que vai vencer.

— O dinheiro é seu, Joe. Você teve sorte na primeira corrida, o jogo não é tão fácil.

Bem, Big H ganhou e pagou catorze dólares e quarenta centavos. Joe começou a se empertigar, todo convencido. Lemos o programa no bar e ele pagou uma bebida para cada um de nós e deu um dólar de gorjeta para o bartender. Quando saímos do bar, ele deu uma piscadela para o bartender e disse:

— Barney's Mole vai ganhar disparado.

Barney's Mole era o favorito com uma cotação de seis para cinco, então não achei que fosse um anúncio tão impressionante. Quando a corrida começou, Barney's Mole era dinheiro garantido. Ele pagou quatro dólares e vinte centavos, e Joe já estava com vinte dólares de apostas em vencedores.

— Dessa vez — disse para mim —, eles escolheram o cavalo certo como favorito.

Das nove corridas, Joe acertou oito vencedores. No caminho de volta, ele ficou se perguntando como tinha errado na sétima.

— Blue Truck parecia o melhor, de longe. Não entendo como ele só ficou em terceiro lugar.

— Joe, você ganhou oito de nove. É sorte de principiante. Você não sabe como esse jogo é difícil.

— Parece fácil pra mim. Você só escolhe o vencedor e pega seu dinheiro.

Não falei mais com ele até chegarmos em casa. Naquela noite, ele bateu à minha porta com uma garrafa de Grandad e o programa. Eu o ajudei com a garrafa enquanto ele lia o programa e me informava todos os nove vencedores do dia seguinte, e por que venceriam. Tínhamos um verdadeiro especialista ali. Bem sei como a vitória pode subir à cabeça de um homem. Uma vez acertei dezessete vencedores em sequência e ia comprar casas por todo o litoral e começar um negócio de escravidão branca para proteger meus ganhos do cobrador do imposto de renda. Esse é o nível de loucura a que você pode chegar.

Eu não via a hora de levar Joe para a pista no dia seguinte. Queria ver a cara dele quando suas previsões falhassem. Cavalos eram só animais de carne e osso. Eram falíveis. Como os velhos apostadores diziam: "Há uma dúzia de jeitos de perder uma corrida e só um jeito de vencer".

Tudo bem, não aconteceu assim. Joe ganhou sete de nove — favoritos, azarões, cavalos com cotação média. E reclamou o caminho todo de seus dois perdedores. Ele não conseguia entender. Não falei com ele. O filho da puta simplesmente não errava. Mas as porcentagens iriam pegá-lo. Ele começou a me falar que eu estava apostando errado e qual era o jeito certo de apostar. Dois dias na pista e era um especialista. Eu apostava há vinte anos e ele estava me dizendo que eu não sabia merda nenhuma.

Fomos ao hipódromo a semana toda e Joe continuou ganhando. Ele ficou tão insuportável que não aguentava mais. Comprou um terno e um chapéu novos, uma camisa e sapatos novos, e começou a fumar charutos de cinquenta centavos. Contou ao pessoal do auxílio governamental que era um profissional autônomo e não precisava mais do dinheiro deles. Tinha enlouquecido. Deixou crescer um bigode e comprou um relógio de pulso e um anel caro. Na terça seguinte, eu o vi dirigir até o hipódromo no próprio carro, um Caddy 1969 preto. Ele acenou para mim do carro e jogou as cinzas do charuto pela janela. Eu não falei com ele na pista naquele dia. Ele estava no camarote do clube. Quando bateu à minha porta naquela noite, trazia a garrafa de Grandad de sempre e uma loira alta. Uma loira jovem, bem-vestida, penteada, que tinha uma forma e um rosto. Eles entraram juntos.

— Quem é esse velho mendigo? — perguntou ela a Joe.

— É o meu velho camarada, Hank — contou ele. — Eu o conheci quando era pobre. Ele que me levou pra pista um dia.

— Ele não tem mulher?

— O velho Hank não tem mulher desde 1965. Escuta, e se a gente juntar ele com a Grande Gertie?

— Ah, puta merda, Joe, a Grande Gertie não ficaria com *ele*! Olha, está vestido como um trapeiro.

— Seja gentil, querida, ele é o meu camarada. Sei que não parece grande coisa, mas começamos juntos. Eu sou um cara sentimental.

— Bem, a Grande Gertie não é sentimental, ele gosta de classe.

— Escuta, Joe — falei —, esqueça as mulheres. Só se senta aqui com o programa e vamos beber umas e você me dá uns vencedores pra amanhã.

Joe fez isso. Bebemos e ele selecionou os vencedores. Escreveu o nome de nove cavalos para mim em um pedaço de papel. Sua mulher, a Grande Thelma — bem, a Grande Thelma só me olhou como se eu fosse bosta de cachorro no jardim de alguém.

Os nove cavalos venceram oito corridas no dia seguinte. Um cavalo pagou sessenta e dois dólares e sessenta centavos. Eu não conseguia entender. Naquela noite, Joe apareceu com uma nova mulher. Ela parecia ainda mais fina. Ele se sentou com a garrafa e o programa e me passou os nomes de mais nove cavalos.

Então me disse:

— Escuta, Hank, eu tenho que me mudar. Achei um bom apartamento de luxo bem perto da pista. O tempo de percurso até lá é um transtorno. Vamos, querida. Te vejo por aí, garotão.

Eu sabia que era isso. Meu camarada não queria mais saber de mim. No dia seguinte, apostei pesado naqueles nove cavalos. Eles ganharam sete corridas. Repassei o programa quando cheguei em casa, tentando entender por que ele selecionara aqueles cavalos, mas parecia não haver qualquer motivo compreensível. Algumas das seleções eram um verdadeiro mistério para mim.

Eu não vi Joe de novo pelo resto da temporada, exceto uma vez. Vi-o entrar no camarote do clube com duas mulheres. Joe estava gordo e rindo. Usava um terno de duzentos dólares e tinha um anel de diamante no dedo. Naquele dia eu perdi todas as nove corridas.

Dois anos depois, eu estava no Hollywood Park em um dia particularmente quente, uma quinta-feira, e na sexta corrida por acaso escolhi um vencedor de vinte e seis dólares e oitenta centavos. Quando estava me afastando do guichê de pagamento, ouvi a voz dele atrás de mim:

— Ei, Hank! *Hank!*

Era Joe.

— Jesus Cristo, homem — disse ele —, é tão bom ver você!

— Oi, Joe...

Mesmo naquele calor, estava vestido com o terno de duzentos dólares. O restante de nós estava de camisa. Ele estava precisando se barbear, os sapatos estavam arranhados e o terno estava amarrotado e sujo. O diamante tinha sumido, o relógio de pulso tinha sumido.

— Me dá um cigarro, Hank.

Eu lhe dei um cigarro e, quando o acendi, notei que as mãos dele estavam tremendo.

— Preciso de uma bebida, cara — disse ele.

Eu o levei ao bar e bebemos uns uísques. Joe estudou o programa.

— Escute, cara, eu te indiquei um monte de vencedores, não é?

— É, Joe.

Ficamos parados lá, olhando o programa.

— Agora, veja essa corrida — disse Joe. — Olha o Black Monkey. Ele vai ganhar fácil, Hank. É garantido. E está cotado em oito para um.

— Gosta das probabilidades dele, Joe?

— É ele, meu amigo. Vai ganhar facinho.

Apostamos no Black Monkey e fomos assistir à corrida. Ele terminou em sétimo.

— Não entendo — disse Joe. — Escuta, me dá mais dois paus, Hank. Siren Call é a próxima, ela não pode perder. Não tem como.

Siren Call chegou em quinto, mas isso não ajuda muito quando você apostou só no vencedor. Joe pegou mais dois dólares meus para a nona corrida, mas o cavalo também perdeu. Ele me disse que não tinha um carro, e perguntou se eu me importaria em levá-lo para casa.

— Você não vai acreditar — disse ele —, mas voltei para o auxílio governamental.

— Eu acredito, Joe.

— Mas eu vou me reerguer. Sabe, Pittsburgh Phil* quebrou meia dúzia de vezes. Ele sempre voltava. Os amigos tinham fé nele. Emprestavam dinheiro pra ele.

Quando o deixei em casa, descobri que ele morava em uma velha pensão a umas quatro quadras de onde eu morava. Eu não tinha me mudado. Quando deixei Joe, ele disse:

— Tem uma aposta ótima pra amanhã. Você vai?

— Não sei, Joe.

— Me avisa se for.

— Tudo bem, Joe.

Naquela noite, ouvi uma batida a minha porta. Eu conhecia a batida de Joe. Não atendi. Estava com a TV ligada, mas não atendi. Só fiquei deitado, bem imóvel, na cama. Ele continuou batendo.

---

* George E. Smith (1862-1905), conhecido como "Pittsburg Phil", foi um dos maiores apostadores e estrategistas de corridas de cavalos da história. Ao contrário de Joe, seu método envolvia um estudo minucioso e extenso dos animais. Também ao contrário de Joe, sua vida pessoal era regrada: bebia pouco e não saía com mulheres, as quais não levava às corridas por dizer que distraíam os homens. [N.T.]

— Hank! Hank! Tá aí? *Eí, Hank!*

Então ele começou a espancar a porta, o filho da puta. Parecia frenético. Bateu e bateu até que por fim parou. Eu o ouvi se afastando no corredor. Então ouvi a porta da frente do prédio fechar. Levantei-me, desliguei a TV, fui até a geladeira, fiz um sanduíche de presunto e queijo, abri uma cerveja. Então me sentei com a comida, abri o programa do dia seguinte e comecei a analisar a primeira corrida, um prêmio de cinco mil dólares para potros e capões de mais de três anos. Gostei do cavalo oito. O programa o tinha cotado como cinco para um. Eu aceitaria essas probabilidades qualquer dia.

dr. nazi

Ora, sou um homem de muitos problemas e suponho que acabo criando a maioria deles. Isto é, com as mulheres, e as apostas, e me sentir hostil em relação a grupos de pessoas, e quanto maior o grupo, maior a hostilidade. Sou chamado de negativo e lúgubre, emburrado.

Vivo lembrando da mulher que gritou para mim:

— Você é tão negativo! A vida pode ser linda!

Suponho que possa ser, especialmente com um pouco menos de gritaria. Mas quero contar sobre meu médico. Eu não vou a psiquiatras. Psiquiatras são inúteis e se acham demais. Mas um bom médico muitas vezes é enojado e/ou louco, e portanto muito mais divertido.

Fui ao consultório do dr. Kiepenheuer porque era o mais próximo. Pequenas bolhas brancas estavam pipocando em minhas mãos — um sinal, senti, ou da minha ansiedade ou de um possível câncer. Estava usando luvas de operário para as pessoas não ficarem olhando. Daí queimava as luvas fumando dois maços de cigarro por dia.

Entrei no consultório. Tinha marcado no primeiro horário. Sendo um homem ansioso, cheguei trinta minutos adiantado, refletindo sobre o câncer. Atravessei a sala de espera e espiei o consultório. A enfermeira-recepcionista estava lá, agachada no chão, usando um uniforme branco apertado, a saia quase erguida até os quadris, as coxas grossas e musculosas aparecendo através do náilon fortemente esticado. Esqueci o câncer por completo. Ela não me ouviu e eu fiquei olhando suas pernas e coxas expostas, medindo aquela bunda deliciosa com os olhos. Ela estava enxugando água do chão, porque a privada tinha transbordado, e estava xingando; ela era ardente, era rosa e marrom e viva e exposta e eu a encarei.

Ela ergueu os olhos.

— Sim?

— Continue — falei —, não quero atrapalhar.

— É a privada — disse ela —, ela fica transbordando.

Ela continuou enxugando e eu continuei olhando para ela por cima da revista *Life*. Por fim, ela se ergueu. Fui até o sofá e me sentei. Ela folheou o registro de pacientes.

— O senhor é o sr. Chinaski?

— Sim.

— Por que não tira as luvas? Está quente aqui.

— Prefiro não tirar, se não se incomodar.

— O dr. Kiepenheuer já vai chegar.

— Tudo bem. Posso esperar.

— Qual é o seu problema?

— Câncer.

— Câncer?

— Sim.

A enfermeira desapareceu e eu li a *Life* e então outro exemplar da *Life* e então a *Sports Illustrated* e então só fiquei sentado, encarando pinturas de paisagens marítimas e terrestres enquanto uma música saía de algum lugar. De repente, todas as luzes se apagaram e se acenderam de novo, e eu estava me perguntando se haveria algum jeito de estuprar a enfermeira e me safar quando o médico entrou. Eu o ignorei e ele me ignorou, então ficamos quites.

Ele me mandou entrar no consultório. Estava sentado em um banquinho e olhou para mim. O rosto era amarelado, o cabelo era amarelado, e os olhos não tinham brilho. Ele estava morrendo. Tinha uns quarenta e dois anos. Eu o olhei e lhe dei uns seis meses de vida.

— Qual é a das luvas? — perguntou ele.
— Sou um homem sensível, doutor.
— É mesmo?
— Sim.
— Então devo te dizer que já fui nazista.
— Não tem problema.
— Você não liga que eu já fui nazista?
— Não, não ligo.
— Eu fui capturado. Eles nos fizeram rodar a França em um vagão com as portas abertas e as pessoas ficavam pelo caminho jogando bombinhas fedorentas e pedras e todo tipo de lixo em nós: ossos de peixe, plantas mortas, excreções, tudo o que você puder imaginar.

Então o médico ficou ali e me contou sobre a esposa. Ela estava tentando depená-lo. Uma verdadeira piranha. Queria pegar todo o dinheiro dele. A casa. O jardim. A casa do jardim. O jardineiro também, provavelmente, se é que já não tinha metido a mão. E o carro. E a pensão. Além de uma puta grana. Uma mulher horrível. Ele tinha trabalhado tanto. Cinquenta pacientes por dia, a dez dólares por cabeça. Quase impossível sobreviver. E aquela mulher. Mulheres. Sim, mulheres. Ele explicou a composição da palavra para mim. Não me recordo se era mulher ou fêmea ou qual era, mas ele explicou a composição no latim e a decompôs para mostrar qual era a raiz. Em latim, as mulheres eram basicamente insanas.

E, enquanto falava sobre a insanidade das mulheres, comecei a me sentir satisfeito com ele. Minha cabeça assentia em concordância.

De repente, ele me mandou ir à balança, me pesou, depois auscultou meu coração e meu peito. Tirou minhas luvas bruscamente, lavou minhas mãos com alguma substância e abriu as bolhas com uma lâmina, ainda falando do rancor e da vingança que todas as mulheres carregavam no coração. Era glandular. As mulheres eram controladas pelas glândulas; os homens, pelo coração. Era por isso que só os homens sofriam.

Ele me disse para lavar as mãos regularmente e jogar fora as malditas luvas. Falou um pouco mais sobre as mulheres e a esposa e eu fui embora.

Depois comecei a ter uns ataques de tontura. Mas eu só os tinha quando estava parado em filas. Comecei a sentir pavor de ficar parado em filas. Era insuportável.

Percebi que, nos Estados Unidos, e provavelmente em qualquer outro lugar, tudo se resumia a ficar em filas. Fazíamos isso o tempo todo. Carteira de motorista: três ou quatro filas. Pista de corrida: filas. Cinema: filas. Mercado: filas. Eu odiava filas. Sentia que devia haver um jeito de evitá-las. Então a resposta veio a mim: mais *atendentes*. Sim, essa era a resposta. Dois atendentes por pessoa. *Três* atendentes. Que os atendentes formassem filas.

Eu sabia que as filas estavam me matando. Não podia aceitá-las, mas todo o restante do mundo aceitava. O restante do mundo era normal. A vida era linda para eles. Eles podiam ficar em filas sem sentir dor. Podiam ficar em filas para sempre. Até *gostavam* de ficar em fila. Conversavam e riam e sorriam e flertavam uns com os outros. Não tinham mais nada para fazer. Não conseguiam pensar em mais nada para fazer. E eu tinha que olhar para seus ouvidos e bocas e pescoços e pernas e bundas e narinas e tudo o mais. Podia sentir os raios mortais exsudando de seus corpos como uma neblina fétida, e ao ouvir suas conversas eu tinha vontade de gritar: *"Jesus Cristo, alguém me ajude! Eu tenho que sofrer assim só pra comprar meio quilo de hambúrguer e um pão de centeio!?"*.

A tontura vinha e eu abria as pernas para não cair; o supermercado girava, assim como o rosto dos caixas com bigodes dourados e castanhos e olhos felizes e espertos, todos eles a caminho de um dia se tornarem gerentes de supermercado, com seus rostos brancos apagados e satisfeitos, comprando casas em Arcadia e toda noite comendo suas esposas pálidas, loiras e agradecidas.

Marquei uma consulta com o médico de novo. Me deram o primeiro horário. Cheguei meia hora mais cedo e a privada estava consertada. A enfermeira estava tirando o pó na recepção. Ela se curvou e se endireitou e se curvou ao meio e então se curvou para a direita e para a esquerda, e virou a bunda para mim e se curvou de novo. Aquele uniforme branco se amarrotou e levantou, subiu, ergueu; lá estava o joelho com covinhas, lá estava a coxa, lá estava o quadril, lá estava o corpo todo. Eu me sentei e abri um exemplar da *Life*.

Ela parou de tirar o pó e apontou a cabeça para mim, sorrindo.

— Você se livrou das luvas, sr. Chinaski.

— Sim.

O médico chegou, parecendo um pouco mais próximo da morte, e eu me levantei e o segui para dentro da sala.

Ele se sentou no banquinho.

— Chinaski. Como vai?

— Bem, doutor...
— Problemas com mulheres?
— Bem, claro, mas...
Ele não me deixava terminar. Tinha perdido mais cabelo. Os dedos estremeciam. Parecia sem fôlego. Mais magro. Era um homem desesperado.

A esposa o estava depenando. Eles foram a uma audiência. Ela o estapeou no meio do tribunal. Ele gostou disso. Ajudou no processo. Eles viram como aquela piranha era na verdade. Enfim, não tinha acabado tão mal. Ela o deixara com alguma coisa. Mas, claro, você sabe como são os honorários de advogado. Filhos da puta. Já reparou nos advogados? Quase sempre gordos. Especialmente no rosto.

— Enfim, merda, ela me pegou de jeito. Mas ainda sobrou um pouquinho. Sabe quanto custa uma tesoura dessas? Olha pra ela. Alumínio com um parafuso. Dezoito dólares e cinquenta centavos. Meu Deus, e as pessoas odiavam os nazistas. O que é um nazista comparado com isso?

— Não sei, doutor. Já disse que sou um homem confuso.
— Já tentou ver um psiquiatra?
— Não adianta. Eles são um tédio, não têm imaginação. Não preciso dos psiquiatras. Ouvi dizer que eles acabam molestando sexualmente as pacientes mulheres. Eu gostaria de ser um psiquiatra, se pudesse comer todas as mulheres; fora isso, o trabalho deles é inútil.

O médico se debruçou no banquinho. Ele tinha ficado um pouco mais amarelado e acinzentado. Um espasmo gigante perpassou seu corpo. Estava quase acabado, mas era um bom sujeito.

— Bem, eu me livrei da minha esposa — disse ele —, então isso acabou.

— Certo — falei —, me conte de quando era nazista.

— Bem, não tínhamos muita escolha. Eles só nos aceitavam. Eu era jovem. Quer dizer, inferno, o que fazer? Só dá pra morar em um país por vez. Vai pra guerra e, se não acaba morto, acaba em um vagão aberto com pessoas jogando merda em você...

Perguntei se ele já tinha comido sua adorável enfermeira. Ele sorriu com gentileza. O sorriso dizia que sim. Então ele me disse que, desde o divórcio, bem, ele tinha namorado uma das pacientes, e sabia que não era ético se envolver assim com pacientes...

— Não, eu acho que não tem problema, doutor.

— Ela é uma mulher muito inteligente. Me casei com ela.

— Certo.

— Agora estou feliz... mas...

Ele estendeu as mãos com as palmas erguidas para cima...

Eu lhe contei sobre meu medo de filas. Ele me deu uma receita de Librium.

Então apareceram uns furúnculos na minha bunda. Estava sofrendo. Eles me amarraram com tiras de couro, porque esses sujeitos podem fazer o que quiser com você, me deram uma anestesia local e prenderam minha bunda. Virei a cabeça e olhei para o meu médico e disse:

— Ainda dá pra eu mudar de ideia?

Havia três rostos me olhando de cima. Ele e outros dois. Ele para cortar. Ela para entregar as bandagens. O terceiro para enfiar as agulhas.

— Você não pode mudar de ideia — disse o médico, e esfregou as mãos e sorriu e começou...

A última vez que o vi teve algo a ver com cera nos ouvidos. Eu podia ver seus lábios se movendo e tentava entender, mas não conseguia ouvir. Pude ver pelos seus olhos e pelo seu rosto que estava sendo um período difícil para ele de novo, e assenti.

Era um dia quente. Eu estava um pouco atordoado e pensei: *Bem, sim, ele é um bom sujeito, mas por que não me deixa falar dos meus problemas, não é justo, eu também tenho problemas e ainda por cima estou pagando.*

Por fim, meu médico percebeu que eu estava surdo. Pegou algo que parecia um extintor de incêndio e enfiou nas minhas orelhas. Depois me mostrou enormes pedaços de cera... era cera, ele disse. E apontou para um balde. Pareciam, na verdade, feijões fritos.

Eu me ergui da mesa, paguei e fui embora. Ainda não conseguia ouvir nada. Não me sentia particularmente mal ou bem e me perguntei que doença eu lhe traria da próxima vez, o que ele faria com ela, o que ele faria com a filha de dezessete anos que estava apaixonada por outra mulher e ia se casar com a mulher, e me ocorreu que *todo mundo* sofria continuamente, até mesmo os que fingiam não sofrer. Pareceu-me que essa era uma grande descoberta. Eu olhei para o jornaleiro e pensei, *hummmm, hummmm*, e olhei para a pessoa que passou em seguida e pensei *hummmm, hummmm, hummmmmm*, e no semáforo do lado do hospital um carro preto novinho virou uma esquina e derrubou uma jovem bonita usando um minivestido azul, e ela era loira e tinha laços azuis no cabelo e sentou-se na rua no sol e seu nariz escorreu escarlate.

cristo de patins

Era um pequeno escritório no terceiro andar de um prédio velho não muito longe de Skid Row.* Joe Mason, presidente da Rollerworld, Inc., sentava-se atrás da mesa arranhada que já estava no escritório quando foi alugado. A mesa tinha umas frases entalhadas no topo e dos lados: NASCIDO PARA MORRER; ALGUNS HOMENS COMPRAM O QUE ENFORCA OUTROS; SOPA DE MERDA; ODEIO O AMOR MAIS DO QUE AMO O ÓDIO.

O vice-presidente, Clifford Underwood, sentava-se na única outra cadeira. Havia um telefone. O escritório cheirava a urina, mas o banheiro ficava a uns quinze metros mais à frente no corredor. Havia uma janela que dava para o beco, uma janela amarela grossa que deixava entrar uma luz fraca. Ambos os homens fumavam cigarros e esperavam.

— Que horas você falou pra ele? — perguntou Underwood.

---

* O distrito de Skid Row, em Los Angeles, é uma área de dois quilômetros quadrados em que vive uma das maiores populações sem-teto dos Estados Unidos, em condições precárias de saúde e higiene, e com problemas adicionais como o tráfico de drogas. O termo também é usado em inglês de modo geral para indicar áreas pobres de uma cidade, com serviços baratos e grande população sem-teto. [N.T.]

— Nove e meia — respondeu Mason.
— Não importa.
Eles esperaram. Mais oito minutos. Cada um acendeu outro cigarro. Alguém bateu.
— Entre — disse Mason.
Era Monstro Chonjacki, barbado, um metro e noventa e oito de altura e cento e setenta e oito quilos. Chonjacki fedia. Começou a chover. Dava para ouvir um vagão de carga passando sob a janela. Na verdade, eram vinte e quatro vagões seguindo para o norte cheios de mercadorias. Chonjacki ainda fedia. Ele era o astro dos Yellowjackets, um dos melhores patinadores de qualquer lado do Mississippi, a vinte metros de qualquer lado.
— Sente-se — disse Mason.
— Não tem cadeira — falou Chonjacki.
— Arranja uma cadeira pra ele, Cliff.
O vice-presidente se ergueu devagar, deu toda a pinta de um homem prestes a peidar, não peidou, e foi se inclinar contra a chuva que batia na grossa janela amarela. Chonjacki abaixou as nádegas na cadeira, pegou um Pall Mall e o acendeu. Sem filtro. Mason se curvou sobre a mesa.
— Você é um filho da puta ignorante.
— Qual é, cara?!
— Você quer ser um herói, né, filhão? Fica excitado quando menininhas sem pelo na xoxota gritam seu nome? Gosta do bom e velho vermelho, branco e azul? Gosta de sorvete de baunilha? Ainda bate uma punhetinha, seu cretino?
— Escuta aqui, Mason...
— Cala a boca! Trezentos contos por semana! Eu te pago trezentos contos por semana! Quando te encontrei naquele bar, você não tinha dinheiro nem pra sua próxima bebida... tremia de abstinência e vivia na base de sopa de porco e repolho! Não sabia

nem amarrar um patim! Eu te criei, cretino, te criei do nada, e posso te fazer voltar pro nada agora mesmo! Quando se trata de você, eu sou Deus. E sou um Deus que não perdoa a porra dos seus pecados também!

Mason fechou os olhos e se recostou na cadeira giratória. Tragou o cigarro; um pouco de cinza quente caiu em seu lábio inferior, mas ele estava bravo demais para se importar. Só deixou queimar. Quando a ardência parou, ele manteve os olhos fechados e ficou ouvindo a chuva. Normalmente, gostava de ouvir a chuva. Em especial quando estava dentro de algum lugar e o aluguel estava pago e nenhuma mulher o estava deixando louco. Mas naquele momento a chuva não ajudou. Ele não só sentia o cheiro de Chonjacki como sentia a presença dele. Chonjacki era pior do que diarreia. Era pior do que pegar piolho. Mason abriu os olhos, endireitou-se e olhou para ele. Jesus, o que um homem tinha que suportar só para ficar vivo.

— Meu querido — disse ele, com suavidade —, você quebrou duas costelas de Sonny Welborn ontem à noite. Está me ouvindo?

— Escuta... — começou Chonjacki.

— Não *uma* costela. Não, não foi apenas uma costela. Duas. Duas costelas. Está me ouvindo?

— Mas...

— Escuta, cretino! Duas costelas! Está me ouvindo? Está me ouvindo?

— Tô ouvindo.

Mason apagou o cigarro, ergueu-se da cadeira giratória e contornou a cadeira de Chonjacki. Dava para dizer que Chonjacki tinha um bom aspecto. Dava para dizer que ele era um rapaz bem-apessoado. Nunca se diria isso sobre Mason. Mason era velho. Quarenta e nove anos. Quase careca. Ombros redondos. Divorciado. Quatro filhos. Dois deles na cadeia. Ainda chovia.

Choveria por quase dois dias e três noites. O rio de Los Angeles ficaria excitado e fingiria ser um rio.*

— Levanta! — berrou Mason.

Chonjacki se levantou. Ao fazê-lo, Mason enfiou o punho esquerdo em sua barriga e, quando a cabeça de Chonjacki se curvou, ele a desviou com uma direita. Então se sentiu um pouco melhor. Era como uma xícara de Ovomaltine em uma manhã fria para uma porra de janeiro. Ele voltou à cadeira giratória e sentou-se de novo. Dessa vez, não acendeu um cigarro. Acendeu um charuto de quinze centavos. Acendeu um charuto pós-almoço antes do almoço. Era nesse nível que se sentia melhor. Tensão. A pessoa não podia deixar essa merda acumular. O ex-cunhado dele tinha morrido de uma úlcera hemorrágica. E tudo porque não sabia como desafogar.

Chonjacki sentou-se de novo. Mason olhou para ele.

— Isso, meu querido, é um *negócio*, não um esporte. Nós não acreditamos em *machucar* pessoas, eu estou me fazendo entender?

Chonjacki só ficou sentado ali, escutando a chuva. Perguntou-se se o carro ligaria. Ele sempre tinha dificuldade em ligar o carro quando chovia. Fora isso, era um bom carro.

— Eu te perguntei, querido, se eu me fiz entender.

— Ah, sim, sim...

— Duas costelas arrebentadas. Duas costelas de Sonny Welborn arrebentadas. Ele é o nosso melhor jogador.

— Espera! Ele joga pros Vultures. Welborn joga pros Vultures. Como ele pode ser o seu melhor jogador?

— Seu cretino! *Nós* somos os donos dos Vultures!

---

* Como Bukowski escreve em *Factótum*: "Naquela época, o rio L.A. era uma farsa — nem água tinha, só uma pista de cimento ampla e seca" (trad. Emanuela Siqueira). [*N.T.*]

— Vocês são os donos dos Vultures?

— Sim, cretino. E dos Angels e dos Coyotes e dos Cannibals e de todo maldito time na liga, eles são todos nossa propriedade, todos aqueles garotos...

— Jesus...

— Não, Jesus não. Jesus não tem nada a ver com isso! Mas, espera, você me deu uma ideia, cretino.

Mason se virou em direção a Underwood, que ainda se inclinava para a chuva.

— É algo pra se considerar — disse Mason.

— Hein?

— Tire a cabeça do cu, Cliff. Pense nisso.

— Nisso o quê?

— Cristo de patins. Infinitas possibilidades.

— É. É. A gente poderia incluir o diabo.

— Bom. Isso, o diabo.

— Podemos até incluir a cruz.

— A cruz? Não, isso é de mau gosto.

Mason se virou de volta para Chonjacki. Chonjacki ainda estava lá. Ele não ficou surpreso. Se um macaco estivesse sentado ali, ele não teria ficado nem um pouco mais surpreso. Mason estava no mundo há tempo demais. Mas não era um macaco, era Chonjacki. Ele tinha que falar com Chonjacki. Deveres, deveres... tudo pelo aluguel, um rabo de saia ocasional e uma cova em um bom lugar. Cães tinham pulgas, homens tinham problemas.

— Chonjacki — disse ele —, por favor, me deixa te explicar uma coisa. Você está ouvindo? Consegue ouvir?

— Estou ouvindo.

— Nós somos um negócio. Trabalhamos cinco noites por semana. Estamos na televisão. Apoiamos famílias. Pagamos impostos. Votamos. Recebemos multas dos policiais filhos da puta como ninguém. Temos dor de dente, insônia, doenças venéreas. Temos que superar o Natal e o Ano-Novo como todo mundo, você entende?

— Sim.

— Nós, alguns de nós, até ficamos deprimidos às vezes. Somos humanos. Eu mesmo fico deprimido. Às vezes, de noite, tenho vontade de chorar. Com certeza tive uma vontade dos infernos de chorar ontem à noite quando você quebrou duas costelas do Welborn...

— Ele estava vindo pra cima de mim, sr. Mason!

— Chonjacki, Welborn não arrancaria um pelo da axila esquerda da sua avó. Ele lê Sócrates, Robert Duncan e W. H. Auden. Está na liga há cinco anos e não cometeu dano físico suficiente nem pra ferir uma mariposa de igreja...

— Ele estava vindo pra cima de mim, estava erguendo o braço, estava gritando...

— Ah, Jesus Cristo — disse Mason suavemente. Apagou o charuto no cinzeiro. — Filho, eu já te disse. Somos uma família, uma grande família. Não machucamos uns aos outros. Nós temos a melhor audiência de imbecis nos esportes. Atraímos a maior espécie de idiotas que existe e eles colocam o dinheiro bem nos nossos bolsos, entende? Nós conseguimos afastar o suprassumo dos idiotas da luta profissional, de *I Love Lucy* e de George Putnam. Estamos ganhando, e não acreditamos em malícia ou violência. Certo, Cliff?

— Certo — respondeu Underwood.

— Vamos mostrar pra ele — disse Mason.

— Ok — concordou Underwood.

Mason se ergueu da cadeira e foi até Underwood.

— Seu filho da puta! — exclamou ele. — Eu vou te matar. Sua mãe engole os próprios peidos e tem um trato urinário sifilítico.

— A *sua* mãe come merda de gato marinada — disse Underwood.

Ele se afastou da janela e foi em direção a Mason. Mason golpeou primeiro. Underwood caiu contra a mesa.

Mason deu uma gravata nele com o braço esquerdo e bateu na cabeça de Underwood com o punho e o antebraço direitos.

— As tetas da sua irmã pendem abaixo da bunda e balançam na água quando ela caga — disse Mason a Underwood.

Underwood levou um braço para trás e girou Mason de ponta-cabeça. Mason bateu contra a parede com um estrondo. Depois se levantou, foi até a mesa, sentou-se na cadeira giratória, pegou um charuto e tragou. Continuava a chover. Underwood voltou para a janela e se inclinou ali.

— Quando um homem trabalha cinco noites por semana, ele não pode se dar ao luxo de se machucar, entende, Chonjacki?

— Sim, senhor.

— Agora, escute, garoto, temos uma regra geral aqui que é... você está ouvindo?

— Sim.

— Que é... quando alguém na liga machuca outro jogador, ele perde o emprego, está fora da liga. Na verdade, a notícia se espalha. Ele é banido em toda pista de *roller derby* nos Estados Unidos. Talvez na Rússia e na China e na Polônia também. Tá entendendo?

— Sim.

— Agora, a gente vai deixar essa passar, porque gastamos muito tempo e dinheiro para te pôr onde você está. Você é o Mark Spitz[*] da nossa liga, mas podemos acabar com você assim como eles podem acabar com ele, se você não fizer exatamente o que te dissermos.

---

[*] Mark Spitz (1950-), nadador olímpico que conquistou onze medalhas em apenas cinco anos. Foi o atleta mais bem-sucedido nas Olimpíadas de Munique de 1972, com sete medalhas de ouro. [N.T.]

— Sim, senhor.

— Mas isso não significa ser frouxo. Você tem que agir de forma violenta sem ser violento, entendeu? O truque no espelho, o coelho no chapéu, o pacote completo. Eles amam ser enganados. Não sabem a verdade; inferno, eles nem querem a verdade, a verdade os deixa infelizes. Nós os deixamos felizes. Dirigimos carros novos e mandamos nossos filhos pra faculdade, certo?

— Certo.

— Ok, agora suma da minha frente.

Chonjacki se ergueu para ir.

— E, garoto...

— Sim?

— Tome um banho de vez em quando.

— Quê?

— Bem, talvez não seja isso. Você usa papel higiênico suficiente quando limpa a bunda?

— Não sei. Quanto é suficiente?

— Sua mãe não te ensinou?

— Quê?

— Você tem que limpar até não ver mais nada.

Chonjacki só ficou parado, olhando para ele.

— Certo, pode ir agora. E, por favor, lembre-se de tudo que eu te disse.

Chonjacki saiu. Underwood foi até a cadeira vazia e se sentou. Pegou seu charuto pós-almoço de quinze centavos e o acendeu. Os dois homens ficaram sentados ali por cinco minutos no maior silêncio. Então o telefone tocou. Mason atendeu. Ele ouviu e disse:

— Ah, a tropa de escoteiros 763? Quantos? Claro, claro, deixamos entrar por metade do preço. Domingo à noite. Vamos reservar uma seção. Claro, claro. Tudo certo...

Ele desligou.

— Cretinos — disse ele.

Underwood não respondeu. Eles ficaram sentados ouvindo a chuva. A fumaça dos charutos criava desenhos interessantes no ar. Eles ficaram sentados, fumaram, ouviram a chuva e observaram os desenhos no ar. O telefone tocou de novo e Mason fez uma careta. Underwood levantou-se da cadeira e foi atender. Era a vez dele.

um empacotador de encomendas com nariz vermelho

Quando conheci Randall Harris, ele tinha quarenta e dois anos e morava com uma mulher de cabelo grisalho, uma tal Margie Thompson. Margie tinha quarenta e cinco anos e não era muito bonita. Eu editava a pequena revista *Mad Fly* na época, e fui visitá-lo para tentar obter algum material dele.*

Randall era conhecido como um isolacionista, um bêbado, um homem brusco e amargo, mas seus poemas eram francos, francos e honestos, simples e selvagens. Ele escrevia como mais ninguém na época. Trabalhava como empacotador de encomendas em um armazém de autopeças.

Eu me sentei em frente a Randall e Margie. Eram sete e quinze da noite e Harris já estava bêbado de cerveja. Ele pôs uma garrafa na minha frente. Eu ouvira falar sobre Margie Thompson. Ela era uma comunista dos velhos tempos, salvadora do mundo, boa samaritana. Era de se perguntar o que estaria fazendo com Randall, que não se importava com nada e admitia isso.

---

* Embora o conto seja narrado por Chinaski, a história de Randall, um escritor que ganha notoriedade e passa a viver em áreas mais ricas da cidade, reflete a trajetória do próprio Bukowski. [N.T.]

— Eu gosto de fotografar as coisas — me contou. — Essa é a minha arte.

Randall tinha começado a escrever aos trinta e oito anos. Aos quarenta e dois, após três livrinhos curtos (*A morte é um cão mais sujo que meu país, Minha mãe fodeu um anjo* e *Os cavalos selvagens da loucura*), ele estava recebendo o que poderia ser chamado de aclamação da crítica. Mas não tinha a própria escrita em alta conta.

— Eu não sou nada além de um empacotador de encomendas tomado de tristeza. — Ele morava com Margie em uma quadra antiga de Hollywood e era realmente estranho. — Só não gosto de pessoas. Sabe, Will Rogers certa vez disse: "Eu nunca conheci um homem de quem não gostei".* Já eu nunca conheci um homem de quem gostei.

Mas Randall era bem-humorado, tinha uma capacidade de rir da dor e de si mesmo. As pessoas gostavam dele. Era um homem feio com uma cabeça grande e um rosto todo amassado, só o nariz parecia ter escapado do amassamento geral.

— Eu não tenho ossos suficientes no nariz, é como borracha — explicava ele, mostrando o nariz longo e muito vermelho.

Eu tinha ouvido histórias sobre Randall. Ele era dado a estourar janelas e a jogar garrafas contra a parede. Era um bêbado violento. Também tinha períodos em que não atendia à porta ou ao telefone. Ele não tinha TV, só um pequeno rádio, e só escutava música sinfônica, estranho para um cara tão bruto quanto ele.

Randall também tinha períodos em que tirava a parte de baixo do telefone e enfiava papel higiênico ao redor da campainha para

---

* William Rogers (1879-1935) foi um artista de *vaudeville*, ator e comediante estadunidense cuja carreira inclui setenta e um filmes e milhares de colunas de jornal. A citação refere-se o epitáfio que criou para si: "Aqui jaz Will Rogers. Ele fez piadas com todos os homens de seu tempo, mas nunca conheceu um homem de quem não gostasse". [N.T.]

que não tocasse. O aparelho ficava assim por meses. Era de se perguntar por que ele tinha um telefone. Sua educação era esparsa, mas ele evidentemente lera a maioria dos melhores escritores.

— Bem, seu patife — disse ele a mim —, acho que está se perguntando o que estou fazendo com ela, né? — Ele apontou para Margie.

Eu não respondi.

— Ela trepa bem — continuou ele — e me dá as melhores fodas a oeste de St. Louis.

Aquele era o mesmo cara que escrevera quatro ou cinco grandes poemas de amor para uma mulher chamada Annie. Era de se perguntar como isso funcionava.

Margie só ficou sentada ali, sorrindo. Ela também escrevia poemas, mas não era muito boa. Duas vezes por semana, ia a workshops que não ajudavam muito.

— Então você quer uns poemas? — perguntou ele para mim.

— Sim, eu gostaria de dar uma olhada em alguns.

Harris foi até o closet, abriu a porta e pegou alguns papéis rasgados e amassados do chão. Entregou-os a mim.

— Escrevi esses ontem à noite.

Então ele foi para a cozinha e voltou com mais duas cervejas. Margie não bebia.

Comecei a ler os poemas. Eram todos potentes. Ele datilografava com a mão muito pesada, e as palavras pareciam entalhadas no papel. A força de sua escrita sempre me espantava. Ele parecia estar dizendo todas as coisas que deveríamos ter dito, mas nunca pensamos em dizer.

— Vou levar esses aqui — falei.

— Ok — disse ele. — Beba.

Quando você ia ver Harris, beber era obrigatório. Ele fumava um cigarro atrás do outro. Vestia calça chino marrom larga, dois tamanhos maior que o dele, e velhas camisas que estavam sempre rasgadas. Tinha cerca de um metro e oitenta e cem quilos, a maior parte por causa de cerveja. Seus ombros eram arredondados e ele espiava você por trás de pálpebras semicerradas. Bebemos por umas boas duas horas e meia, a sala pesada de fumaça. De repente, Harris se ergueu e disse:

— Some daqui, seu patife, você me dá nojo!
— Calma, Harris...
— Eu disse *agora*, patife!

Eu me levantei e saí, levando seus poemas.

Voltei ao casarão dois meses depois para entregar alguns exemplares da *Mad Fly* para Harris. Eu tinha publicado todos os dez poemas dele. Margie me deixou entrar. Randall não estava.

— Ele está em Nova Orleans — disse Margie. — Acho que está tirando uma folga. Jack Teller quer publicar o próximo livro dele, mas quer conhecer Randall primeiro. Teller diz que não pode publicar um sujeito se não gostar dele. Ele pagou a passagem de avião de ida e volta.

— Randall não é exatamente simpático — falei.
— Veremos — disse Margie. — Teller é um bêbado e ex-trapaceiro. Eles podem formar um belo par.

Teller publicava a revista *Rifraff* e tinha a própria editora. Ele fazia um trabalho muito bom. A capa da última edição de *Rifraff* era o rosto feioso de Harris mamando uma garrafa de cerveja e uma série de poemas dele.

A *Rifraff* era reconhecida como a melhor revista literária da época. Harris estava começando a receber cada vez mais atenção. Seria uma boa chance para ele, se não a arruinasse com sua língua cruel e seu jeito de bêbado. Antes de eu sair, Margie me contou que estava grávida... de Harris. Como eu disse, ela tinha quarenta e cinco anos.

— O que ele disse quando você contou?
— Pareceu indiferente.

Eu saí.

O livro saiu em uma edição de dois mil exemplares, com uma bela impressão. A capa era feita de cortiça importada da Irlanda. O papel era excelente, e as páginas coloridas tinham sido impressas em uma tipografia rara e entremeadas com alguns rascunhos a nanquim de Harris. O livro recebeu elogios da crítica, tanto pela edição como pelo conteúdo. Mas Teller não podia pagar direitos autorais. Ele e a esposa viviam com uma margem de lucro muito estreita. Em dez anos, o livro custaria setenta e cinco dólares no mercado de livros raros. Enquanto isso, Harris voltou ao seu emprego de empacotador de encomendas no armazém de autopeças.

Quando o visitei de novo, quatro ou cinco meses depois, Margie não estava mais lá.

— Ela foi embora faz tempo — disse Harris. — Beba uma cerveja.

— O que aconteceu?

— Bem, depois que voltei de Nova Orleans, escrevi uns contos. Enquanto eu estava no trabalho, ela começou a fuçar nas minhas gavetas. Leu algumas das minhas histórias e fez algumas objeções a elas.

— Sobre o que eram?

— Ah, ela leu algo sobre eu subir e descer da cama de umas mulheres em Nova Orleans.

— As histórias eram verdade? — indaguei.

— Como vai a *Mad Fly*? — perguntou ele.

O bebê nasceu, uma garota, Naomi Louise Harris. Ela e a mãe moravam em Santa Monica, e Harris ia até lá de carro uma vez por semana para vê-las. Ele pagava pensão e continuava bebendo sua cerveja. A próxima coisa que eu soube foi que ele tinha uma coluna semanal no jornal clandestino *L.A. Lifeline*. O nome da coluna era *Rascunhos de um maníaco de primeira classe*. Sua prosa era como sua poesia — indisciplinada, antissocial e preguiçosa.

Harris deixou o cabelo e um cavanhaque crescerem. Quando o vi de novo, estava morando com uma moça de trinta e cinco anos, uma ruiva bonita chamada Susan. Susan trabalhava em uma loja de materiais artísticos, pintava e tocava violão muito bem. Também bebia uma cerveja ocasional com Randall, o que era mais do que Margie fizera. O pátio parecia mais limpo. Quando Harris terminava uma cerveja, jogava-a em um saco de papel em vez de no chão. Mas ainda era um bêbado cruel.

— Estou escrevendo um romance — me contou — e faço uma leitura de poesia vez ou outra em universidades próximas. Em breve tenho uma leitura em Michigan e outra no Novo México. As ofertas são bem boas. Não gosto de ler, mas sou um bom leitor. Faço um showzinho pra eles e apresento uns bons poemas.

Harris também estava começando a pintar. Ele não pintava muito bem. Era como uma criança de cinco anos bêbada de vodca, mas conseguiu vender uma ou outra obra por quarenta ou cinquenta dólares. Ele me contou que estava pensando em pedir demissão. Três semanas mais tarde, largou o emprego para poder ir à leitura em Michigan. Já tinha usado as férias para a viagem a Nova Orleans.

Eu me lembro de que uma vez ele jurou para mim:

— Nunca que eu vou ler na frente daqueles sanguessugas, Chinaski. Vou pra cova sem jamais ter feito uma leitura de poesia. É vaidade, é se vender.

Eu não o lembrei dessa declaração.

Seu romance *Morte na vida de todos os olhos na terra* foi comprado por uma editora pequena, mas renomada, que pagava direitos autorais normalmente. As resenhas foram boas, incluindo uma na *New York Review of Books*. Mas ele ainda era um bêbado violento e brigava muito com Susan por conta da bebida.

Por fim, depois de uma bebedeira horrível, durante a qual ele tinha vociferado e xingado e berrado a noite toda, Susan o deixou. Eu vi Randall vários dias depois que ela partiu. Ele estava estranhamente quieto, nem um pouco violento.

— Eu amava ela, Chinaski — falou. — Não vou sobreviver, meu amigo.

— Vai, sim, Randall. Você vai ver. Vai sobreviver. O ser humano é muito mais resistente do que você pensa.

— Merda — disse ele. — Espero que tenha razão. Eu tenho um buraco maldito nas tripas. As mulheres já mandaram muito homens bons pra rodar. Elas não sentem como a gente sente.

— Elas sentem. Ela só não conseguia lidar com sua bebedeira.

— Porra, cara, eu escrevo a maior parte do meu material quando estou bêbado.

— É esse o segredo?

— Merda, sim. Sóbrio, eu sou só um empacotador de encomendas, e não muito bom, por sinal...

Eu o deixei lá, curvado sobre sua cerveja.

Passei lá de novo, três meses depois. Harris ainda estava em seu casarão. Ele me apresentou Sandra, uma loira bonita de vinte e sete anos. O pai dela era juiz de instância superior e ela tinha se formado na Universidade do Sul da Califórnia. Além de ter um belo corpo, ela tinha uma sofisticação tranquila que faltava às outras mulheres de Randall. Eles estavam bebendo uma garrafa de bom vinho italiano.

O cavanhaque de Randall tinha se transformado em barba e o cabelo estava muito mais comprido. As roupas eram novas e no estilo mais recente. Ele usava sapatos de quarenta dólares, um novo relógio de pulso, o rosto parecia mais fino, as unhas limpas... mas o nariz ainda ficava vermelho enquanto ele bebia vinho.

— Randall e eu vamos nos mudar para West L.A. esse fim de semana — contou ela. — Este lugar é imundo.

— Eu escrevi muita coisa boa aqui — falou ele.

— Randall, querido — disse ela —, não é o *lugar* que escreve as coisas, é *você*. Acho que podemos arranjar um emprego para ele, tipo dar aula três vezes por semana.

— Eu não sei ensinar.

— Querido, você pode ensinar *tudo* para eles.

— Merda — disse ele.

— Estão pensando em fazer um filme baseado no livro de Randall. Nós vimos o roteiro. É um roteiro muito bom.

— Um filme? — perguntei.

— Não tem muita chance — disse Harris.

— Querido, já está em desenvolvimento. Tenha um pouco de fé.

Bebi outra taça de vinho com eles e então fui embora. Sandra era uma linda garota.

Eu não fui informado do endereço de Randall em West L.A. e não tentei descobri-lo. Um ano mais tarde, li a resenha do filme *Flor no rabo do inferno*. Tinha sido baseado no romance dele. Era uma resenha positiva, e Harris até atuou um pouco no filme.

Fui assistir. Eles tinham feito um bom trabalho com o livro. Harris parecia um pouco mais austero desde que o vira da última vez. Decidi encontrá-lo. Depois de certo trabalho de detetive, bati à porta de seu chalé em Malibu uma noite, por volta das nove. Randall abriu a porta.

— Chinaski, seu velho cão — disse ele. — Entre.

Uma linda garota estava sentada no sofá. Ela parecia ter cerca de dezenove anos e simplesmente irradiava beleza natural.

— Essa é Karilla — disse ele.

Eles estavam bebendo uma garrafa de vinho francês caro. Eu me sentei com eles e bebi uma taça. Bebi várias taças. Apareceu outra garrafa e nós conversamos em voz baixa. Harris não ficou bêbado nem foi violento, e pareceu não fumar tanto quanto de costume.

— Estou trabalhando em uma peça para a Broadway — contou ele. — Dizem que o teatro está morrendo, mas tenho algo pra eles. Um dos maiores produtores está interessado. Estou arrumando o último ato agora. É uma boa mídia. Eu sempre fui esplêndido com diálogos, sabe.

— Sim — falei.

Fui embora por volta das onze e meia da noite. A conversa tinha sido agradável... Harris tinha começado a exibir um tom grisalho distinto nas têmporas e só disse "merda" umas quatro ou cinco vezes.

A peça *Atire em seu pai, atire em seu deus, atire até se desembaraçar* foi um sucesso. Tornou-se um dos espetáculos mais longevos da história da Broadway. Tinha tudo: algo para os revolucionários, algo para os reacionários, algo para amantes de comédia, algo para amantes de drama, até algo para os intelectuais, e ainda fazia sentido. Randall Harris se mudou de Malibu para um lugar maior em Hollywood Hills. Agora líamos sobre ele nas colunas de fofocas.

Pus as mãos à obra e encontrei a localização de sua casa em Hollywood Hills, uma mansão de três andares com vista para as luzes de Los Angeles e Hollywood.

Estacionei, saí do carro e caminhei até a porta da frente. Era por volta das oito e meia da noite; clima ameno, quase frio; uma lua cheia, e o ar estava fresco e limpo.

Toquei a campainha. A sensação foi que esperei muito tempo. Por fim, a porta se abriu. Era o mordomo.

— Sim? — perguntou ele.

— Henry Chinaski, vim para ver Randall Harris — falei.

— Só um momento, senhor.

Ele fechou a porta silenciosamente e eu esperei. De novo, uma longa espera. Então o mordomo voltou.

— Sinto muito, senhor, mas o sr. Harris não pode ser perturbado no momento.

— Ah, tudo bem.

— Gostaria de deixar uma mensagem, senhor?

— Uma mensagem?

— Sim, uma mensagem.

— Sim, diga "parabéns" para ele.

— "Parabéns"? Só isso?

— Sim, só isso.

— Boa noite, senhor.

— Boa noite.

Voltei ao meu carro e entrei. Liguei o motor e comecei a longa descida das colinas. Eu tinha levado um exemplar antigo de *Mad Fly* que queria que ele autografasse. Era aquele com dez poemas de Randall Harris. Provavelmente ele estava ocupado. *Talvez*, pensei, *se eu mandar a revista pelo correio com um envelope com selo para retorno, ele assine.*

Eram só umas nove da noite. Dava tempo para ir a algum outro lugar.

o diabo era quente

Bem, foi depois de uma briga com Flo e eu não estava a fim de me embebedar ou ir a uma casa de massagens. Então entrei no meu carro e fui para o oeste, em direção à praia. Já estava para anoitecer e eu guiei devagar. Cheguei ao píer, estacionei e andei por ele. Parei no salão de caça-níqueis e joguei um pouco, mas o lugar fedia a mijo, então saí. Estava velho demais para o carrossel, então passei reto. Os tipos de sempre caminhavam pelo píer — uma multidão sonolenta e indiferente.

Foi então que reparei em um som estrondoso vindo de um prédio próximo. Uma fita ou disco, sem dúvida. Havia um sujeito anunciando em frente:

— Sim, senhoras e senhores, *dentro, aqui dentro...* nós realmente capturamos o *diabo*! Ele está em exposição para verem com os seus próprios olhos! Pensem, por só uma moedinha, por vinte e cinco centavos, vocês podem *ver* o diabo... o maior perdedor de todos os tempos! O perdedor da única revolução já tentada no paraíso!

Bem, eu estava a fim de um pouco de comédia para contrabalançar o que Flo estava me fazendo passar. Paguei os vinte e cinco centavos e entrei com seis ou sete outros otários diversos. Lá dentro tinha um cara em uma jaula. Tinham jogado tinta vermelha nele, e havia algo em sua boca que o fazia bufar pequenas lufadas de fumaça e jatos de fogo. A atuação dele não era grande coisa. Só andava em círculos, dizendo sem parar:

— Maldição, eu *tenho* que sair daqui! Como eu me meti nesse enrascada?

Bem, vou confessar que ele até *parecia* perigoso. De repente, deu seis cambalhotas rápidas para trás. Na última pousou de pé, olhou ao redor e disse:

— Ah, merda, me sinto péssimo!

Então ele me viu. Veio direto até onde eu estava, ao lado da grade. O cara era quente como um aquecedor. Não sei como isso funcionava.

— Meu filho — disse ele —, você veio, enfim! Estava te esperando. Trinta e dois dias te esperando nessa jaula de merda!

— Não sei do que você está falando.

— Meu filho — insistiu ele —, não brinque comigo. Volta mais tarde com os alicates, hoje à noite, e me tira daqui.

— Não me envolva nessa merda, cara — falei.

— Trinta e dois dias te esperando aqui, meu filho! Enfim estarei livre!

— Quer dizer que você realmente diz que é o diabo?

— Eu enrabo um gato se não for — respondeu ele.

— Se você é o diabo, pode usar os seus poderes sobrenaturais para sair daqui.

— Os meus poderes sumiram temporariamente. Aquele sujeito, o anunciante, estava preso numa cela cheia de bêbados comigo. Eu disse a ele que era o diabo e ele pagou a minha fiança. Eu tinha perdido os meus poderes na cadeia, ou não precisaria dele. Ele me embebedou de novo e, quando acordei, estava nesta jaula. O desgraçado mão de vaca me dá ração de cachorro e sanduíches de manteiga de amendoim. Meu filho, me ajuda, eu te imploro!

— Você é louco — respondi —, é algum tipo de maluco.
— Só volta hoje à noite, meu filho, com os alicates.

O anunciante entrou e avisou que a sessão com o diabo tinha terminado e, se quiséssemos ver mais, custaria outros vinte e cinco centavos. Eu já vira o suficiente. Saí com os outros seis ou sete otários diversos.

— Ei, ele *falou* com você — disse um velhinho andando ao meu lado. — Venho vê-lo toda noite e você é a primeira pessoa com quem ele falou.

— Foda-se — respondi.

O dono da atração me parou.

— O que ele te disse? Eu vi ele falando com você. O que ele te disse?

— Ele me contou tudo — respondi.

— Bem, pode esquecer, camarada, ele é *meu*! Não ganho tanto dinheiro desde que tinha a mulher barbada de três pernas.

— O que aconteceu com ela?

— Fugiu com o homem-polvo. Agora eles têm uma fazenda no Kansas.

— Acho que todos vocês são loucos.

— Só estou dizendo, eu que encontrei esse cara. Pode esquecer!

Fui até meu carro, entrei e voltei para Flo. Quando cheguei, ela estava sentada na cozinha bebendo uísque. Ficou lá e me disse uma centena de vezes como eu era um inútil. Bebi com ela por um tempo, mais quieto do que falando. Então me levantei, fui à garagem, peguei uns alicates, enfiei tudo no bolso, entrei no carro e voltei ao píer.

Arrombei a porta dos fundos; o trinco estava enferrujado e quebrou na hora. Ele estava dormindo no chão da jaula. Comecei tentando cortar a grade, mas não consegui. Era muito grosso. Então ele acordou.

— Meu filho — disse —, você voltou! Eu sabia que voltaria!

— Escuta, cara, não consigo cortar a grade com esses alicates. É grossa demais.

Ele se levantou.

— Dá aqui pra mim.

— Meu Deus — falei —, suas mãos estão quentes! Você deve estar com febre.

— Não me chame de Deus — disse ele.

Ele cortou a grade com os alicates, como se fosse barbante, e saiu da jaula.

— E agora, meu filho, vamos pra sua casa. Preciso recuperar as minhas forças. Algumas bistecas e vou ficar bem. Comi tanta ração de cachorro que estou com medo de começar a latir a qualquer momento.

Fomos para o meu carro e eu o levei para a minha casa. Quando entramos, Flo ainda estava sentada na cozinha bebendo uísque. Eu fiz um sanduíche de bacon e ovo frito para ele, para começar, e nos sentamos com ela.

— Seu amigo é bonito pra diabo — disse ela para mim.

— Ele alega *ser* o diabo — falei.

— Faz um bom tempo — disse ele — que não acho uma boa mulher.

Ele se inclinou e deu um longo beijo em Flo. Quando a soltou, ela parecia estar em choque.

— Esse foi o beijo mais *ardente* da minha *vida* — disse ela — e olha que já foram muitos.

— Sério? — perguntou ele.

— Se você fizer amor do jeito que beija, seria demais, *demais*!

— Onde é o seu quarto? — Ele se virou para mim.

— Só siga a moça — respondi.

Ele seguiu Flo para o quarto e eu me servi uma dose de uísque. Nunca tinha ouvido gritos e gemidos como aqueles, e a barulheira continuou por uns bons quarenta e cinco minutos. Depois ele saiu sozinho, sentou-se e se serviu uma bebida.

— Meu filho — disse ele —, você tem uma boa mulher.

Ele foi até o sofá na sala de estar, alongou-se e adormeceu. Entrei no quarto, me despi e subi na cama com Flo.

— Meu Deus — disse ela —, meu Deus, eu não acredito. Ele me fez passar pelo céu e pelo inferno.

— Só espero que não bote fogo no sofá — falei.

— Como assim, você quer dizer se ele acender um cigarro e cair no sono?

— Deixa pra lá.

Bem, ele começou a dominar a casa. *Eu* tinha que dormir no sofá. Tinha que ouvir Flo gritando e gemendo no quarto toda noite. Um dia, enquanto ela estava no mercado e bebíamos uma cerveja no cantinho do café da manhã, eu conversei com ele.

— Escuta aqui — comecei —, não me importo de ajudar alguém, mas perdi a minha cama e a minha esposa. Vou ter que pedir a você que vá embora.

— Acredito que ficarei um tempo, meu filho, a sua patroa é uma das maiores gostosas que eu já comi.

— Escuta, cara — insisti —, assim eu vou ter que adotar medidas extremas pra te tirar daqui.

— Um rapaz durão, hein? Bem, escute, rapaz durão, tenho uma novidade pra você. Os meus poderes sobrenaturais retornaram. Se tentar brincar comigo, pode se queimar. Cuidado!

Nós tínhamos um cão. O velho Bones; ele não valia muito, mas latia de noite, era um cão de guarda decente. Bem, o sujeito apontou o dedo para o velho Bones, o dedo meio que fez um som de espirro, em seguida chiou e uma linha fina de chamas o percorreu e tocou o velho Bones. O velho Bones deu uma crepitada e sumiu. Simplesmente sumiu. Nada de osso, nada de pelo nem nada de fedor. Só um espaço vazio.

— Ok, cara — falei. — Você pode ficar mais uns dias, mas depois tem que ir embora.

— Frita uma bisteca pra mim — disse ele. — Estou com fome e estou com medo de a minha contagem de esperma estar caindo.

Eu me levantei e joguei um bife na frigideira.

— Frita umas batatas pra acompanhar — disse ele — e corta umas fatias de tomate. Não preciso de café. Estou tendo insônia. Só vou beber mais umas duas cervejas.

Quando coloquei a comida na frente dele, Flo voltou.

— Olá, meu amor — disse ela —, como vai?

— Tudo bem — disse ele —, você não tem ketchup?

Eu saí de casa, entrei no meu carro e fui até a praia.

Bem, o dono da atração tinha outro diabo lá dentro. Paguei os vinte e cinco centavos e entrei. O diabo novo não era grande coisa. A tinta vermelha jogada nele estava matando-o e ele estava bebendo para não enlouquecer. Era um cara grandão, mas não tinha talento. Eu era um dos poucos clientes ali. Havia mais moscas lá dentro do que pessoas.

O dono veio falar comigo.

— Estou passando fome desde que você roubou o negócio de verdade. Imagino que tenha o seu próprio espetáculo agora?

— Escuta — falei —, eu daria tudo pra devolvê-lo a você. Estava só tentando ser um cara legal.

— Você sabe o que acontece com caras legais nesse mundo, não sabe?

— É, eles acabam parados na esquina da 7th com a Broadway vendendo exemplares da *A sentinela*.*

— O meu nome é Ernie Jamestown — disse ele —, me conte tudo. Temos um quartinho lá nos fundos.

Fui até o quartinho dos fundos com Ernie. A esposa dele estava sentada à mesa bebendo uísque. Ela ergueu os olhos.

— Escuta, Ernie, se esse desgraçado vai ser o nosso novo diabo, esqueça. É melhor a gente encenar um suicídio triplo.

— Fique calma — disse Ernie — e me dá a garrafa.

Contei a Ernie tudo o que tinha acontecido. Ele me ouviu com atenção e disse:

— Eu posso te livrar desse cara. Ele tem duas fraquezas: bebida e mulheres. E tem mais uma coisa. Não sei por que isso acontece, mas, quando ele fica preso, como estava na cela ou naquela jaula lá fora, perde os poderes sobrenaturais. Certo, a gente assume a partir daqui.

Ernie foi até o armário e puxou um emaranhado de correntes e cadeados. Então foi ao telefone e pediu para falar com uma tal de Edna Hemlock. Edna Hemlock nos encontraria em vinte minutos na esquina do Woody's Bar. Ernie e eu entramos no meu carro, paramos para comprar duas garrafas na loja de bebida, fomos encontrar Edna, pegamos ela e dirigimos até minha casa.

Eles ainda estavam na cozinha. Estavam se agarrando feito loucos. Mas, assim que viu Edna, o diabo esqueceu completamente a minha patroa. Ele a deixou cair como uma calcinha manchada. Edna tinha tudo. Não cometeram um erro sequer ao montá-la.

---

* *A sentinela* é a principal revista das Testemunhas de Jeová, publicada desde 1879. [N.T.]

— Por que vocês dois não bebem um pouco e se conhecem melhor? — sugeriu Ernie.

Ele pôs uma garrafa de uísque grande na frente de cada um. O diabo olhou para Ernie.

— Ei, filho da mãe, você é o cara que me pôs naquela jaula, não é?

— Esqueça isso — disse Ernie —, são águas passadas.

— Inferno que são!

Ele apontou um dedo e as chamas correram pelo dedo até Ernie e então ele não estava mais lá.

Edna sorriu e ergueu o uísque. O diabo deu um sorriso malandro, ergueu o dele e bebeu.

— Coisa das boas! — disse ele. — Quem comprou?

— O homem que acabou de sair da cozinha — falei.

— Ah.

Ele e Edna beberam de novo e começaram a se olhar intensamente. Então minha patroa ralhou com ele:

— Tira os olhos dessa vagabunda!

— Que vagabunda?

— Ela!

— Só bebe o seu uísque e cala a boca!

Ele apontou o dedo para a minha patroa, houve um pequeno som crepitante e ela sumiu. Aí ele olhou para mim.

— E você, o que tem a dizer?

— Ah, eu sou o cara que trouxe os alicates, lembra? Estou aqui pra fazer uns serviços, trazer toalhas, coisas assim...

— Com certeza é bom ter os meus poderes sobrenaturais de novo.

— Eles são úteis — falei —, temos um problema de excesso de população, de qualquer jeito.

Ele olhava intensamente para Edna. O olhar era tão profundo que eu consegui erguer uma das garrafas de uísque. Peguei a garrafa, entrei no meu carro com ela e voltei para a praia.

A esposa de Ernie estava sentada no quartinho dos fundos. Ficou feliz ao ver a garrafa nova e serviu dois copos.

— Quem é o garoto que vocês prenderam na jaula? — perguntei.

— Ah, é um *quarterback* de terceira categoria de uma das faculdades locais. Está tentando ganhar uns trocados.

— Você tem uns peitos muito bonitos — falei.

— Você acha? Ernie nunca disse nada sobre os meus peitos.

— Bebe. É coisa das boas.

Deslizei para o lado dela. Ela tinha umas coxas gordas belíssimas. Quando a beijei, ela não resistiu.

— Eu fico tão cansada dessa vida — comentou ela. — Ernie sempre foi um trapaceiro de quinta. Você tem um bom emprego?

— Ah, sim. Sou o chefe dos empacotadores de encomendas na Drombo-Western.

— Me beija de novo — disse ela.

Rolei para longe dela e me limpei com o lençol.

— Se Ernie descobrir, vai matar nós dois — disse ela.

— Ernie não vai descobrir. Não se preocupe.

— Você faz amor muito bem — elogiou ela —, mas por que *eu*?

— Não entendi.

— Quer dizer, sério, o que te levou a fazer isso?

— Ah — falei —, foi o diabo.

Então acendi um cigarro, me deitei, inalei e soprei um anel de fumaça perfeito. Ela se ergueu e foi ao banheiro. Um minuto depois, ouvi a descarga.

colhões

Como qualquer um pode te dizer, eu não sou um homem muito gentil. Desconheço a palavra. Sempre admirei os vilões, os fora da lei, os filhos da puta. Não gosto dos garotos barbeados com gravata e um bom emprego. Gosto de homens desesperados, homens com dentes quebrados, mentes quebradas, hábitos quebrados. Eles me interessam. São cheios de surpresas e explosões. Também gosto de mulheres vis, piranhas bêbadas desbocadas, com meias largas e rostos com rímel borrado. Eu me interesso mais pelos pervertidos do que pelos santos. Consigo relaxar com vagabundos porque sou um vagabundo. Não gosto de leis, moral, religião, regras. Não gosto de ser moldado pela sociedade.

Certa noite eu estava bebendo com Marty, o ex-presidiário, no meu quarto. Eu não tinha um emprego. Não queria um emprego. Só queria ficar jogado, descalço, bebendo vinho, conversando e rindo, se possível. Marty era meio enfadonho, mas tinha mãos de trabalhador, nariz quebrado, olhos de toupeira, não era muito impressionante, mas tinha passado por poucas e boas.

— Gosto de você, Hank — disse Marty —, você é um homem de verdade, é um dos poucos homens de verdade que eu conheço.

— É — falei.

— Você tem colhões.
— É.
— Eu já fui minerador...
— É?
— Entrei numa briga com um sujeito. Usamos cabos de machado. Ele quebrou o meu braço esquerdo com o primeiro golpe. Eu fui revidar e esmaguei a cabeça dele. Quando recuperou a consciência, estava doido. Eu tinha afundado o cérebro dele. Meteram ele num hospício.
— Legal — falei.
— Escute — disse Marty —, quero lutar com você.
— Pode dar o primeiro soco. Vai, bate em mim.

Marty estava sentado em uma cadeira verde com encosto reto. Eu estava indo até a pia para me servir outra taça de vinho da garrafa. Virei-me e mandei uma direita na cara dele. Ele voou e caiu por cima da cadeira, levantou-se e veio em minha direção. Eu não estava olhando para a esquerda. Ele me acertou no alto da testa e me derrubou. Eu peguei um saco de papel cheio de vômito e garrafas vazias, peguei uma garrafa, me ajoelhei e a joguei. Marty se agachou e eu me aproximei com a cadeira por trás dele. Eu estava com ela erguida sobre a cabeça quando a porta se abriu. Era a senhoria, uma loira jovem e bonita de vinte e tantos anos. Nunca consegui entender o que a tinha levado a gerenciar um lugar daqueles. Abaixei a cadeira.
— Já pro seu quarto, Marty.

Marty parecia envergonhado, como um garotinho. Ele desceu o corredor até o quarto, entrou e fechou a porta.
— Sr. Chinaski — disse ela —, eu quero que saiba...
— Eu quero que você saiba — interrompi — que não adianta.
— O que não adianta?
— Você não é o meu tipo. Eu não quero te comer.

— Escuta — disse ela —, quero te dizer uma coisa. Te vi mijando no estacionamento vizinho ontem à noite e se fizer isso de novo eu vou te despejar. Alguém anda mijando no elevador também, foi você?

— Eu não mijo em elevadores.

— Bem, eu te vi no estacionamento ontem. Estava observando. Era você.

— Nem fodendo.

— Você estava bêbado demais pra saber. Não faça isso de novo.

Ela fechou a porta e se foi.

Alguns minutos depois, eu estava sentado, quietinho, bebendo vinho e tentando me lembrar se *tinha mesmo* mijado no estacionamento, quando soou uma batida na porta.

— Entre — falei.

Era Marty.

— Tenho que te contar uma coisa.

— Tudo bem. Senta aí.

Servi uma taça de vinho do Porto e ele se sentou.

— Estou apaixonado — disse ele.

Eu não respondi. Enrolei um cigarro.

— Você acredita no amor? — perguntou ele.

— Tenho que acreditar. Aconteceu comigo uma vez.

— E cadê ela?

— Se foi. Morreu.

— Morreu? Como?

— Bebida.

— A minha também bebe. Fico preocupado. Ela está sempre bêbada. Não consegue parar.

— Nenhum de nós consegue.

— Eu vou a reuniões do AA com ela. Ela está bêbada quando vai. Metade deles lá no AA estão bêbados. Dá pra sentir no hálito.

Eu não respondi.

— Deus, ela é jovem. E que corpo! Eu amo ela, cara, realmente amo ela!

— Ah, caramba, Marty, é só sexo.

— Não, eu amo ela, Hank, eu amo de verdade.

— Imagino que seja possível.

— Jesus, eles a meteram num quarto no porão. Ela não consegue pagar o aluguel.

— No porão?

— É, eles têm um quartinho lá embaixo com todas as caldeiras e tal.

— Difícil de acreditar.

— É, mas ela tá lá embaixo. E eu amo ela, cara, e não tenho dinheiro pra ajudar.

— É triste. Eu já estive nessa situação. Dói.

— Se eu me comportar, se conseguir não beber por dez dias e recuperar a saúde... eu consigo um emprego em algum lugar e posso ajudar ela.

— Bem — falei —, você está bebendo agora. Se ama ela, vai parar de beber. Agora mesmo.

— Por Deus — disse ele —, vou mesmo! Vou jogar essa bebida na pia!

— Não seja melodramático. Passe pra cá.

Peguei o elevador até o térreo com a garrafa de uísque barata que roubara na loja de bebidas de Sam uma semana antes. Então desci a escada até o porão. Havia uma luzinha brilhando lá embaixo. Caminhei à procura de uma porta. Por fim a encontrei. Devia ser uma ou duas da manhã. Bati. Uma fresta da porta se abriu e lá estava uma mulher realmente muito bela usando uma camisola. Não esperava por isso. Jovem, cabelo loiro-avermelhado. Enfiei o pé na porta e então entrei à força, fechei e olhei ao redor. Não era um lugar ruim de forma alguma.

— Quem é você? — perguntou ela. — Sai daqui.

— Que lugarzinho bom você tem aqui. Gosto mais do que do meu.

— Sai daqui! Sai! Sai!

Eu tirei a garrafa de uísque do saco de papel. Ela olhou para ele.

— Qual é o seu nome? — perguntei.

— Jeanie.

— Bem, Jeanie, onde você guarda os seus copos?

Ela apontou para uma prateleira na parede e eu fui até lá e peguei dois copos altos de água. Tinha uma pia. Servi um pouco de água em cada um e voltei, abaixei os copos, abri o uísque e preparei as bebidas. Sentamos na beirada da cama dela e bebemos. Ela era jovem, atraente. Eu não conseguia acreditar. Esperei uma explosão neurótica, algo psicótico. Jeanie parecia normal, até saudável. Mas ela gostava mesmo de uísque. Acompanhou-me direitinho. Depois de descer até ali em um surto de entusiasmo, eu não sentia mais esse entusiasmo. Quer dizer, se ela tivesse algo de safado ou indecente ou sórdido (um lábio leporino, qualquer coisa), eu teria me sentido mais tentado a me mudar para lá. Lembrei-me de uma história que li uma vez no *Programa de corridas* sobre um garanhão puro-sangue que não cruzava com as éguas de jeito nenhum. Os caras levavam para ele as éguas mais lindas que encontravam, mas o garanhão se afastava, assustado. Então alguém que sabia das coisas teve uma ideia. Espalhou lama por cima de uma linda égua e o garanhão a montou imediatamente. A teoria era que o garanhão se sentia inferior a toda aquela beleza e, quando a égua estava enlameada, imunda, ele pelo menos se sentia igual ou talvez até superior. A mente dos cavalos e a mente dos homens podem ser muito parecidas.

Enfim, Jeanie serviu a próxima dose e perguntou meu nome e onde eu morava. Eu contei que alugava um lugar lá em cima, e que só queria alguém para beber comigo.

— Eu te vi no Clamber-In uma noite dessas, uma semana atrás, mais ou menos — disse ela. — Você foi muito engraçado, fez todo mundo rir, pagou bebida pra todo mundo.

— Não me lembro.

— Mas eu, sim. Você gosta da minha camisola?

— Gosto.

— Por que não tira a calça e fica mais confortável?

Eu tirei e me sentei de novo na cama com ela. As coisas se moviam muito devagar. Lembro-me de falar para ela que tinha belos peitos e de repente estava chupando um deles. Quando me dei conta, estávamos nos agarrando. Eu estava em cima. Mas alguma coisa não estava funcionando. Rolei para longe.

— Desculpa — falei.

— Não tem problema — disse ela —, ainda gosto de você.

Ficamos sentados lá, conversando meio distraídos e terminando o uísque.

Então ela se levantou e apagou as luzes. Eu me senti muito triste e voltei para a cama e me deitei virado para as costas dela. Jeanie era cálida, abundante, e eu sentia sua respiração, e sentia seu cabelo batendo no meu rosto. Meu pênis começou a ficar duro e eu a cutuquei com ele. Senti ela abaixar a mão e guiá-lo para dentro.

— Agora — disse ela —, agora, isso sim...

Foi bom assim, demorado e bom, e então terminamos e depois dormimos.

* * *

Quando acordei, ela ainda estava dormindo e eu me levantei para me vestir. Estava totalmente vestido quando ela se virou e olhou para mim.

— Mais uma antes de você ir.

— Tudo bem.

Eu me despi e subi na cama com ela. Ela virou de costas para mim e fizemos de novo, do mesmo jeito. Depois que gozei, ela voltou a se deitar de costas para mim.

— Você vem me ver de novo? — perguntou ela.

— Claro.

— Você mora lá em cima?

— Sim. No 309. Posso vir te ver, ou você pode ir me ver.

— Eu prefiro que você venha me ver — disse ela.

— Tudo bem — falei.

Eu me vesti, abri a porta, fechei, subi a escada, entrei no elevador e apertei o botão do terceiro andar.

Foi cerca de uma semana mais tarde, uma noite em que eu estava bebendo com Marty. Falávamos sobre várias coisas sem importância e então ele disse:

— Meu Deus, eu me sinto péssimo.

— O que, de novo?

— É. A minha garota, Jeanie, eu te contei sobre ela.

— Sim. A que mora no porão. Você está apaixonado por ela.

— É. Despejaram ela. Ela não conseguiu pagar nem o aluguel do porão.

— Pra onde ela foi?

— Não sei. Sumiu. Ouvi dizer que foi despejada. Ninguém sabe o que ela fez, aonde foi. Eu fui na reunião do AA. Ela não estava lá. Estou doente, Hank, estou doente de verdade. Eu amava ela. Vou perder a cabeça.

Eu não respondi.

— O que eu vou fazer, cara? Estou realmente destroçado...
— Vamos beber pela sorte dela, Marty, pela sorte dela. Bebemos um longo gole por ela.
— Ela era uma boa garota, Hank, você tem que acreditar em mim, ela era uma boa garota.
— Eu acredito, Marty.

Uma semana depois, Marty foi despejado por não pagar o aluguel e eu consegui um emprego em uma fábrica de processamento de carne, um lugar com uns bares mexicanos do outro lado da rua. Eu gostava daqueles bares mexicanos. Depois do trabalho, eu ficava cheirando a sangue, mas parecia que ninguém se importava. Era só quando eu entrava no ônibus para voltar para o meu quarto que os narizes começavam a se erguer, eu recebia olhares feios e começava a me sentir desprezível de novo. Isso ajudava.

assassino de aluguel

Ronnie encontraria os dois homens no bar alemão no distrito de Silver Lake. Eram sete e quinze da noite. Ele esperava sentado, bebendo cerveja escura sozinho na mesa. A garçonete era loira, tinha uma bela bunda e os peitos estavam prestes a pular para fora da blusa.

Ronnie gostava de loiras. Era como patinar no gelo ou patinar sobre rodas. As loiras eram a patinação no gelo, o resto eram a patinação sobre rodas. As loiras até cheiravam diferente. Mas mulheres significavam encrenca, e para ele a encrenca muitas vezes superava a alegria. Em outras palavras, o preço era alto demais.

No entanto, um homem precisava de uma mulher vez ou outra, mesmo que só para provar que podia arranjar uma. O sexo era secundário. Não era um mundo de amantes e nunca seria.

Sete e vinte. Ele fez um gesto para pedir outra cerveja. Ela veio sorrindo, carregando a bebida na frente dos peitos. Assim ele não conseguia evitar gostar dela.

— Gosta de trabalhar aqui? — perguntou a ela.

— Ah, sim, conheço muitos homens.

— Homens gentis?

— Homens gentis e do outro tipo.
— Como você sabe qual é qual?
— Sei só de olhar.
— Que tipo de homem eu sou?
— Ah... — Ela riu. — Você é gentil, claro.
— Você ganhou uma gorjeta — disse Ronnie.

Sete e vinte e cinco. Eles tinham combinado sete. Então ele ergueu os olhos. Era Curt. Curt vinha com o cara. Eles se aproximaram e se sentaram. Curt levantou a mão para pedir uma jarra de cerveja.

— Os Rams não valem nada — disse Curt. — Perdi uns quinhentos contos com eles essa temporada.

— Acha que Prothro está acabado?

— Ah, acabou pra ele — respondeu Curt. — Ah, esse é o Bill. Bill, esse é o Ronnie.

Eles se cumprimentaram. A garçonete veio com a jarra.

— Cavalheiros — disse Ronnie —, essa é a Kathy.

— Ah — falou Bill.

— Ah, sim — disse Curt.

A garçonete riu e saiu rebolando.

— É uma boa cerveja — elogiou Ronnie. — Estou aqui desde as sete, esperando. Eu saberia.

— Você não quer ficar bêbado — aconselhou Curt.

— Ele é confiável? — perguntou Bill.

— Tem as melhores referências — disse Curt.

— Olha aqui — falou Bill —, eu não quero saber de gracinha. É o meu dinheiro.

— Como eu sei que você não é um polícia? — perguntou Ronnie.

— Como eu sei que você não vai fugir com os meus dois mil e quinhentos dólares?

— Três mil.

— Curt disse dois e meio.

— Acabei de aumentar o preço. Não gosto de você.

— Não simpatizo muito com a sua cara feia também. Estou com vontade de cancelar tudo.

— Não vai. Sujeitos como vocês nunca cancelam.

— Você sempre faz isso?

— Sim. E vocês?

— Certo, cavalheiros — interrompeu Curt —, não me importo qual valor vocês vão combinar. Eu recebo mil pelo contrato.

— Você que tem sorte, Curt — disse Bill.

— É — concordou Ronnie.

— Todo homem é um especialista na própria linha de trabalho — disse Curt, acendendo um cigarro.

— Curt, como eu sei que esse sujeito não vai fugir com os três mil?

— Ele não vai fugir porque senão nunca mais trabalha. E é o único tipo de trabalho que ele sabe fazer.

— Que coisa horrível — disse Bill.

— O que tem de horrível nisso? Você precisa dele, não precisa?

— Bem, sim.

— Outras pessoas também precisam dele. Dizem que todo homem é bom em alguma coisa. Ele é bom nisso.

Alguém pôs dinheiro na *jukebox* e eles ficaram ouvindo música e bebendo cerveja.

— Eu realmente gostaria de meter naquela loira — comentou Ronnie. — Queria afogar o ganso nela por umas seis horas.

— Eu também — disse Curt —, se pudesse.

— Vamos pedir outra jarra — sugeriu Bill. — Estou meio ansioso.

— Não precisa se preocupar — disse Curt. Ele acenou para pedir outra jarra de cerveja. — Aqueles quinhentos contos que eu apostei nos Rams, vou recuperar no Anita. Eles vão abrir no dia vinte e seis de dezembro. Estarei lá.

— O Shoe vai correr? — perguntou Bill.

— Não li os jornais, mas imagino que sim. Ele não pode desistir. Está no sangue dele.

— Longden desistiu — disse Ronnie.

— Bem, foi obrigado; tiveram que amarrar o velho na sela.

— Ele ganhou a última corrida.

— Campus tirou o outro cavalo.

— Não acho que dá pra vencer nos cavalos — disse Bill.

— Um homem esperto pode vencer em qualquer coisa a que se dedicar — falou Curt. — Eu nunca trabalhei na vida.

— É — disse Ronnie —, mas vou ter que trabalhar hoje à noite.

— Faça um bom trabalho, amigão — disse Curt.

— Eu sempre faço um bom trabalho.

Eles ficaram quietos, bebendo cerveja. Então Ronnie disse:

— Certo, cadê o maldito dinheiro?

— Você vai receber, vai receber — falou Bill. — Sorte que eu trouxe quinhentos extra.

— Eu quero agora. Tudo.

— Dê o dinheiro pra ele, Bill. E aproveite e dê a minha parte também.

Estava tudo em notas de cem. Bill contou sob a mesa. Ronnie recebeu sua parte primeiro, depois Curt pegou a dele. Eles conferiram. Ok.

— Onde é? — perguntou Ronnie.

— Aqui — disse Bill, entregando um envelope para ele. — O endereço e a chave estão dentro.

— É longe?

— Trinta minutos. Pegue a autoestrada Ventura.

— Posso perguntar uma coisa?

— Pode.

— Por quê?

— Por quê?

— Sim, por quê?

— Você se importa?

— Não.

— Então por que perguntar?

— Bebi demais, acho.

— Talvez seja melhor você ir — disse Curt.

— Só mais uma jarra de cerveja — falou Ronnie.

— Não — disse Curt —, vá agora.

— Que merda, tá bom.

Ronnie contornou a mesa e foi até a porta. Curt e Bill continuaram sentados ali, olhando para ele. Ele saiu ao ar livre. Noite. Estrelas. Lua. Tráfego. O carro. Destrancou-o, entrou, partiu.

Ronnie conferiu a rua com cuidado e o endereço com mais cuidado ainda. Estacionou a um quarteirão e meio do lugar e andou até lá. A chave se encaixou na porta. Ele a abriu e entrou. Havia uma TV ligada na sala da frente. Ele andou sobre o tapete.

— Bill? — perguntou alguém.

Ele prestou atenção na voz. Ela estava no banheiro.

— Bill? — chamou ela de novo.

Ele abriu a porta e lá estava ela na banheira, muito loira, muito branca, jovem. Ela gritou.

Ele pôs as mãos ao redor do pescoço dela e a empurrou sob a água. Suas mangas ficaram encharcadas. Ela chutou e lutou violentamente. A coisa ficou tão feia que ele teve que entrar na banheira com ela, de roupa e tudo. Teve que segurá-la embaixo d'água. Por fim, ela ficou imóvel e ele a soltou.

    As roupas de Bill não lhe serviam direito, mas pelo menos estavam secas. A carteira estava molhada, mas ele ficou com ela. Então saiu de lá, caminhou a quadra e meia até o carro e foi embora.

foi isso que matou dylan thomas

Foi isso que matou Dylan Thomas.*

Embarco no avião com minha namorada, o homem do som, o homem da câmera e o produtor. A câmera está ligada. O homem do som prendeu pequenos microfones em minha namorada e em mim. Estou a caminho de São Francisco para uma leitura de poesia. Sou Henry Chinaski, poeta. Sou profundo, sou magnífico. Foda-se. Bem, sim, sou um cara magnificamente foda.

O canal 15 está pensando em fazer um documentário sobre mim. Estou usando uma camisa nova e limpa, e minha namorada é vibrante, magnífica, com trinta e poucos anos. Ela esculpe, escreve e faz amor maravilhosamente. Enfiam a câmera na minha cara. Finjo que não está lá. Os passageiros observam, as comissárias

---

* O galês Dylan Thomas (1914-1953) é um dos grandes nomes da poesia do século XX, famoso pelo lirismo, ritmo e exploração da linguagem em sua obra, que incluía imagens sexuais. Conhecido também pela vida conturbada e os problemas com álcool e drogas, tornou-se popular ainda em vida e adquiriu a reputação de ser um convidado difícil em suas turnês, embebedando-se e esforçando-se para chocar as plateias de universidades e instituições artísticas. [N.T.]

sorriem, a terra é roubada dos índios, Tom Mix* está morto, e eu comi um belo café da manhã.

Mas não consigo deixar de pensar nos anos em quartos solitários quando as únicas pessoas que batiam à porta eram as senhorias pedindo o aluguel atrasado, ou o FBI. Eu morava com ratos, camundongos e vinho, meu sangue pingava pelas paredes em um mundo que não conseguia entender e ainda não consigo. Em vez de viver a vida deles, eu passava fome; corria dentro da minha própria mente e me escondia. Abaixava todas as cortinas e encarava o teto. Quando saía, era para um bar onde eu implorava por bebidas, fazia serviços para eles, era espancado em becos por homens bem-alimentados e com a vida assegurada, por homens enfadonhos e satisfeitos. Bem, venci algumas brigas, mas só porque era doido. Passei anos sem mulheres, vivia à base de manteiga de amendoim, pão dormido e batatas cozidas. Eu era o tolo, o pateta, o idiota. Queria escrever, mas a máquina estava sempre penhorada. Desistia e bebia...

O avião decolou e a câmera continuou filmando. A namorada e eu conversando. As bebidas chegando. Eu tinha a poesia e uma bela mulher. A vida estava melhorando. Mas as armadilhas, Chinaski, cuidado com as armadilhas. Você lutou uma longa batalha para fazer as coisas do seu jeito. Não deixe um pouco de adulação e uma câmera de cinema tirarem você do lugar. Lembre-se do que Jeffers disse: até os homens mais fortes podem ficar presos, como Deus quando caminhou sobre a terra.

---

* O ator, produtor e diretor Thomas Edwin Mix (1880-1940), conhecido como o "rei dos caubóis", fez mais de trezentos filmes e tornou-se o ator mais bem pago de Hollywood nos anos 1920. [N.T.]

Bem, você não é Deus, Chinaski, relaxe e pegue outra bebida. Talvez devesse dizer algo profundo para o homem do som? Não, melhor deixar o cara ralar. Deixar todos eles ralarem. Eles que estão gravando o filme deles. Examine o tamanho das nuvens. Você está voando com executivos da IBM, da Texaco, da...

Você está voando com o inimigo.

Na escada rolante para sair do aeroporto, um homem pergunta para mim:

— Por que todas as câmeras? O que está acontecendo?

— Sou um poeta — digo.

— Um poeta? — pergunta ele. — Qual é o seu nome?

— García Lorca...* — respondo.

Bem, North Beach é diferente. Eles são jovens, usam calça jeans e ficam por aí à espera de algo. Eu sou velho. Onde estão os jovens de vinte anos atrás? Onde está Joltin' Joe** e tudo aquilo? Bem, trinta anos atrás eu estava em S.F. e evitei North Beach. Agora estou andando pelo bairro. Vejo meu rosto em pôsteres por todo lado. Tome cuidado, velhote, estão prontos para te sugar. Eles querem seu sangue.

Minha namorada e eu caminhamos com Marionetti. Bem, cá estamos, caminhando com Marionetti. É agradável estar com Marionetti, ele tem olhos muito gentis e as moças o param na rua e falam com ele. *Agora*, penso, *eu poderia ficar em São Francisco... mas sei que é melhor não; devo voltar para L.A., onde tem aquela metralhadora montada na janela do casarão.* Eles podem ter pego Deus, mas Chinaski recebe conselhos do diabo.

---

* Federico García Lorca (1898-1936) foi um dos mais influentes poetas espanhóis do século XX.
** O apelido de Joe DiMaggio (1914-1999), jogador de beisebol estadunidense, considerado um dos melhores de todos os tempos. [N.T.]

Marionetti vai embora e vemos uma cafeteria *beatnick*. Nunca estive em uma cafeteria *beatnick*. Estou em uma cafeteria *beatnick*. Minha garota e eu pegamos o melhor — sessenta centavos a xícara. Coisa de gente importante. Não vale a pena. A garotada se senta ao redor, tomando uns golinhos de seus cafés e esperando algo acontecer. Não vai acontecer.

Atravessamos a rua até um café italiano. Marionetti voltou com o cara da *S.F. Chronicle* que escreveu em sua coluna que eu sou o melhor autor de contos desde Hemingway. Eu digo a ele que está errado; não sei quem é o melhor desde Hemingway, mas não é H.C. Sou descuidado demais. Não me esforço o suficiente. Estou cansado.

Nos trazem vinho. Vinho ruim. A mulher serve sopa, salada, uma tigela de raviólis. Outra garrafa de vinho ruim. Estamos cheios demais para comer o prato principal. A conversa é vaga. Não nos esforçamos para sermos brilhantes. Talvez não possamos ser. Saímos.

Caminho atrás deles colina acima. Caminho com minha linda namorada. Começo a vomitar. Vinho tinto ruim. Salada. Sopa. Raviólis. Eu sempre vomito antes de uma leitura. É um bom sinal. Estou no ponto. A faca está em minhas entranhas enquanto subo a colina.

Eles nos põem em uma sala, deixam algumas garrafas de cerveja. Dou uma olhada em meus poemas. Estou aterrorizado. Vomito na pia, vomito na privada, vomito no chão. Estou pronto.

O maior público desde Yevtushenko... eu entro no palco. Sou o maioral. Chinaski, o maioral. Tem uma geladeira cheia de cerveja atrás de mim. Estendo a mão e pego uma. Sento-me e começo a ler. Eles pagaram dois dólares cada um. Gente fina, essas pessoas. Algumas são bem hostis desde o começo. Um terço delas me odeia, um terço delas me ama, o outro terço não sabe que porra está acontecendo. Tenho alguns poemas que sei que vão aumentar o ódio. É bom que tenha hostilidade, mantém a cabeça leve.

— Laura Day, pode se levantar? Meu amor, pode se levantar?

Ela se levanta, balançando os braços.

Começo a ficar mais interessado na cerveja do que na poesia. Falo entre os poemas, coisas secas e banais, sem graça. Sou H. Bogart. Sou Hemingway. Sou o maioral.

— *Leia os poemas, Chinaski!* — gritam eles.

Eles têm razão, sabe. Tento ficar com os poemas. Mas acabo ficando boa parte do tempo na porta da geladeira. Deixa o trabalho mais fácil, e eles já pagaram. Ouvi dizer que John Cage uma vez subiu ao palco, comeu uma maçã, saiu do palco e recebeu mil dólares.* Imaginei que eu descolaria algumas cervejas.

Bem, acabou. Eles vieram me ver. Autógrafos. Vieram de Oregon, L.A., Washington. Mocinhas bonitas também. Foi isso que matou Dylan Thomas.

De volta ao andar de cima da casa, bebendo cerveja e falando com Laura e Joe Krysiak. Estão batendo à porta lá embaixo.

— Chinaski! Chinaski!

Joe desce para contê-los. Eu sou um astro do rock. Por fim, desço e deixo alguns entrarem. Conheço um e outro. Poetas mortos de fome. Editores de pequenas revistas. Passam alguns que eu não conheço. Certo, certo — tranque a porta!

Bebemos. Bebemos. Bebemos. Al Masantic cai no banheiro e racha o topo da cabeça. Um poeta muito bom, esse Al.

---

* O estadunidense John Cage (1912-1992) é um compositor de vanguarda cuja peça mais famosa, *4'33"* (1952), é caracterizada pela ausência de música — os músicos apenas ficam presentes no palco pela duração do título da peça, que consiste nos sons do ambiente. [N.T.]

Bem, todo mundo está falando. É só outra reunião caótica de bêbados. Aí o editor de uma pequena revista começa a bater em um viado. Não gosto. Tento separá-los. Uma janela está quebrada. Eu os empurro escada abaixo. Empurro todo mundo escada abaixo, exceto Laura. A festa acabou. Bem, não exatamente. Laura e eu começamos a brigar. Meu amor e eu começamos a brigar. Ela tem gênio ruim, eu tenho um igualmente péssimo. Brigamos por nada, como sempre. Eu digo a ela para sair da minha frente. Ela sai.

Acordo horas depois e ela está parada no meio do quarto. Eu pulo da cama e a xingo. Ela pula sobre mim.

— Eu te mato, filho da puta!

Estou bêbado. Ela está em cima de mim no chão da cozinha. Meu rosto está sangrando. Ela morde meu braço e deixa um buraco. Não quero morrer. Não quero morrer! Foda-se a paixão! Corro para a cozinha e jogo metade de uma garrafa de iodo no braço. Ela começa a tirar meus shorts e minhas camisas de sua mala e os joga no chão, pegando a passagem de avião. Está indo embora de novo. Terminamos para sempre de novo. Volto para a cama e escuto os sapatos de salto dela descendo a colina.

No avião de volta, a câmera está ligada. Aqueles caras do canal 15 vão aprender sobre a vida. A câmera dá um zoom no buraco em meu braço. Tenho uma dose dupla na mão.

— Cavalheiros — digo —, não tem como viver com as mulheres. Simplesmente não tem como.

Todos assentem, concordando. O homem do som assente, o homem da câmera assente, o produtor assente. Alguns dos passageiros assentem. Bebo pesado até chegarmos, saboreando meu pesar, como dizem. O que um poeta pode fazer sem dor? Ele precisa dela tanto quanto da máquina de escrever.

É claro, vou ao bar do aeroporto. Teria chegado nele de qualquer forma. A câmera me segue até lá. Os caras no bar olham ao redor, erguem os copos e falam sobre como é impossível viver com uma mulher.

Meu cachê pela leitura é quatrocentos dólares.

— Por que a câmera? — pergunta o cara ao meu lado.

— Sou um poeta — digo a ele.

— Um poeta? — pergunta ele. — Qual o seu nome?

— Dylan Thomas — eu digo.

Ergo meu copo, esvazio-o com um gole e olho para a frente. Estou a caminho.

sem pescoço e ruim pra cacete

Minha gastrite nervosa estava atacando e ela tirou fotos minhas suando e morrendo na sala de espera enquanto eu observava uma garota rechonchuda usando um vestido roxo curto e sapatos de salto atirar em uma fileira de patos de plástico com uma arma. Eu disse a Vicki que voltaria logo e pedi um copo de papel e um pouco de água à garota no balcão e derrubei minhas aspirinas ali. Voltei a me sentar e fiquei lá suando.

Vicki estava feliz. Iríamos viajar. Eu gostava quando Vicki ficava feliz. Ela merecia a felicidade. Eu me levantei e fui ao banheiro masculino e dei uma boa cagada. Quando saí, eles estavam chamando os passageiros. Não era um hidroavião muito grande. Duas hélices. Subimos por último. Cabiam seis ou sete pessoas.

Vicki sentou-se no lugar do copiloto e eles me colocaram em um assento que saía de um negócio que dobrava sobre a porta. Então lá fomos nós! *Liberdade*. Meu cinto de segurança não prendia.

Tinha um cara japonês olhando para mim.

— O meu cinto não prende — disse a ele. Ele sorriu para mim, feliz. — É uma merda, meu chapa — continuei.

Vicki ficava olhando para trás toda sorridente. Ela estava feliz, uma criança com doces — um velho hidroavião de trinta e cinco anos.

Levou doze minutos até atingirmos a água. Eu não tinha vomitado. Saí. Vicki me contou tudo a respeito do negócio.

— O avião é de 1940. Tinha buracos no chão. Ele controlava o leme com uma alça do teto. "Estou com medo", falei pra ele, e ele disse: "Eu também".

Eu dependia de Vicki para obter todas as informações. Não era muito bom em falar com pessoas. Bem, então nos espremermos em um ônibus, suando e dando risadinhas e olhando um para o outro. Do fim da linha de ônibus até o hotel eram cerca de duas quadras, e Vicki me manteve informado:

— Ali é um lugar pra comer, e ali tem outra loja de bebidas pra você, ali tem um bar, e ali um lugar pra comer, e lá tem outra loja de bebidas...

O quarto era decente, de frente, com vista para a água. A TV funcionava de um jeito vago e hesitante, e eu caí na cama e observei Vicki desfazer as malas.

— Ah, eu amo esse lugar! — disse ela. — Você não?

— Sim.

Eu me levantei, desci a escada, atravessei a rua e comprei cerveja e gelo. Coloquei o gelo na pia e afundei a cerveja nele. Bebi doze garrafas, tive uma pequena discussão sobre alguma coisa com Vicki depois da décima, bebi as outras duas e fui dormir.

Quando acordei, Vicki tinha comprado uma caixa de isopor para o gelo e estava desenhando na tampa. Vicki era uma criança, uma romântica, e eu a amava por isso. Eu tinha tantos demônios sombrios dentro de mim que aceitava aquilo de bom grado.

JULHO DE 1972. AVALON CATALENA, ela escreveu na caixa. Ela não sabia escrever direito. Bem, nenhum de nós sabia.

Depois ela me desenhou, e escreveu embaixo: SEM PESCOÇO E RUIM PRA CACETE.

Depois ela desenhou uma moça, e escreveu embaixo: Henry reconhece uma boa bunda quando a vê.

E dentro de um círculo: Só Deus sabe o que ele faz com o seu nariz.

E: Chinaski tem lindas pernas.

Ela também desenhou uma série de pássaros, sóis, estrelas e palmeiras, e o oceano.

— Você está bem pra tomar o café da manhã? — perguntou ela.

Eu nunca tinha sido mimado por nenhuma das minhas mulheres. Gostava de ser mimado; sentia que merecia ser mimado. Saímos e encontramos um lugar bem razoável onde se podia comer em mesas ao ar livre. Durante o café da manhã, ela me perguntou:

— Você ganhou mesmo o prêmio Pulitzer?

— O que é o prêmio Pulitzer?

— Você me disse ontem à noite que ganhou o prêmio Pulitzer. Quinhentos mil dólares. Você disse que recebeu um telegrama roxo avisando.

— Um telegrama roxo?

— Sim, você disse que derrotou Norman Mailer, Kenneth Kock, Diane Wakoski e Robert Creeley.*

---

* Norman Mailer (1923-2007), escritor, jornalista e dramaturgo que ganhou o Pulitzer duas vezes, a primeira em 1968 pela obra de não ficção *Os exércitos da noite*, sobre a Marcha do Pentágono contra a Guerra do Vietnã; Kenneth Kock (1925-2002), poeta e dramaturgo de vanguarda e um dos fundadores da Escola de Poesia de Nova York, cuja obra trazia elementos de surrealismo, sátira, ironia e surpresa; Diane Wakoski (1937-), poeta e ensaísta que começou a publicar nos anos 1960 e cuja poesia trazia em experiências pessoais, ao mesmo tempo que incorporava figuras mitológicas e arquetípicas, digressões e elementos fantásticos; e Robert Creeley (1926-2005), poeta e professor conhecido pela concisão e poder emocional, tirando inspiração poética de suas experiências de vida. [N.T.]

Terminamos o café e demos uma volta. O lugar todo consistia em cinco ou seis quarteirões. Todo mundo tinha dezessete anos. Ficavam sentados, esperando, indiferentes. Mas nem todo mundo. Havia alguns turistas, velhos, determinados a se divertir. Eles espiavam com raiva as vitrines de lojas e caminhavam, batendo os pés nas calçadas, emanando seus raios: eu tenho dinheiro, nós temos dinheiro. Nós temos mais dinheiro do que vocês, nós somos melhores do que vocês, nada nos preocupa; tudo é uma merda, mas nós não somos uma merda e sabemos tudo, olha só para nós.

Com camisas rosa e camisas verdes e camisas azuis, e corpos quadrados e brancos e apodrecendo, e shorts listrados, olhos sem olhos e bocas sem bocas, eles caminhavam, muito coloridos, como se a cor pudesse acordar a morte e transformá-la em vida. Eram um festival da decadência americana em desfile e não faziam ideia da atrocidade que tinham infligido a si mesmos.

Deixei Vicki, subi para o quarto, me curvei sobre a máquina de escrever e olhei pela janela. Era impossível. A vida toda eu quis ser escritor, e agora tinha minha chance e as palavras não vinham. Não havia arenas de touros e lutas de boxe ou jovens *señoritas*. Não havia qualquer revelação. Eu estava fodido. Não conseguia pôr as palavras no papel e eles tinham me encurralado em um canto. Bem, tudo o que você tinha que fazer era morrer. Mas eu sempre imaginara que seria diferente. Quer dizer, a escrita. Talvez fosse o filme de Leslie Howard.* Ou as leituras sobre a vida de

---

* Leslie Howard (1893-1943) foi um ator, diretor e escritor inglês que trabalhou no Reino Unido e em Hollywood. Mais conhecido pelo papel de Ashley Wilkes em *...E o vento levou* (1939), interpretou muitos personagens que englobavam o estereótipo do inglês estoico. Durante a Segunda Guerra, ajudou com o esforço propagandístico inglês e morreu quando o avião civil em que se encontrava foi abatido pela Lufftwaffe, em 1943. [N.T.]

Hemingway ou de D. H. Lawrence. Ou de Jeffers.* Dava para começar a escrever de vários jeitos diferentes. E então você escrevia um pouco. E conhecia alguns escritores. Os bons e os ruins. E todos tinham almas de quebra-cabeça. Dava para ver quando se entrava em uma sala com eles. Surgia um só grande escritor a cada quinhentos anos, e não era você, e com certeza não eram eles. Estávamos fodidos.

Liguei a TV e assisti a um grupo de médicos e enfermeiras expressarem seus problemas amorosos. Eles nunca se tocavam. Não era à toa que tinham problemas. Só falavam, discutiam, reclamavam, procuravam. Fui dormir.

Vicki me acordou.

— Ah — disse ela —, eu me diverti tanto hoje!

— É mesmo?

— Eu vi um homem em um barco e perguntei "Para onde está indo?". Ele disse "Eu sou um táxi aquático, levo as pessoas até seus barcos e depois as busco". E eu disse: "Ok". Eram só cinquenta centavos e eu andei com ele por horas enquanto ele levava as pessoas para os barcos delas. Foi maravilhoso.

---

* Além de Hemingway e Jeffers, já mencionados em outros contos, D. H. Lawrence (1885-1930) foi um escritor inglês. Sua obra mais famosa é *O amante de Lady Chatterley* (1928), que só saiu em versão integral, com todas as cenas sexuais explícitas, em 1960, sendo então banida em diversos países por obscenidade. Bukowski leu Lawrence na juventude e o admirava, embora achasse sua visão do sexo séria demais. Curiosamente, o editor John Martin vendeu sua coleção de primeiras edições de D. H. Lawrence para abrir a editora Black Sparrow Press, cuja primeira obra publicada foi o poema "True Story", de Bukowski. Martin ofereceria um salário a Bukowski para se dedicar à escrita em tempo integral, e *Ao sul de lugar nenhum* foi a primeira coletânea de Bukowski publicada pela editora. [N.T.]

— Eu assisti a uns médicos e enfermeiras — falei — e fiquei deprimido.

— Passeamos de barco por horas — disse Vicki — e dei o meu chapéu para ele usar e ele esperou enquanto eu comprava um sanduíche de abalone. Arranhou a perna caindo de moto ontem à noite.

— Os sinos tocam aqui a cada quinze minutos. É irritante.

— Eu pude dar uma olhada em todos os barcos. Todos os velhos bêbados estavam a bordo. Alguns estavam com jovens mulheres de botas. Outros com jovens rapazes. Uns verdadeiros velhos bêbados safados.

Se pelo menos eu tivesse a habilidade de Vicki de reunir informações, pensei, *poderia realmente escrever alguma coisa.* Eu: tenho que me sentar e esperar que as coisas venham até mim. Posso manipulá-las e espremê-las quando chegam, mas não consigo encontrá-las. Só sei escrever sobre beber cerveja, ir ao hipódromo e ouvir música sinfônica. Não é uma vida capenga, mas dificilmente será tudo que existe. Como eu me tornei tão limitado? Eu tinha colhões. O que aconteceu com meus colhões? Homens realmente ficam velhos?

— Depois que saí do barco, eu vi um pássaro. Falei com ele. Se incomoda se eu comprar o pássaro?

— Não, não me incomodo. Onde está?

— A um quarteirão daqui. Podemos ir vê-lo?

— Por que não?

Vesti umas roupas e descemos. O bicho era verde com uns toques de tinta vermelha. Não era grande coisa, mesmo para um pássaro. Mas não cagava a cada três minutos como a maioria deles, o que era bom.

— Ele não tem pescoço. É igual a você. É por isso que quero ele. É um periquito-de-cabeça-rosa.

Voltamos com o periquito-de-cabeça-rosa em uma gaiola. Nós o deixamos em uma mesa e o chamamos de "Avalon". Vicki sentou-se e falou com ele.

— Avalon, olá, Avalon... Avalon, Avalon, olá, Avalon... Avalon, ah, Avalon...

Eu liguei a TV.

O bar era razoável. Sentei-me com Vicki e disse a ela que iria quebrar o lugar. Eu quebrava bares quando era jovem, mas agora só falava em quebrá-los.

Tinha uma banda. Eu me levantei e dancei. Era fácil dançar o estilo moderno. Você só precisava balançar os braços e pernas em qualquer direção, e manter o pescoço rígido ou o girar como um imbecil, e as pessoas te achavam o máximo. Dava para enganá-las. Eu dancei e me preocupei com a máquina de escrever.

Sentei-me com Vicki e pedi mais umas bebidas. Agarrei a cabeça dela e a apontei para o barman.

— Olha, ela é linda, cara! Ela não é linda?

Então Ernie Hemingway se aproximou com sua barba branca de rato.

— Ernie — falei —, achei que tinha se matado com uma espingarda!

Hemingway riu.

— O que está bebendo? — perguntei.

— É por minha conta — disse ele.

Ernie pagou nossas bebidas e se sentou. Parecia um pouco mais magro.

— Resenhei seu último livro — falei a ele. — Foi uma resenha negativa. Desculpa.

— Não tem problema — disse Ernie. — Está gostando da ilha?

— É para eles — respondi.

— O que quer dizer com isso?

— O público tem sorte. Tudo os agrada: sorvete de casquinha, shows de rock, cantar, dançar, amor, ódio, masturbação, cachorros-quentes, danças *country*, Jesus Cristo, patinação, espiritualismo, capitalismo, comunismo, circuncisão, histórias em quadrinhos, Bob Hope, esquiar, pescar, assassinato, boliche, debates, qualquer coisa. Eles não esperam muito e não recebem muito. São uma grande gangue unificada.

— Esse foi um discurso e tanto.

— É um público e tanto.

— Você fala como um personagem de um dos primeiros romances de Huxley.

— Acho que está errado. Estou desesperado.

— Mas — disse Hemingway — os homens se tornam intelectuais para não ficarem desesperados.

— Os homens se tornam intelectuais porque têm medo, não porque estão desesperados.

— E a diferença entre medo e desespero é...

— Bingo! — respondi. — Um intelectual...! Minha bebida...

Um pouco depois, contei a Hemingway sobre o telegrama roxo e então Vicki e eu saímos e voltamos ao nosso pássaro e à nossa cama.

— Não adianta — falei —, o meu estômago está sensível e contém nove décimos da minha alma.

— Tome isso — disse Vicki, me estendendo o copo de água e a aspirina.

— Saia e vá dar uma volta — mandei. — Hoje eu não aguento.

Vicki saiu e deu uma volta e voltou duas ou três vezes para ver se eu estava bem. Eu estava bem. Eu saí, comi e voltei com dois engradados de seis cervejas e achei um filme velho com Henry

Fonda, Tyrone Power e Randolph Scott. De 1939. Eram todos tão jovens. Era incrível. Na época eu tinha dezessete anos. Mas, é claro, eu tinha me saído melhor do que eles. Eu ainda estava vivo.

Jesse James. Eles atuavam mal, muito mal. Vicki voltou e me contou todo tipo de coisas incríveis, então subiu na cama comigo e assistimos a *Jesse James*. Quando Bob Ford estava para atirar nas costas de Jesse (Ty Power), Vicki soltou um gemido e correu para o banheiro e se escondeu. Ford fez o que tinha que fazer.

— Acabou — falei —, você pode sair agora.

Esse foi o ponto alto da viagem a Catalina. Não aconteceu muito mais coisa. Antes de irmos embora, Vicki foi à Câmara de Comércio e lhes agradeceu por lhe proporcionar uma viagem tão boa. Também agradeceu à mulher no píer de Davey Jones' Locker e comprou presentes para seus amigos Lita e Walter e Ava e seu filho Mike e algo para mim e algo para Annie e algo para uns tais de sr. e sra. Croty, e para mais alguns que eu esqueci.

Subimos no barco com nossa gaiola de pássaro e nosso pássaro e nosso isopor e nossa mala e nossa máquina de escrever elétrica. Achei um lugar nos fundos do barco e lá nos sentamos. Vicki estava triste porque tinha terminado. Eu encontrara Hemingway na rua, ele me dera um aperto de mão hippie e perguntara se eu era judeu e se eu ia voltar, eu disse não sobre ser judeu e que não sabia se ia voltar, disse que cabia à moça, e ele disse não quero me intrometer na sua vida, e eu disse Hemingway, você com certeza fala engraçado, e o barco inteiro se inclinou para a esquerda e balançou e pulou e um jovem que parecia ter recebido tratamento de eletroterapia recentemente passou por ali distribuindo sacos de papel para vômito. Eu pensei, talvez o hidroavião seja melhor, são só doze minutos e bem menos pessoas, e San Pedro lentamente se aproximou de nós, civilização, civilização, neblina e assassinato, tão mais agradável tão mais agradável, os loucos e os bêbados são os últimos santos que restam na terra. Eu nunca andei a cavalo ou joguei boliche, nem vi os Alpes Suíços, e Vicki olhou para mim com um sorriso muito infantil, e eu pensei ela realmente é uma mulher incrível, bem, era hora de eu ter um pouco de sorte, e estiquei as pernas e fiquei olhando para a frente. Precisava cagar de novo e decidi beber menos.

como os mortos amam

I.

Era um hotel próximo ao topo de uma ladeira, com uma inclinação suficiente para te ajudar a descê-la correndo até a loja de bebidas, e, na volta com a garrafa, só o suficiente para fazer o esforço valer a pena. O hotel tinha sido pintado de verde-pavão, muito lustroso, mas agora, após as chuvas, as peculiares chuvas de Los Angeles que limpam e desbotam tudo, o verde lustroso estava por um fio — assim como as pessoas que moravam lá dentro.

Como fui parar naquele lugar, ou por que tinha saído do último, eu mal me lembro. Provavelmente foi por ficar bebendo e não trabalhar muito, e pelas discussões aos berros de manhã cedo com as mulheres da rua. E quando digo discussões aos berros de manhã cedo, não me refiro às dez e meia da manhã, mas às três e meia. Em geral, se a polícia não era chamada, tudo acabava com um bilhetinho sob a porta, sempre escrito a lápis em papel pautado e rasgado: "Caro senhor, teremos que pedir que se mude o quanto antes". Uma vez aconteceu no meio da tarde. A discussão acabou. Varremos o vidro quebrado, jogamos todas as garrafas em sacos de papel, esvaziamos os cinzeiros, dormimos, acordamos, e eu estava comendo ela por cima quando ouvi uma chave na porta. Fiquei tão surpreso que só continuei passando a vara. E lá estava ele, o gerente baixinho, com cerca de quarenta e cinco anos, sem cabelo exceto talvez ao redor das orelhas ou das bolas, e olhou para ela embaixo de mim, foi até ela e apontou:

— Você: *suma daqui*!

Parei de meter e me deitei de costas, olhando para ele de lado. Então ele apontou para mim.

— *E você também*: suma daqui!

Ele deu meia-volta, foi à porta, fechou-a silenciosamente e se foi pelo corredor. Liguei a máquina de novo e demos uma boa trepada de despedida.

Enfim, lá estava eu, no hotel verde, no hotel verde desbotado, e estava lá com minha mala cheia de trapos, sozinho na época, mas com o dinheiro do aluguel, e estava sóbrio, e aluguei um quarto com vista para a rua, no terceiro andar, o telefone bem do lado de fora da minha porta, chapa elétrica na janela, pia grande, uma geladeira pequena encostada na parede, umas cadeiras, uma mesa, cama e o banheiro no final do corredor. E, embora o prédio fosse muito velho, até tinha elevador — aquele já tinha sido um lugar de classe. Agora eu estava lá. A primeira coisa que fiz foi arranjar uma garrafa e, depois de beber um pouco e matar duas baratas, senti que pertencia àquele lugar. Então fui ao telefone e tentei ligar para uma moça que senti que poderia me ajudar, mas ela já tinha saído para ajudar outra pessoa.

2.

Por volta das três da manhã, alguém bateu à porta. Vesti meu roupão puído e abri. Era uma mulher também de roupão.

— Sim? — falei. — Sim?

— Sou a sua vizinha. Mitzi. Eu moro no final do corredor. Vi você no telefone hoje.

— Viu?

Então ela tirou os braços das costas e mostrou para mim o que trazia: uma garrafinha de bom uísque.

— Entre — falei.

Lavei dois copos e abri o uísque.

— Puro ou misturado?

— Uns dois terços de água.

Havia um espelhinho sobre a pia e ela ficou lá enrolando bobes no cabelo. Estendi um copo do negócio para ela e me sentei na cama.

— Eu te vi no corredor. Soube só de olhar que era um cara gentil. Eu sei diferenciar. Alguns dos sujeitos aqui não são muito gentis.

— Sempre me dizem que sou um filho da puta.

— Não acredito nisso.

— Nem eu.

Terminei minha bebida. Ela só tinha dado uns golinhos na dela, então servi outra para mim. Jogamos conversa fora. Bebi um terceiro copo. Então me ergui e parei atrás dela.

— *Uuuuhh!* Garoto *bobo!*

Eu a cutuquei.

— Aiiiiii! Você *é* um filho da puta!

Ela segurava um bobe em uma das mãos. Eu a levantei e beijei aquela boca fina de senhorinha. Era macia e aberta. Ela estava pronta. Enfiei a bebida na mão dela, levei-a para a cama e a fiz sentar lá.

— Beba.

Ela bebeu. Fui até a pia e preparei outra para ela. Eu não usava nada embaixo do roupão. O roupão se abriu e a coisa ficou pendurada lá. *Deus, eu sou imundo*, pensei. *Sou um palhaço. Estou nos filmes. Nos filmes de família do futuro. 2490 d.C.* Eu tinha dificuldade em não rir de mim mesmo, andando para lá e para cá com aquele troço idiota pendurado. Na verdade, eu queria o uísque. Eu queria um castelo nas colinas. Um banho a vapor. Tudo menos aquilo. Ambos nos sentamos com nossas bebidas. Eu a beijei de novo, enfiando minha língua asquerosa de cigarro na garganta dela. Emergi para puxar o ar. Abri o roupão dela e lá estavam seus peitos. Não eram grande coisa, coitadinha. Abaixei e abocanhei um. Ele se esticava e caía como um balão murcho com ar estagnado. Continuei corajosamente e chupei o mamilo enquanto ela pegava meu troço na mão e arqueava as costas. Caímos para trás na cama barata e, ainda vestindo os roupões, eu a comi ali.

3.

O nome dele era Lou, ele era um ex-presidiário e ex-minerador. Morava lá embaixo no hotel. Seu último emprego tinha sido esfregar panelas em um lugar que fabricava doces. Ele tinha perdido esse — como todos os outros — por conta da bebedeira. O seguro-desemprego acabou e lá estávamos nós como ratos — ratos sem ter onde se esconder, ratos com aluguel para pagar, com barrigas que sentem fome, paus que ficam duros, ânimos que ficam cansados, e sem instrução, sem profissão. É a vida, como dizem por aí, isso são os Estados Unidos. Não queríamos muito e não conseguíamos nem isso. É a vida.

Conheci Lou nas bebedeiras, com pessoas entrando e saindo. Meu quarto era o quarto da festa. Todo mundo aparecia. Tinha um índio, Dick, que furtava garrafinhas de meio litro e as guardava em sua cômoda. Dizia que lhe dava uma sensação de segurança. Quando não conseguíamos descolar uma bebida em lugar algum, sempre usávamos o índio como último recurso.

Eu não era muito bom em furtar, mas aprendi um truque com Alabam, um ladrão magrelo e bigodudo que já trabalhara no hospital como enfermeiro. Você joga suas carnes e itens de valor em um saco grande e então os cobre com batatas. O vendedor pesa tudo e te cobra pelas batatas. Mas eu era melhor em conseguir fiado de Dick. Havia muitos Dicks naquele bairro, e o sujeito da loja de bebidas era um Dick também. Estávamos sentados em casa à toa e a bebida acabava. A primeira coisa que eu fazia era mandar alguém para a loja.

— O meu nome é Hank — dizia ao cara. — Fale pro Dick que o Hank te mandou lá pra pegar uma garrafa fiado, e se tiver alguma pergunta é para me ligar.

— Ok, ok.

E o cara ia. Esperávamos, já sentindo o gosto da bebida, fumando rondando enlouquecendo. Então o cara volta.

— Dick disse que "não"! Ele não vende mais fiado pra você!

— *Merda!* — gritava eu.

E me levantava em completa indignação, os olhos vermelhos, a barba por fazer.

— *Puta que paríu, aquele filho da puta!*

Eu ficava realmente furioso, era uma raiva honesta, eu não sabia de onde vinha. Batia a porta, pegava o elevador pro térreo e descia a ladeira... Filho da puta imundo, aquele filho da puta imundo! E entrava na loja de bebidas.

— Então, Dick.

— Oi, Hank.

— Eu quero *duas garrafas*! — (E falava uma marca muito boa.)
— Dois maços de cigarro, dois charutos daqueles e, vejamos... um pacotinho de amendoim, é.

Dick alinhava as coisas na minha frente e aí ficava parado lá.

— Bem, você vai me pagar?

— Dick, eu quero pôr isso na minha conta.

— Você já me deve vinte e três e cinquenta. Antes você me pagava, pagava um pouco toda semana, eu lembro que era toda sexta à noite. Agora não me paga há três semanas. Você não é como aqueles outros vagabundos. Tem classe. Eu confio em você. Não pode só me pagar um dólar de vez em quando?

— Escuta aqui, Dick, eu não tô a fim de discutir. Vai pôr essas coisas em uma sacola ou quer *de volta*?

Então eu empurrava as garrafas e as coisas na direção dele e esperava, tragando um cigarro como se fosse o dono do mundo. Eu não tinha mais classe do que um gafanhoto. Não sentia nada além de medo de que ele faria a coisa sensata e guardaria as garrafas na prateleira e me diria para ir ao inferno. Mas o rosto dele sempre murchava e ele enfiava as coisas na sacola e então eu o esperava atualizar minha conta. Ele me dava a conta; eu assentia e saía. As bebidas sempre eram mais saborosas sob essas circunstâncias. E, quando eu chegava com as coisas para os rapazes e as garotas, era o rei do pedaço.

Uma noite, eu estava sentado com Lou em seu quarto. O aluguel dele estava uma semana atrasado e o meu iria vencer. Estávamos bebendo vinho do Porto. Até enrolávamos nossos cigarros. Lou tinha uma máquina para isso e eles ficavam bem--feitinhos. O segredo era manter quatro paredes ao seu redor. Se tivesse quatro paredes, você tinha uma chance. Dormindo na rua, você não tinha chance, estava ferrado, estava ferrado de vez. Para que roubar algo se não tem como cozinhar? Como você vai traçar uma coisinha bonita se mora em um beco? Como vai dormir quando todo mundo na Union Rescue Mission* ronca? E roubam seus sapatos? E fede? E é doido? Você não pode nem bater umazinha. Um homem precisa de quatro paredes. Dê-lhe quatro paredes por tempo suficiente e ele pode se tornar o dono do mundo. Então estávamos um pouco preocupados. Cada passo soava como o da senhoria. E ela era uma senhoria muito misteriosa. Uma mocinha loira que ninguém conseguia comer. Eu cheguei nela muito confiante, achando que iria me procurar. Ela foi e bateu a noite toda na porta, mas só queria o aluguel. Tinha um marido em algum lugar, mas nunca o víamos. Eles moravam ali e não moravam. Estávamos na corda bamba. Achávamos que, se fodêssemos a senhoria, nossos problemas estariam acabados. Era um daqueles prédios em que você comia todas as mulheres como se fosse rotina, quase como se fosse uma obrigação. Mas eu não conseguia traçar essa e me sentia inseguro por isso. Então estávamos sentados lá, fumando cigarros enrolados, bebendo vinho do Porto, e as quatro paredes estavam se dissolvendo, desmoronando. As conversas são melhores em momentos assim. Você fala coisas loucas enquanto bebe vinho. Éramos covardes porque queríamos viver. Não queríamos viver tão mal, mas ainda queríamos viver.

— Bem — disse Lou —, acho que já sei.
— É?
— É.
Servi outro vinho.
— Vamos trabalhar juntos.
— Tá.

---

* Organização cristã em Los Angeles que fornece auxílio e acolhimento para moradores de Skid Row. [N.T.]

— É o seguinte, você fala bem, você conta um monte de histórias interessantes e não importa se são verdade ou não...

— São verdade.

— Quer dizer, não importa. Você é bom de lábia. Agora, a gente vai fazer o seguinte. Tem um bar chique lá no fim da rua, sabe, o Molino's. Você entra lá. Só precisa de dinheiro para a primeira bebida. A gente junta uns trocados pra isso. Você se senta, fica bebendo devagar e procura um sujeito cheio da grana. Eles recebem uns ricaços lá. Quando achar o cara, você vai até ele. Senta-se do lado dele e começa a papaguear, fala qualquer merda. Ele vai gostar. Você até tem um bom vocabulário. Ok, aí ele vai te pagar bebidas a noite toda, ele vai beber a noite toda. Deixa ele bebendo. Quando der a hora do bar fechar, você leva ele para a Alvarado Street, leva ele pro oeste, além do beco. Diz que vai arranjar uma bocetinha jovem pra ele, diz qualquer coisa, mas só leva ele pro oeste. E eu estarei esperando no beco com isso.

Lou enfiou a mão atrás da porta e tirou um taco de beisebol, um taco de beisebol muito grande, acho que de pelo menos um metro.

— Jesus Cristo, Lou, você vai matar ele!

— Não, não, não dá pra matar um bêbado, você sabe disso. Se ele estivesse sóbrio talvez eu matasse, mas bêbado ele só vai desmaiar. A gente pega a carteira e divide entre nós dois.

— Escuta, Lou, eu sou um cara legal, isso não é pra mim.

— Você não é um cara legal coisa nenhuma; é o filho da puta mais desalmado que eu já conheci. É por isso que eu gosto de você.

4.

Encontrei um. Um gordo. Eu tinha sido demitido por gordos imbecis como ele a vida toda. De empregos inúteis, que pagavam mal, chatos e difíceis. Ia ser gostoso. Eu comecei a falar. Não sabia do que estava falando. Ele ouvia e ria e assentia e pagava as bebidas. Tinha um relógio de pulso, uns anéis, uma carteira ridiculamente cheia. Era um trabalho difícil. Contei histórias sobre prisões, sobre gangues de ferrovias, sobre puteiros. Ele gostou das histórias sobre puteiros.

Contei a ele sobre um sujeito que vinha a cada duas semanas e pagava bem. Tudo que queria era uma puta no quarto com ele. Os dois tiravam as roupas e jogavam cartas e conversavam. Só ficavam sentados lá. Aí, depois de umas duas horas, ele se levantava, se vestia, dava tchau e saía. Nunca tocava a puta.

— Caralho — disse ele.

— É.

Decidi que não me incomodaria se o taco nocauteador de Lou acertasse um *home run* naquele crânio gordo. Que horror. Que grande pedaço de merda inútil.

— Você gosta de garotas novinhas? — perguntei a ele.

— Ah, sim, sim, sim.

— Cerca de catorze e meio?*

— Ah, Jesus, sim.

— Tem uma chegando no trem da uma e meia da manhã de Chicago. Ela vai estar lá em casa por volta das duas e dez. É limpa, fogosa, inteligente. Agora, estou me arriscando bastante nisso aqui, então vou pedir dez contos. É caro demais?

— Não, não tem problema.

— Ok, quando o bar fechar, você vem comigo.

As duas da manhã finalmente chegaram e eu saí com ele de lá, em direção ao beco. Talvez Lou não estivesse lá. Talvez o vinho

---

* Apesar do caráter pedófilo desse trecho, optou-se por mantê-lo fiel ao original de forma a manter o conteúdo como pensado pelo autor. [N.E.]

o tivesse derrubado ou ele só daria para trás. Um golpe daqueles podia matar um homem. Ou deixá-lo lelé pro resto da vida. Cambaleamos sob o luar. Não havia mais ninguém por perto, ninguém nas ruas. Ia ser fácil.

Entramos no beco. Lou estava lá. Mas o Gordão o viu. Ele ergueu um braço e agachou quando Lou foi golpear. O taco me atingiu bem atrás da orelha.

5.

Lou recuperou seu velho emprego, que ele tinha perdido devido à bebida, e jurou que só iria beber no fim de semana.

— Ok, amigo — falei —, fica longe de mim, então, estou bêbado e bebendo o tempo todo.

— Eu sei, Hank, e gosto de você, gosto de você mais do que de qualquer homem que já conheci, só preciso limitar a bebedeira aos fins de semana, só às noites de sexta e sábado e nada no domingo. Eu perdia a hora nas segundas de manhã direto e isso me custou o emprego. Vou manter distância, mas quero que saiba que não tem a ver com você.

— É só que eu sou um bebum.

— É, bem, tem isso.

— Ok, Lou, só não venha bater à minha porta até sexta e sábado à noite. Você pode ouvir cantoria e a risada de lindas garotas de dezessete anos, mas não venha bater à minha porta.

— Cara, você só come umas barangas.

— Elas parecem ter dezessete através das lentes da uva.

Ele passou a me explicar com o que trabalhava, algo relacionado a limpar o interior de máquinas de doce. Era um emprego sujo e pegajoso. O chefe só contratava ex-presidiários e os explorava até a exaustão. Ele os xingava brutalmente o dia todo e eles não podiam fazer nada quanto a isso. Roubava-os na hora do pagamento e eles não podiam fazer nada quanto a isso. Muitos deles estavam em liberdade condicional. O chefe os tinha na palma da mão.

— Parece um cara que precisa ser morto — falei a Lou.

— Bem, ele gosta de mim, diz que sou o melhor funcionário que já teve, mas que eu tinha que parar de beber, ele precisa de alguém confiável. Ele até me chamou pra casa dele uma vez pra pintar umas paredes, e eu pintei o banheiro dele e fiz um bom trabalho. Ele tem uma casa nas colinas, um lugar grande, e você tinha que ver a mulher dele. Eu não sabia que faziam mulheres assim, tão lindas... os olhos, as pernas, o corpo, o jeito como ela andava e falava, Jesus.

6.

Bem, Lou cumpriu a promessa. Eu não o vi por um tempo, nem nos fins de semana, e enquanto isso eu estava passando por uma espécie de inferno pessoal. Eu andava muito ansioso, os nervos à flor da pele — um barulhinho e eu tomava um puta susto. Tinha medo de ir dormir: era pesadelo atrás de pesadelo, cada um mais terrível do que o anterior. Ficava tudo bem se você ia dormir totalmente bêbado, isso não era problema, mas se ia dormir meio bêbado ou, pior, sóbrio, então os sonhos começavam, só que você nunca tinha certeza se estava dormindo ou se a ação estava ocorrendo no quarto, porque quando dormia sonhava com o quarto todo, os pratos sujos, os ratos, as divisórias, a calcinha suja que alguma puta tinha deixado no chão, a torneira pingando, a lua como uma bala lá fora, carros cheios de gente sóbria e bem alimentada, faróis brilhando através da janela, tudo, tudo, você se via em um tipo de canto escuro, escuro escuro, sem ajuda, sem razão, sem nenhuma nenhuma razão, um canto escuro e úmido, escuridão e imundice, o fedor da realidade, o fedor de tudo: aranhas, olhos, senhorias, calçadas, bares, prédios, grama, sem grama, luz, sem luz, sem nada que pertencesse a você. Os elefantes cor-de-rosa nunca apareciam, mas havia muitos homenzinhos com truques selvagens ou um homenzarrão assomando para estrangular você ou para fincar os dentes atrás de seu pescoço, deitar em suas costas, e você suando, sem conseguir se mover, e aquela coisa preta peluda e fedida deitada lá em você em você em você.

Se não era isso, era ficar sentado por dias, por horas de medo indizível, o medo se abrindo no seu interior como uma flor gigante, sem ter como analisá-lo, entender por que estava lá, o que tornava tudo pior. Horas sentado em uma cadeira no meio de um quarto, dominado e paralisado. Cagar ou mijar era um esforço enorme, uma coisa sem sentido, e pentear o cabelo ou escovar os dentes — atos ridículos e insanos. Caminhar através de um mar de fogo. Ou servir água em um copo de uísque — parecia que você não tinha direito de servir água em um copo de uísque. Resolvi que era louco, inadequado, e me senti sujo por isso. Ia à biblioteca e tentava encontrar livros sobre o que fazia as pessoas se sentirem como eu estava me sentindo, mas os livros não estavam lá, ou, se estavam, eu não conseguia entendê-los. Ir à biblioteca não era nada fácil — todo mundo parecia tão confortável, os bibliotecários, os leitores, todo mundo menos eu. Tinha dificuldade até em usar o banheiro da biblioteca — os mendigos lá dentro, os viados me observando mijar, todos pareciam mais fortes do que eu — despreocupados e confiantes. Eu saía e atravessava a rua, subia uma escadaria em espiral até um prédio de cimento onde milhares de caixotes de laranjas eram guardados. Uma placa no teto de outro prédio dizia JESUS SALVA, mas nem Jesus nem laranjas valiam porra nenhuma para mim, subindo aquela escadaria em espiral até aquele prédio de cimento. Eu sempre pensava: esse é o meu lugar, dentro desse túmulo de cimento.

A ideia de suicídio estava sempre lá, forte, como formigas correndo embaixo dos pulsos. O suicídio era a única coisa positiva. Todo o resto era negativo. E havia Lou, feliz em limpar o interior de máquinas de doces para permanecer vivo. Ele era mais sábio do que eu.

7.

Nessa época, conheci uma mulher em um bar, um pouco mais velha do que eu e muito sensata. Suas pernas ainda eram boas, ela tinha um senso de humor estranho e usava roupas muito caras. Tinha caído de nível depois de sair com algum ricaço. Fomos para a minha casa e passamos a morar juntos. Ela era muito gostosa, mas tinha que beber o tempo todo. Seu nome era Vicki. A gente trepava e bebia vinho, bebia vinho e trepava. Eu tinha um cartão de biblioteca e ia lá todo dia. Eu não tinha contado a ela sobre o negócio do suicídio. Era sempre uma grande piada quando eu voltava da biblioteca. Eu abria a porta e ela olhava para mim.

— Que isso, não trouxe *livros*?

— Vicki, eles não têm livros na biblioteca.

Eu entrava e tirava a garrafa (ou garrafas) de vinho da sacola e a gente começava.

Uma vez, depois de uma semana bebendo, resolvi me matar. Não contei para ela. Eu ia me matar quando ela estivesse no bar procurando um "cara com grana". Eu não gostava de ver aqueles palhaços gordos comendo ela, mas ela me trazia dinheiro e uísque e charutos. Me falava toda aquela bobagem clichê sobre eu ser o único que ela amava. Chamava-me de "sr. Van Bilderass" por algum motivo que eu não conseguia entender. Ela ficava bêbada e dizia:

— Você acha que é o maioral, acha que é o sr. Van Bilderass!

Eu ficava o tempo todo matutando a ideia de como iria me matar. Um dia, eu tive certeza de que iria fazer. Foi depois de uma semana bebendo vinho do Porto. Tínhamos comprado garrafões enormes e os enfileirado no chão e atrás dos garrafões enormes tínhamos enfileirados garrafas de vinho de tamanho normal, umas oito ou nove, e atrás das garrafas de tamanho normal tínhamos enfileirado umas quatro ou cinco garrafinhas. Noites e dias se perderam. A gente só trepava e conversava e bebia, conversava e bebia e trepava. Discussões violentas que acabavam com a gente fazendo amor. Ela era uma porquinha gostosa de comer, apertada e sempre se contorcendo. Uma mulher entre duzentas. Com a maioria das outras, é meio que um teatrinho, uma piada. Enfim, talvez por causa de tudo isso, da bebedeira e do fato de uns touros gordos e chatos comerem Vicki, eu fiquei muito doente e deprimido, mas que porra eu podia fazer? Ligar um torno industrial?

Quando o vinho acabou, a depressão, o medo, a inutilidade de seguir em frente se tornou demais e eu soube que iria levar aquilo a cabo. A primeira vez que ela saísse do quarto seria o fim. Como eu faria, não sabia bem, mas havia centenas de jeitos. Tínhamos um fogãozinho a gás. O gás é charmoso. O gás é quase um beijo. Ele deixa o corpo intacto. O vinho tinha acabado. Eu mal conseguia andar. Exércitos de medo e suor subiam e desciam pelo meu corpo. A coisa vai ficando bem simples. O maior alívio é nunca ter que passar por outro ser humano na calçada, vê-los andando com sua gordura, ver seus olhos de rato, seus rostos cruéis e mesquinhos, o desabrochar do seu eu animal. Que doce sonho: nunca ter que olhar para outro rosto humano.

— Eu vou sair pra catar um jornal e ver que dia é, ok?

— Tudo bem — disse ela —, tudo bem.

Abri a porta. Não tinha ninguém no corredor. Nenhum ser humano. Eram cerca de dez da noite. Desci no elevador que cheirava a urina. Era preciso muita força para se deixar engolir por aquele elevador. Desci a ladeira. Quando eu voltasse, ela não estaria mais lá. Ela agia depressa quando as bebidas acabavam. Aí eu poderia me matar. Mas primeiro queria saber que dia era. Desci a ladeira e ali, ao lado da farmácia, ficava o suporte de jornal. Olhei a data. Era uma sexta-feira. Muito bem, sexta. Um dia tão bom quanto qualquer outro. Isso significava algo. Então eu li a manchete:

PRIMO DE MILTON BERLE ATINGIDO NA CABEÇA POR PEDRA.

Eu não entendi direito. Inclinei-me para mais perto e li de novo. Era a mesma coisa:

PRIMO DE MILTON BERLE ATINGIDO NA CABEÇA POR PEDRA.

Estava escrito em letras pretas e grandes, a manchete principal. De todas as coisas importantes que aconteceram no mundo, essa era a manchete.

PRIMO DE MILTON BERLE ATINGIDO NA CABEÇA POR PEDRA.

Atravessei a rua, me sentindo muito melhor, e entrei na loja de bebidas. Comprei duas garrafas de vinho do Porto e um maço de cigarros fiado. Quando voltei para casa, Vicki ainda estava lá.

— Que dia é hoje? — perguntou ela.

— Sexta.

— Ok — disse ela.

Servi duas taças de vinho cheias. Tinha sobrado um pouco de gelo na pequena geladeira embutida. Os cubos flutuavam suavemente.

— Não quero te deixar triste — disse Vicki.

— Sei que não quer.

— Toma um gole primeiro.

— Tudo bem.

— Enfiaram um bilhete sob a porta enquanto você estava fora.

— Aham.

Dei um gole, engasguei, acendi um cigarro, dei outro gole, e ela me entregou o bilhete. Era uma noite cálida de Los Angeles. Uma sexta-feira. Eu li o bilhete:

Caro sr. Chinaski: você tem até quarta-feira para pagar o aluguel. Se não pagar, terá que ir embora. Eu sei sobre as mulheres no seu quarto. E você faz barulho demais. E quebrou a janela. Está pagando pelos seus privilégios. Ou deveria estar. Eu fui muito gentil com o senhor. Agora digo que na próxima quarta-feira você vai sair. Os outros inquilinos estão cansados de toda a barulheira e dos palavrões e da cantoria noite e dia, dia e noite, e eu também estou. Você não pode morar aqui sem pagar aluguel. Não diga que não lhe avisei.

Bebi o restante do vinho, quase perdi a cabeça. Era uma noite cálida em Los Angeles.

— Estou cansada desses malditos imbecis — disse ela.

— Eu arranjo o dinheiro — falei.

— Como? Você não sabe fazer nada.

— Eu sei.

— Então como vai arranjar o dinheiro?

— Dou um jeito.

— Aquele último cara me comeu três vezes. Minha boceta tá esfolada.

— Não se preocupe, querida, eu sou um gênio. O único problema é que ninguém sabe disso.

— Um gênio do *quê*?

— Não sei.

— Sr. Van Bilderass!

— Eu mesmo. Aliás, sabia que o primo de Milton Berle foi atingido na cabeça por uma pedra?

— Quando?

— Hoje ou ontem.

— Que tipo de pedra?

— Não sei. Imagino que algum tipo de pedra grande e amarela como manteiga.

— Quem se importa?

— Eu, não. Eu, não, pode apostar. É só que...

— Só que?

— Só que eu acho que aquela pedra me manteve vivo.

— Você fala como um idiota.

— Eu sou um idiota.

Abri um sorriso e servi vinho para nós dois.

todos os cuzões do mundo e o meu

"Nenhum homem sofre mais do que pretende a natureza."
— Conversa entreouvida em um jogo de dados

I.

Era a nona corrida e o nome do cavalo era Queijo Verde. Ele ganhou por seis corpos e eu ganhei cinquenta e dois dólares apostando cinco, e, como já estava mais para lá do que para cá, isso pedia por outra bebida.

— Me dá uma dose de queijo verde — falei ao barman.

Ele não ficou confuso. Sabia o que eu estava bebendo. Eu tinha ficado encostado ali a tarde inteira. Me embebedara na noite anterior e, quando cheguei em casa, claro que tive que beber mais um pouco. Eu tinha tudo de que precisava. Tinha uísque, vodca, vinho e cerveja. Um agente funerário ou algum outro sujeito ligou por volta das oito e disse que gostaria de me ver.

— Tudo bem — falei. — Traga bebidas.

— Se incomoda se eu levar uns amigos?

— Eu não tenho amigos.

— Quis dizer os meus amigos.

— Não tô nem aí — respondi.

Entrei na cozinha e enchi três quartos de um copo de água com uísque. Bebi puro, como nos velhos tempos. Eu dava conta de uma garrafa em uma hora e meia, duas.

— Queijo verde — falei às paredes da cozinha.

Abri uma lata de cerveja congelada.

2.

O agente funerário chegou e foi ao telefone e pouco depois muitas pessoas estranhas começaram a entrar, todas elas levando bebidas. Havia muitas mulheres e eu tive vontade de estuprar todas elas. Sentei-me no tapete, sentindo a luz elétrica, sentindo as bebidas me atravessando como um desfile, como um ataque contra o desalento, como um ataque contra a loucura.

— Eu nunca vou ter que trabalhar de novo! — falei a eles. — Os cavalos vão cuidar de mim como nenhuma mulher *jamais* cuidou!

— Ah, a gente *sabe*, sr. Chinaski! Sabemos que você é um *grande* homem!

Era um filho da puta de cabelo grisalho no sofá, esfregando as mãos e me olhando com malícia e os lábios úmidos. Estava sendo sincero. Ele me dava nojo. Terminei a bebida em minha mão e achei outra em algum lugar e a bebi também. Comecei a falar com as mulheres. Prometi a elas todos os carinhos do meu poderoso pau. Elas riram. Eu estava sendo sincero. Bem nesse momento — nesse momento —, eu parti para cima das mulheres. Os homens me tiraram de perto delas. Para um homem tão experiente, eu ainda era um moleque. Se não fosse o grande sr. Chinaski, alguém teria me matado. O que aconteceu foi que rasguei minha camisa e me ofereci para ir pro jardim com qualquer um. Tive sorte. Ninguém estava a fim de me fazer tropeçar nos meus próprios pés.

Quando minha cabeça clareou, eram quatro da manhã. Todas as luzes estavam acesas e todo mundo tinha ido embora. Eu ainda estava sentado lá. Encontrei uma cerveja morna e bebi. Então fui para a cama com a sensação que todos os bêbados conhecem: de que eu tinha sido um imbecil, mas foda-se.

3.

Eu era atormentado por hemorroidas fazia uns quinze ou vinte anos; e também úlceras perfuradas, um fígado ruim, furúnculos, transtorno de ansiedade e vários tipos de insanidade, mas você segue em frente e só espera que tudo não desmorone de uma só vez.

Aquele porre quase fez isso. Eu me sentia tonto e fraco, mas isso era normal. Eram as hemorroidas. Elas não respondiam a nada — banhos quentes, bálsamos, nada ajudava. Meus intestinos quase pendiam da bunda como um rabo de cachorro. Eu fui a um médico. Ele só deu uma olhada rápida.

— *Círrurgía* — disse ele.

— Tudo bem — falei —, o único problema é que sou covarde.

— Bem, *ya*, assim vai *serr* difícil.

Seu filho da puta nazista de merda, pensei.

— Eu *querro* que você *toma* esse laxativo na terça de noite, depois você se levanta às sete da manhã, *ya*? E aplica o enema, aplica o enema até a bunda *estarr* limpa, *ya*? Depois eu olho de novo às dez da manhã na *quarrta*.

— *Ya, wohl, mi herrmano** — falei.

---

* No original, o personagem fala "*ya whol, mine herring*", fazendo uma piada com a frase alemã "jawohl, mein Herr", que significa "sim, senhor". *Herring*, em inglês, significa arenque. [N.T.]

4.

O tubo para o enema ficava deslizando para fora e o banheiro inteiro ficou molhado e estava frio e minha barriga doía e eu estava me afogando em gosma e merda. Era assim que o mundo acabava, não com uma bomba atômica, mas com merda merda merda. O produto que eu tinha comprado não vinha com nada para conter o fluxo de água, e meus dedos não funcionavam, então a água entrava em um jorro e saía em um jorro. Levei uma hora e meia e, no fim, minhas hemorroidas estavam no comando do mundo. Pensei em desistir e morrer várias vezes. Encontrei uma lata de terebintina pura no armário. Era uma lata linda, vermelha e verde. "*Perigo!*", dizia, "prejudicial à saúde ou fatal se consumido." Eu *era* um covarde: devolvi a lata ao armário.

5.

O doutor me pôs em uma mesa.

— *Agorra*, só relaxe o *traseírro*, *ya*? Relaxe, relaxe...

De repente, ele enfiou uma caixa em formato de cunha na minha bunda e começou a desenrolar uns cabos, que começaram a rastejar pelo meu intestino procurando bloqueios, procurando cânceres.

— Rá! *Agorra*, se *machucarr* um pouquinho, *nien*? *Respirre* como um cachorro, assim, hahaha-hahaaaa!

— Filho da puta safado!

— Algum *prroblema*?

— Merda, merda, merda! Seu puto do caralho! Seu porco sádico... você queimou Joana na fogueira, pregou as mãos de Cristo, votou pela guerra, votou em Goldwater, votou em Nixon... filho da puta! O que você tá *fazendo* comigo?

— Já vai *acabarr*. Você *estarr* indo muito bem. Vai *serr* bom paciente.

Ele enrolou a corda de volta e então eu o vi olhando em algo que parecia um periscópio. Ele enfiou um pouco de gaze no meu cu ensanguentado e eu levantei e me vesti.

— E a operação será para o quê?

Ele sabia o que eu queria dizer.

— Só as *hemorrroídas*.

Espiei as pernas da enfermeira dele quando saí. Ela me deu um sorriso gentil.

6.

Na sala de espera do hospital, uma menininha olhou nossos rostos cinzentos, nossos rostos brancos, nossos rostos amarelos...

— Tá todo mundo morrendo! — exclamou ela.

Ninguém respondeu. Eu virei a página de uma velha revista *Time*.

Depois de preencher a papelada de rotina... e de fornecer amostras de urina... e de sangue, fui levado a um quarto no oitavo andar com quatro camas. Quando a questão de religião foi levantada, eu disse "católico", principalmente para me poupar dos olhares e das perguntas que geralmente se seguiam quando eu dizia não ter religião. Eu estava cansado das discussões e da burocracia. Era um hospital católico — talvez eu recebesse um serviço melhor ou bênçãos do papa.

Bem, eu estava preso ali com outros três sujeitos. Eu, o monge, o ermitão, apostador, playboy, idiota. Era o fim de tudo. Minha amada solidão, a geladeira cheia de cerveja, os charutos na cômoda, os números de telefone de mulheres de pernas longas e bundas grandes.

Tinha um sujeito com um rosto amarelo. De alguma forma, ele parecia um pássaro gordo mergulhado em urina e secado ao sol. Ficava apertando o botão. Tinha uma voz reclamona, chorona, queixosa.

— Enfermeira, enfermeira, onde está o dr. Thomas? O dr. Thomas me deu um pouco de codeína ontem. Onde está o dr. Thomas?

— Não sei onde está o dr. Thomas.

— Posso chupar uma pastilha pra tosse?

— Estão bem ali na sua mesinha.

— Não estão parando a minha tosse, e esse remédio também não funciona.

— *Enfermeira!* — gritou um sujeito de cabelo branco da cama no canto nordeste. — Posso beber mais um pouco de café? Eu gostaria de mais café.

— Veremos — disse ela, e foi embora.

Minha janela mostrava colinas, a inclinação de colinas. Olhei para a inclinação das colinas. Estava escurecendo. Não havia algo além de casas nas colinas. Casas antigas. Tive a estranha sensação de que elas estavam desocupadas, de que todos tinham morrido, de que todos tinham desistido. Ouvi os três homens reclamarem da comida, do preço do quarto, dos médicos e das enfermeiras. Quando um falava, os outros dois não pareciam estar escutando, não respondiam. Então outro começava. Eles se revezavam. Não havia mais o que fazer. Eles falavam vagamente, trocando de assuntos. Eu estava ali com um Oakie,* um cinegra-

---

* Outra grafia de *Okie*, termo usado na Califórnia para identificar migrantes pobres do estado de Oklahoma (embora muitos viessem de outros estados também) que chegaram em massa nos anos 1930 para procurar trabalho, muitos em fazendas. [N.T.]

fista e o pássaro cor de mijo. Do lado de fora da janela, uma cruz virava no céu — primeiro era azul, depois vermelha. Era noite e eles fecharam as cortinas ao redor das camas e eu me senti melhor, mas percebi, estranhamente, que a dor ou uma possível morte não me aproximava da humanidade. Visitantes começaram a chegar. Não recebi nenhuma visita. Eu me senti como um santo. Olhei pela janela e vi uma placa perto da cruz vermelha e azul girando no céu. Motel, dizia. Os corpos lá dentro estavam em uma sintonia mais gentil. Fodendo.

7.

Um pobre diabo vestido de verde entrou no quarto e raspou minha bunda. Há tantos trabalhos terríveis no mundo! Lá estava um que eu nunca tinha feito.

Eles encaixaram uma touca de banho em minha cabeça e me empurraram em uma cadeira de rodas. Era isso. Cirurgia. O covarde deslizando pelos corredores, passando pelos moribundos. Um homem e uma mulher. Eles me empurravam e sorriam, pareciam muito relaxados. Rolaram-me até um elevador. Havia quatro mulheres lá dentro.

— Eu vou fazer uma cirurgia. Alguma das senhoritas gostaria de trocar de lugar comigo?

Elas se espremeram contra a parede e se recusaram a responder.

Na sala de cirurgia, esperamos a chegada de Deus. Deus finalmente entrou:

— *Orra, orra, orra,* cá está o meu amigo!

Nem me dei ao trabalho de responder a essa mentira.

— *Vírre* de barriga *parra* baixo, *porr favorr*.

— Bem — falei —, acho que é tarde demais para mudar de ideia.

— *Ya* — disse Deus —, você está em nossas *mauns*!

Eu senti a tira cobrir as costas. Eles abriram minhas pernas. A primeira agulha de anestesia entrou. Era como se ele estivesse espalhando toalhas ao redor do meu cu e nas minhas costas. Outra agulha. Uma terceira. Eu não calava a boca. O covarde, o *showman*, assoviando no escuro.

— Ponha ele *parra dorrmirr, ya* — disse ele.

Senti uma picada no cotovelo, ardida. Não adiantou. Eu tinha porres demais no histórico.

— Alguém tem um charuto? — perguntei.

Uma pessoa riu. Eu estava ficando sentimental. Caía mal. Decidi ficar quieto.

Podia sentir a faca se remexendo na minha bunda. Não senti dor.

— *Agorra*, isso — ouvi-o dizer —, isso aqui é a *prríncipal obstrrução*, está vendo? E aqui...

8.

O pós-operatório foi um tédio. Algumas mulheres gostosas circulavam por ali, mas me ignoravam. Eu me apoiei nos cotovelos e olhei ao redor. Corpos por todo canto. Muito muito brancos e imóveis. Cirurgias de verdade. De pulmão. Coração. Tudo. Eu me sentia um tanto amador e um tanto envergonhado. Fiquei feliz quando me levaram daquela sala. Meus três colegas de quarto me encararam intensamente quando me empurraram lá para dentro. Caía mal. Rolei da coisa para a cama. Descobri que minhas pernas ainda estavam entorpecidas e que eu não tinha controle sobre elas. Decidir dormir. O lugar todo era deprimente. Quando acordei, minha bunda realmente doía. Mas as pernas ainda estavam entorpecidas. Segurei meu pau e parecia que não estava lá. Quer dizer, não havia qualquer sensação. Exceto que eu queria mijar e não conseguia. Era horrível e eu tentei esquecer.

Uma das minhas ex-amantes foi me ver e se sentou do lado da cama, me olhando. Eu tinha dito a ela que seria internado. Para que, exatamente, eu não sabia.

— Oi! Como você tá?

— Bem, só que não consigo mijar.

Ela sorriu.

Conversamos um pouquinho sobre alguma coisa e ela foi embora.

9.

Era como nos filmes: todos os enfermeiros homens pareciam ser homossexuais. Um deles parecia mais másculo do que o resto.

— Ei, meu chapa!

Ele veio até mim.

— Não consigo mijar. Quero mijar, mas não consigo.

— Já volto pra resolver isso pra você.

Esperei um bom tempo. Quando ele voltou, puxou a cortina ao redor da cama e se sentou.

Jesus, pensei, *o que ele vai fazer? Um boquete?*

Mas olhei melhor e vi que parecia ter levado com ele algum tipo de máquina. Observei enquanto pegava uma seringa vazia e a enfiava pelo buraco de mijo do meu pau. A sensação que eu achava ter sumido de repente voltou.

— Ah, merda! — sibilei.

— Não é a coisa mais agradável do mundo, é?

— De fato, de fato. Tendo a concordar. *Uíííí!* Puta merda!
— Logo acaba.

Ele apertou a minha bexiga. Eu podia ver o pequeno aquário quadrado se enchendo de mijo. Essa era uma das partes que não incluíam nos filmes.

— Deus do céu, colega, tenha dó! Vamos parar por aqui.
— Só um momento. Agora.

Ele puxou a agulha. Do lado de fora da janela, minha cruz vermelha e azul girava, girava. Cristo pendurado na parede com um pedaço de folha de palmeira seca preso nos pés. Não era à toa que os homens se voltavam aos deuses. Era muito difícil encarar as coisas de frente.

— Obrigado — falei ao enfermeiro.
— De nada, de nada.

Ele puxou a cortina de volta e foi embora com a máquina. Meu pássaro amarelo-mijo apertou o botão.

— Onde está a enfermeira? Ah, por que, por que a enfermeira não vem?

Ele apertou de novo.

— O meu botão não está funcionando? Tem algo errado com o meu botão?

A enfermeira veio.

— Que dor nas costas! Ah, que dor *horrível*! Ninguém veio me visitar! Acho que vocês repararam, não é, camaradas? Ninguém vem me visitar! Nem a minha esposa! Cadê a minha esposa? Enfermeira, sobe a minha cama, minhas costas *doem*! *Isso!* Mais alto! Não, não, meu Deus, está alto demais! Abaixa, abaixa! Aí. Para! Cadê o meu jantar? Eu não jantei ainda! Veja...

A enfermeira saiu do quarto.

Eu continuei pensando sobre a maquininha de mijo. Provavelmente teria que comprar uma e carregá-la por aí a vida toda. Esgueirar-me em becos, atrás de árvores, no banco de trás do carro.

O Oakie na cama um não tinha falado muito.

— É o meu pé — disse ele, de repente, para as paredes —, eu não entendo, o meu pé ficou todo inchado da noite pro dia e não volta ao normal. Dói, dói.

O sujeito de cabelo branco no canto apertou o botão.

— Enfermeira — disse ele —, enfermeira, que tal me arranjar um bule de café?

Na verdade, pensei, *meu maior desafio é não enlouquecer.*

10.

No dia seguinte, o velho de cabelo branco (o cinegrafista) pegou café e se sentou em uma cadeira ao lado da minha cama.

— Não suporto aquele filho da puta.

Ele estava falando do pássaro amarelo-mijo. Bem, não tinha o que fazer com Cabelo Branco exceto falar com ele. Eu disse a ele que a bebida basicamente me levara à minha atual situação. Só para me divertir um pouco, contei sobre alguns dos meus porres mais insanos e algumas das coisas loucas que me tinham acontecido. Ele também tinha umas boas histórias.

— Nos velhos tempos — me contou —, tinha uns grandes vagões vermelhos que corriam entre Glendale e Long Beach, se não me engano. Eles passavam o dia todo e a maior parte a noite, exceto por um intervalo de uma hora e meia, acho que entre as três e meia e as cinco e meia da manhã. Bem, eu saí pra beber uma noite e conheci um sujeito no bar e depois que o bar fechou a gente foi pra casa dele e terminou um negócio que ele tinha deixado lá. Eu saí da casa dele e meio que me perdi. Fui dar numa rua sem saída, mas não sabia que era sem saída. Continuei dirigindo e estava indo bem rápido. Continuei até bater nos trilhos da ferrovia. Quando bati neles, o volante se soltou, me atingiu no queixo e eu apaguei. Lá estava eu, no meio dos trilhos, no meu carro, nocauteado. Só que tive sorte porque era naquela hora e meia que não tinha nenhum trem passando. Não sei por quanto tempo fiquei sentado lá, mas o apito do trem me acordou. Acordei e vi um trem vindo pelos trilhos bem na minha direção. Só tive tempo de ligar o carro e dar ré. O trem passou com tudo. Voltei pra casa, as rodas todas amassadas do lado de baixo e bambas.

— Que aperto.

— Outra vez, eu estava sentado no bar. Bem na frente tinha um lugar onde os trabalhadores da ferrovia comiam. O trem parou e os homens saíram pra comer. Eu estava sentado ao lado de um sujeito nesse bar. Ele se vira pra mim e diz: "Eu guiava uma dessas coisas e posso guiar de novo. Vem comigo que eu vou ligar ele". Eu saí com ele e a gente subiu no motor. De fato, ele ligou o negócio. Nos fez alcançar uma boa velocidade. Aí eu comecei a pensar: que porra estou fazendo? Eu disse pro cara: "Não sei você, mas eu vou *sair daqui*!". Eu conhecia o suficiente sobre trens pra saber onde ficava o freio. Puxei o freio e, antes que o trem parasse, já pulei de um lado. O sujeito saiu pelo outro e eu nunca o vi de novo. Logo tinha uma grande multidão ao redor do trem, policiais, investigadores, seguranças, repórteres, curiosos. Eu estava à parte com o resto da multidão, assistindo. "Vamos, vamos subir e descobrir o que tá rolando!", disse alguém do meu lado. "Não, que inferno, é só um trem", falei. Eu estava com medo de que alguém tivesse me visto. No dia seguinte saiu uma história nos jornais. A manchete dizia: TREM VAI A PAcoima sozinho. Eu recortei e guardei. Guardei a notícia por dez anos. Minha esposa via o papel às vezes. "Por que você tá guardando essa história? Trem vai a pacoima sozinho". Eu nunca contei a ela. Ainda tinha medo. Você é a primeira pessoa pra quem eu conto isso.

— Não se preocupe — falei —, nenhuma alma viva ouvirá essa história de novo.

Então minha bunda realmente começou a doer e Cabelo Branco sugeriu que eu pedisse uma injeção. Pedi. A enfermeira me deu uma no quadril. Ela deixou a cortina fechada quando saiu, mas Cabelo Branco continuou sentado ali. Na verdade, ele tinha um visitante. Um visitante com uma voz que se propagava com clareza através das minhas entranhas fodidas. Ele realmente projetava a voz.

— Eu vou mover todos os navios no estreito da baía. Vamos gravar bem ali. Estamos pagando oitocentos e noventa dólares por mês pro capitão de um deles, e ele tem dois garotos trabalhando pra ele. Temos uma frota bem aqui. Vamos usá-la, acho. O público está pronto pra uma boa história marítima. Não veem uma boa história marítima desde Errol Flynn.

— É — disse Cabelo Branco —, essas coisas são cíclicas. O público está pronto pra isso. As pessoas precisam de uma boa história marítima.

— Exato, tem um bando de garotos que nunca assistiram a uma história marítima. Falando em garotos, só vou usar eles. Vou fazer eles correrem pelos barcos. Os únicos velhos que vamos usar vão ser pros papéis principais. Vamos só mover esses navios pela baía e gravar ali mesmo. Dois dos navios precisam de mastros, mas é o único problema. Arranjamos mastros pra eles e aí começamos.

— O público com certeza está pronto pra uma história marítima. É um ciclo e está na hora do ciclo recomeçar.

— Você está preocupado com o orçamento. Caralho, não vai custar nada. Por que...

Puxei a cortina de volta e falei com Cabelo Branco.

— Olha, você pode me achar um desgraçado, mas vocês estão bem do lado da minha cama. Não pode levar seu amigo pra sua cama?

— Claro, claro!

O produtor se ergueu.

— Inferno, perdão. Eu não sabia...

Ele era gordo e sórdido; satisfeito, feliz, nauseante.

— Ok — falei.

Eles se mudaram para a cama de Cabelo Branco e continuaram a discutir a história marítima. Todos os moribundos no oitavo andar do Hospital Queen of Angels podiam ouvir sobre a história marítima. O produtor finalmente foi embora.

Cabelo Branco olhou para mim.

— Ele é o maior produtor de cinema do mundo. Produziu mais grandes filmes que qualquer homem vivo. Chama-se John F.

— John F. — disse o pássaro de mijo. — É, ele fez grandes filmes, grandes filmes!

Tentei dormir. Era difícil dormir de noite, porque todos eles roncavam. Juntos. Cabelo Branco era o mais alto. Pela manhã, sempre me acordava para reclamar que não tinha dormido. Naquela noite, o pássaro amarelo-mijo berrou a noite toda. Primeiro porque não podia ir cagar. Tirem-me daqui, meu Deus, preciso cagar! Ou então ele sentia dor. Ou então onde estava o médico dele? Ele sempre tinha um médico diferente. Um não o aguentava mais e outro assumia. Eles não conseguiam achar nada de errado com ele. Não havia algo: ele queria a mãe, mas a mãe estava morta.

II.

Por fim consegui que me movessem para um quarto semiprivado. Mas foi pior ainda. O nome dele era Herb e o enfermeiro me disse:

— Ele não está doente. Não tem nada de errado com ele.

Ele vestia um roupão de seda, fazia a barba duas vezes por dia, tinha uma televisão que nunca desligava e recebia visitas o tempo todo. Era o chefe de uma empresa grande e tinha seguido a fórmula de ter o cabelo grisalho cortado rente ao crânio para indicar juventude, eficiência, inteligência e brutalidade.

A TV acabou sendo muito pior do que eu poderia ter imaginado. Eu nunca havia tido uma TV, então não estava acostumado à programação. As corridas de carro eram razoáveis, eu suportava as corridas de carro, embora fossem muito entediantes. Mas havia uma espécie de maratona em prol de uma Causa ou outra, e eles estavam arrecadando dinheiro. Começaram logo cedo pela manhã e continuaram o dia todo. Pequenos números indicavam quanto dinheiro tinha sido arrecadado. Tinha uma pessoa usando um chapéu de cozinheiro. Não sei que porra ela estava fazendo lá. E tinha uma velha horrenda com um rosto como de um sapo. Ela era terrivelmente feia. Eu não conseguia acreditar. Não conseguia acreditar que aquelas pessoas não sabiam como seus rostos eram feios e nus e carnosos e nojentos — como estupros de todas as coisas decentes. E mesmo assim elas só apareciam ali e calmamente botavam o rosto na frente das câmeras e falavam umas com as outras e riam sobre alguma coisa. Era muito difícil rir das piadas, mas eles não pareciam ter qualquer problema com isso. Aqueles rostos, aqueles rostos! Herb não dizia nada sobre o programa. Só ficava assistindo como se estivesse interessado. Eu não sabia o nome das pessoas, eram todas estrelas de algum tipo. Eles anunciavam um nome e todo mundo ficava empolgado — menos eu. Eu não conseguia entender. Fiquei meio nauseado. Queria estar de volta no outro quarto. Enquanto isso, estava tentando ter meu primeiro movimento peristáltico. Nada aconteceu. Só um jato de sangue. Era sábado à noite. O padre passou no quarto.

— Gostaria de comungar amanhã? — perguntou ele.

— Não, obrigado, padre, não sou um católico muito bom. Não vou há igreja há vinte anos.

— Foi batizado como católico?

— Sim.

— Então ainda é católico. É só um católico vagabundo.

Era igualzinho aos filmes — ele falava de modo pragmático, como Cagney — ou era Pat O'Brien que tinha o colarinho branco? Todos os meus filmes eram antiquados: o último que eu vira tinha sido *Farrapo humano*.* Ele me deu um panfletozinho.

— Leia isso. — Então foi embora.

Livro de preces.
Compilado para uso em hospitais e instituições.

Eu li.

Ó, eterna e sempre abençoada Trindade, Pai, Filho e Espírito Santo, com todos os anjos e santos, eu vos adoro.

---

* *Farrapo humano* (*The Lost Weekend*, 1945) conta a história de Don Birman (Ray Milland), um escritor fracassado com bloqueio criativo que se afunda no álcool e passa a viver só para a bebida, deixando tudo para trás. É baseado no romance *The Lost Weekend*, de Charles R. Jackson. [N.E.]

Minha rainha e minha mãe, entrego-me inteiramente a vós; e para demonstrar minha devoção, consagro a vós nesse dia meus olhos, meus ouvidos, minha boca, meu coração, todo meu ser sem reservas.

Coração agonizante de Jesus, tenha misericórdia dos que morrem.

Ó, meu Deus, prostrado de joelhos, eu vos adoro...

Juntem-se a mim, meus abençoados espíritos, ao agradecer ao Deus das Misericórdias, que é tão generoso com uma criatura tão indigna.

Foram meus pecados, amado Jesus, que causaram sua angústia amarga... meus pecados que o açoitaram e o coroaram com espinhos e o pregaram na cruz. Confesso que só mereço punição.

Levantei e tentei cagar. Fazia três dias. Nada. Só outro jato de sangue e os cortes no meu reto se abrindo. Herb estava assistindo a um programa de comédia.
— O Batman vai aparecer no programa hoje. Eu quero ver o Batman!
— É?
Arrastei-me de volta à cama.

Arrependo-me especialmente dos meus pecados de impaciência e raiva, meus pecados de desalento e rebelião.

O Batman apareceu. Todo mundo no programa parecia animado.
— É o Batman! — disse Herb.
— Que bom — falei —, o Batman. — *Doce coração de Maria, salve-me.*
— Ele sabe cantar! Olha, ele sabe cantar!

O Batman tinha tirado sua bat-roupa e estava usando terno. Era um rapaz de aparência muito comum com um rosto meio sem graça. Ele cantou. A canção não acabava nunca e, por alguma razão, o Batman parecia muito orgulhoso de sua cantoria.
— Ele sabe cantar!

Meu bom Deus, quem sou eu e quem sois vós, para que eu me atreva a aproximar-me de vós?

Sou apenas uma pobre criatura infeliz e pecadora, completamente indigna de aparecer diante de vós.

Dei as costas à TV e tentei dormir. Herb deixara o volume muito alto. Eu tinha um algodão, que enfiei nos ouvidos, mas ajudou muito pouco. *Eu nunca mais vou cagar*, pensei, *nunca mais vou cagar, não com esse negócio ligado*. Apertava as minhas vísceras, apertava... com certeza dessa vez eu enlouqueço!

Ó, Senhor, meu Deus, a partir deste dia aceito de sua mão, submisso e de boa vontade, o tipo de morte que lhe agrade me conceder, com todas as suas tristezas, dores e angústias. (Indulgência plenária uma vez por dia, sob as condições usuais.)

Por fim, quando deu uma e meia da manhã, eu não consegui mais aguentar. Estava escutando aquilo desde as sete da manhã. Minha merda estava bloqueada pelo resto da Eternidade. Eu sentia que havia pagado pela Cruz naquelas dezoito horas e meia. Virei-me com esforço.
— Herb! Pelo amor de Deus, cara! Eu estou por aqui! Eu vou enlouquecer! Herb! *Misericórdia! Não aguento a TV! Não aguento a raça humana!* Herb! Herb!

Ele estava dormindo, sentado.

— Seu chupador de boceta imundo — falei.

— Que foi? Queeê?

— *Por que não desliga essa porra?*

— Desli... gar? Ah, claro, claro... Por que não pediu, rapaz?

Herb também roncava. E falava no sono. Eu fui dormir por volta das três e meia. Às quatro e quinze, fui acordado por algo que soava como uma mesa sendo arrastada no corredor. De repente, as luzes se acenderam e uma grande mulher negra estava parada em cima de mim com uma prancheta. Deus, era uma vagabunda feia com uma cara idiota, foda-se Martin Luther King e sua igualdade racial! Ela poderia facilmente me moer na pancada. Talvez fosse uma boa ideia? Talvez fosse minha extrema-unção? Talvez eu estivesse acabado?

— Escute, querida — falei —, se importa de me contar o que está acontecendo? É o fim?

— Você é o Henry Chinaski?

— Infelizmente.

— Está agendado para a comunhão.

— Não, espere! Ele se confundiu. Eu falei *nada de comunhão*.

— Ah — disse ela.

Fechou a cortina e desligou a luz. Eu podia ouvir a mesa ou o que quer que fosse se movendo mais para o final do corredor. O papa ia ficar muito decepcionado comigo. A mesa fazia uma barulheira dos infernos. Dava para ouvir os doentes e os moribundos acordando, tossindo, jogando perguntas para o ar, apertando o botão para as enfermeiras.

— O que foi isso, rapaz? — perguntou Herb.

— Isso o quê?

— Todo aquele barulho e as luzes?

— Foi o Anjo Escuro Durão do Batman preparando o Corpo de Cristo.
— Quê?
— Durma.

13.

Meu médico veio na manhã seguinte e olhou dentro da minha bunda e me disse que eu podia ir para casa.
— Mas, meu garroto, não vá *cavalgarr, ya*?
— *Ya*. Mas e uma boceta gostosa?
— Quê?
— Relações sexuais.
— Ah, *nein, nein*! Tem que *esperrarr* seis a oito semanas antes de *retomarr qualquerr* atividade *norrmal*.

Ele saiu e comecei a me vestir. A TV não me incomodava. Alguém na tela disse: "Como será que fazem espaguete?". E enfiou a cara na panela. Quando ergueu o rosto, todo o espaguete estava colado na cara. Herb riu. Apertei a mão dele.
— Até mais, meu querido — falei.
— Foi um prazer — disse ele.
— É.

Eu estava pronto para sair quando aconteceu. Corri pro banheiro. Sangue e merda. Merda e sangue. Doía tanto que comecei a falar com as paredes.
— Ahhh, mamãe, seus filhos da puta imundos, ah merda, merda, seus safados malditos, seus chupa-rolas desgraçados, me deixem em paz! Merda, merda, merda, *porraaa*!

Por fim acabou. Eu me limpei, coloquei um pouco de gaze, ergui a calça e fui até a cama pegar minha mala.

— Até mais, Herb, meu querido.

— Até mais, rapaz.

Sim, você adivinhou. Corri lá para dentro de novo.

— Seus filhos da puta imundos do caralho! Aaaaaa, merda-merdamerda-*merda*!

Eu saí e fiquei sentado por um tempo. Houve um movimento intestinal menor e então senti que estava pronto. Desci e assinei uma fortuna em contas. Não conseguia ler nada. Eles me chamaram um táxi e fiquei esperando perto da entrada de ambulâncias. Tinha comigo meu banho de assento. Uma bacia em que você caga depois de encher com água quente. Havia três Oakies parados lá fora, dois homens e uma mulher. Suas vozes eram altas e sulistas e eles tinham uma cara e passavam a sensação de que nada jamais acontecera com eles — nem uma dor de dente. Minha bunda começou a doer e ter uns espasmos. Tentei me sentar, mas foi um erro. Tinha um menininho com eles. O garoto veio correndo e tentou pegar minha bacia. Puxou.

— Não, seu bostinha, não — ralhei com ele.

Ele quase conseguiu. Era mais forte do que eu, mas não soltei.

Ó, Jesus, eu lhe confio meus pais, parentes, benfeitores, professores e amigos. Recompensem-nos de um jeito muito especial por todo o cuidado e o sofrimento que eu lhes causei.

— Seu escrotinho de merda! Solta a minha bacia de cagar! — exclamei para ele.

— Donny! *Deixa o homem em paz!* — berrou a mulher.

Donny saiu correndo. Um dos homens olhou para mim.

— Oi! — disse ele.

— Oi — respondi.

Gostei da cara do táxi.

— Chinaski?

— É. Vamos.

Entrei na frente com minha bacia de cagar. Meio que sentei sobre uma nádega só. Dei as orientações para ele. Então disse:

— É o seguinte, se eu começar a berrar, encosta atrás de uma placa, um posto, qualquer lugar. Mas para de dirigir. Eu vou ter que cagar.

— Ok.

Seguimos em frente. Gostei da cara das ruas. Era meio-dia. Eu ainda estava vivo.

— Escuta — perguntei para ele —, onde tem um bom puteiro? Onde posso achar uma bunda boa, limpa e barata?

— Não sei nada sobre essas coisas.

— *Ah, deixa disso, cara!* — berrei com ele. — Eu pareço um policial? Pareço um cagueta? Pode ser sincero comigo, chapa!

— Não, não estou brincando. Não sei nada dessas coisas. Eu trabalho durante o dia. Talvez um taxista noturno saiba te dizer.

— Ok, acredito em você. Vira aqui.

O velho barraco até que fazia uma boa figura ali no meio de tantos arranha-céus. Meu Plymouth '57 estava coberto de merda de pássaro e com os pneus meio vazios. Eu só queria um banho quente. Um banho quente. Água quente no meu pobre cu. Silêncio. Os velhos programas de corrida. As contas de gás e luz. As cartas de mulheres solitárias longe demais para comer. Água. Água quente. Silêncio. E eu mesmo me espalhando pelas paredes, retornando ao bueiro de minha alma maldita. Dei uma boa gorjeta para ele e subi lentamente pela entrada de carros. A porta estava aberta. Escancarada. Alguém estava martelando alguma coisa. Os lençóis fora da cama. Meu Deus, eu tinha sido assaltado! Tinha sido despejado!

Entrei em casa.

— *Ei!* — gritei.

O senhorio apareceu na sala.

— Ora, não esperávamos que voltasse tão cedo. O tanque de água quente estava vazando e tivemos que tirar. Vamos instalar um novo.

— Quer dizer que não tem água quente?

— Não, não tem água quente.

Ó, bom Jesus, aceito de boa vontade esta provação que achaste justo infligir a mim.

A esposa dele apareceu.

— Ah, eu já ia arrumar a sua cama.

— Tudo bem. Certo.

— Ele deve instalar o tanque de água hoje mesmo. Mas podemos estar sem algumas peças. É difícil conseguir peças aos domingos.

— Tá bom, vou arrumar a cama — falei.

— Eu arrumo pra você.

— Não, por favor, eu faço.

Entrei no quarto e comecei a arrumar a cama. Então lá veio. Corri para a privada. Dava para ouvir o homem martelando o tanque de água enquanto estava sentado ali. Fiquei feliz por ele estar martelando. Fiz um discurso silencioso. Então fui para a cama. Ouvi o casal no apartamento do lado. Ele estava bêbado. Eles estavam discutindo.

— O seu problema é que você não tem nada na cabeça! Não sabe nada! É estúpida! E uma puta, ainda por cima!

Eu estava em casa. Era ótimo. Rolei de barriga para cima. No Vietnã, os exércitos estavam se matando. Nos becos, os mendigos chupavam garrafas de vinho. O sol ainda estava no céu. O sol entrava pelas cortinas. Vi uma aranha andando pelo peitoril da janela. Vi um velho jornal no chão. Havia uma foto de três garotas jovens pulando uma cerca e mostrando pernas compridas. O lugar todo tinha a minha cara e o meu cheiro. O papel de parede me conhecia. Era perfeito. Eu estava consciente dos meus pés e dos meus cotovelos e do meu cabelo. Não me sentia com quarenta e cinco anos. Sentia que eu era como a porra de um monge que acabara de ter uma revelação. Sentia como se estivesse apaixonado por algo que era muito bom, mas eu não sabia bem o que era, só que estava lá. Ouvia todos os sons, os sons de motos e carros. Ouvia cães latindo. Pessoas e risadas. Então dormi. Dormi e dormi e dormi. Enquanto uma planta olhava pela minha janela, enquanto uma planta olhava para mim. O sol continuou a trabalhar e a aranha andou por aí.

confissões de um homem insano o bastante para viver com feras

1.

Lembro de bater uma dentro do closet, depois de calçar os sapatos de salto da minha mãe e olhar minhas pernas no espelho, lentamente subindo o tecido por elas, cada vez mais alto como se espiasse as pernas de uma mulher, e de ser interrompido por dois amigos entrando em casa.

— Sei que ele tá aqui em algum lugar.

Lembro de me vestir e então um deles abrir o closet e me encontrou.

— *Seu filho da puta!* — gritei.

Então escorracei os dois de casa e os ouvi falando enquanto iam embora:

— Qual é o problema dele? Qual a porra do problema dele?

2.

K. tinha sido corista e sempre me mostrava os recortes de jornal e as fotos. Ela quase tinha vencido um concurso de Miss Estados Unidos. Eu a conheci em um bar da Alvarado Street, que é o mais perto de Skid Row que alguém pode chegar. Ela já tinha ganhado peso e idade, mas ainda restavam indícios de sua silhueta e alguma classe, embora só alguns sinais e pouco mais do que isso. Ambos estávamos na merda. Nenhum de nós trabalhava, e nunca vou saber como sobrevivíamos. Cigarros, vinhos e uma senhoria que acreditava em nossas histórias sobre um dinheiro que estávamos para receber, ainda que não tivéssemos nenhum no momento. Principalmente, tínhamos vinho.

Dormíamos a maior parte do dia, mas quando começava a escurecer tínhamos que nos levantar, tínhamos vontade de nos levantar:

K: Merda, bem que eu queria uma bebida.

Eu ainda estaria na cama, fumando o último cigarro.

Eu: Porra, que inferno, desce no Tony's e pega uns vinhos do Porto para a gente.

K: Garrafas das grandes?

Eu: Isso, das grandes. E nada de Gallo. E nada daquele outro, aquele negócio me deu dor de cabeça por duas semanas. E pega dois maços de cigarro. Qualquer marca.

K: Mas só tem cinquenta centavos aqui!

Eu: *Eu sei!* Pega o resto *fiado*; qual o problema, você é *burra*?

K: Ele disse que não vai mais...

Eu: *Ele* disse, *ele* disse — quem é esse cara? *Deus? Dá uma enrolada nele. Sorria! Rebola a bunda para ele! Faz o pinto dele subir!* Leva ele pros fundos, se precisar, só pega o *vinho!*

K: Tudo bem, tudo bem.

Eu: E não volte sem a bebida.

K. dizia que me amava. Ela amarrava laços ao redor do meu pau e fazia um chapeuzinho de papel para a cabeça.

Se voltasse sem o vinho ou só com uma garrafa, eu descia na loja como um louco e rosnava e reclamava e ameaçava o velho até ele me dar o que eu queria, até mais. Às vezes, eu voltava com sardinhas, pão, batatinhas. Foi uma época especialmente boa e, quando Tony vendeu a loja, começamos a fazer o mesmo com o novo dono, que era mais difícil de engambelar, mas acabava cedendo. Isso revelava o que havia de melhor em nós.

3.

Era como uma furadeira, talvez fosse uma furadeira, eu podia sentir o cheiro do óleo queimando, e eles enfiavam aquela coisa na minha cabeça na minha carne e ela perfurava e fazia jorrar sangue e pus, e eu ficava sentado lá, minha alma animal balançando pendurada sobre a beira de um abismo. Ficava coberto de furúnculos do tamanho de pequenas maçãs. Era ridículo e inacreditável. Pior caso que eu já vi, disse um dos médicos, e ele era velho. Eles se aglomeravam ao meu redor como se eu fosse uma aberração. Eu era uma aberração. Ainda sou uma aberração. Eu ia e voltava de bonde da ala de caridade do hospital. As crianças no bonde encaravam e perguntavam para a mãe:

— Qual é o problema daquele homem? Mãe, qual é o problema com a *cara* daquele homem?

E a mãe falava *xiiiiiiuuu*! Aquele xiiiiiiiu era a pior condenação possível, e aí elas deixavam os desgraçadozinhos e as desgraçadazinhas me encararem sobre o encosto dos bancos e eu olhava pela janela e via os prédios passando, e ficava me afogando, nocauteado e me afogando, e não tinha o que fazer. Os médicos, na falta de outro nome, chamavam de acne vulgar. Eu ficava sentado por horas em um banco de madeira esperando minha furadeira. Triste história, hein? Lembro dos velhos prédios de tijolo, das enfermeiras tranquilas e descansadas, da risada dos médicos, uns caras bem de vida. Foi lá que aprendi a falácia dos hospitais — que os médicos eram reis e os pacientes eram lixo e os hospitais existiam para que os médicos pudessem se dar bem, com sua superioridade branca e engomada, e para que pudessem vencer com as enfermeiras também: dr. dr. dr. aperte minha bunda no elevador, esqueça o fedor de câncer, esqueça o fedor da vida. Não somos como aqueles pobres idiotas, nunca vamos morrer; bebemos nosso suco de cenoura e quando nos sentimos mal podemos tomar um remédio, uma injeção, todas as drogas de que precisamos. Piiiu, piiiu, piiiu, a vida vai cantar para nós, nós que somos Tão Importantes. Eu entrava e me sentava lá e eles enfiavam a furadeira em mim. ZIRRRR ZIRRRR ZIRRRR, ZIR, enquanto o sol erguia dálias e laranjas e brilhava através dos vestidos das enfermeiras que deixavam as pobres aberrações malucas. Zirrrrrrr, zirrr, zirr.

— Nunca vi *ninguém* encarar uma agulha assim!
— Olha ele, frio como aço!

De novo uma aglomeração de comedores de enfermeiras, uma aglomeração de homens que tinham casas grandes e tempo de rir e ler e ir a peças de teatro e comprar quadros e esquecer como pensar, esquecer como sentir qualquer coisa. Goma branca e minha derrota. A aglomeração.

— Como se sente?
— Maravilhoso.
— Não acha a agulha dolorosa?
— Vai se foder.
— Quê?
— Eu disse vai se foder.
— Ele é só um garoto. Está amargurado. Não dá pra culpá-lo. Quantos anos você tem?
— Catorze.
— Eu só estava te elogiando pela coragem, pelo jeito como enfrentou a agulha. Você é duro na queda.

— Vai se foder.
— Você não pode falar comigo assim.
— Vai se foder. Vai se foder. Vai se foder.
— Você deveria ser agradecido. Já pensou se você fosse cego?
— Aí eu não teria que olhar pra sua cara de merda.
— O garoto é doido.
— É mesmo, deixa ele em paz.

Era um hospital qualquer e nunca pensei que vinte anos depois eu estaria de volta, novamente na ala de caridade. Hospitais e cadeias e putas: essas são as universidades da vida. Eu tenho vários diplomas. Me chame de doutor.

4.

Eu estava morando com outra mulher. Ocupávamos o segundo andar de um casarão e eu trabalhava. Foi isso que quase me matou, beber a noite inteira e trabalhar o dia inteiro. Eu sempre jogava as garrafas pela mesma janela. Então sempre levava essa janela a um vidraceiro na esquina de casa para arrumá-la, trocar o vidro quebrado. Fazia isso uma vez por semana. O homem me olhava de um jeito muito estranho, mas sempre aceitava meu dinheiro, que para ele parecia um bom negócio. Eu bebia pesado, constantemente, há quinze anos, e uma manhã acordei e lá estava: sangue jorrando da boca e da bunda. Toletes pretos. Sangue, sangue, cascatas de sangue. Sangue fede pior que merda. Ela chamou um médico e a ambulância veio me pegar. Os socorristas disseram que eu era grande demais para carregar pela escada e me pediram para descer sozinho.

— Ok, homens — falei. — Fico feliz em ajudar, não quero que trabalhem demais.

Lá fora, subi na maca; eles abriram a porta para mim e eu entrei como uma flor murcha. Uma flor e tanto. Os vizinhos bisbilhotavam pelas janelas, paravam de andar enquanto eu passava. Eles me viam bêbado a maior parte do tempo.

— Olha, Mabel — disse um deles —, lá vai aquele homem horrível!

— Deus tenha piedade de sua alma! — Veio a resposta.

A velha e boa Mabel. Vomitei um jorro vermelho sobre a beirada da maca e alguém fez OOOOOhhhhhhooooh.

Embora eu tivesse trabalho, não tinha dinheiro nenhum, então lá ia eu de novo para a ala de caridade. A ambulância estava lotada. Eles tinham gavetas lá dentro e havia uma pessoa em cada canto.

— Lotação esgotada — disse o motorista —, vamos.

Foi um percurso horrível. Chacoalhamos, nos inclinamos. Esforcei-me ao máximo para segurar o sangue dentro de mim, já que não queria deixar mais ninguém fedendo.

— Ah — ouvi a voz de uma mulher negra —, não acredito que isso está acontecendo comigo, não acredito, ah, Deus, me ajude!

Deus fica bem popular em lugares assim.

Eles me deixaram em um porão escuro e alguém me deu alguma coisa em um copo de água e foi isso. De vez em quando, eu vomitava um pouco de sangue no penico. Éramos quatro ou cinco lá embaixo. Um dos homens estava bêbado — e era louco —, mas parecia forte. Ele saiu da cama e ficou vagando pelo espaço, cambaleando, caindo em cima dos outros homens, derrubando coisas,

— U uá uás, eu sou uáuá o jobá, eu sou juba sou jumma jubba uásta, sou juba.

Peguei o jarro de água para bater nele, mas o sujeito não veio para perto de mim. Por fim desabou em um canto e desmaiou. Fiquei no porão a noite toda e até meio-dia. Então me levaram para cima. A ala estava superlotada. Puseram-me em um canto escuro.

— Ih, ele vai morrer nesse canto escuro — disse uma das enfermeiras.

— É — falou a outra.

Uma noite, levantei-me e não consegui chegar ao banheiro. Vomitei sangue bem no meio do chão. Caí e estava fraco demais para me erguer. Chamei uma enfermeira, mas as portas da ala eram revestidas com estanho e tinham uns oito a quinze centímetros de espessura, então elas não conseguiram ouvir. Uma enfermeira passava mais ou menos a cada duas horas, para procurar cadáveres. Eles rolavam muitos mortos para fora do quarto à noite. Eu não conseguia dormir e ficava assistindo. Puxavam um cara da cama, o colocavam em uma maca com rodas e cobriam a cabeça dele com um lençol. Aquelas macas eram bem lubrificadas. Eu gritei, sem saber especialmente por que:

— Enfermeira!

— Cala a boca! — disse um dos velhos. — Queremos dormir.

Eu desmaiei.

Quando acordei, todas as luzes estavam acesas. Duas enfermeiras estavam tentando me levantar.

— Eu te avisei pra não sair da cama — disse uma delas.

Eu não conseguia falar. Tambores tocavam na minha cabeça. Eu me sentia esvaziado. Parecia que eu conseguia ouvir tudo, mas não enxergava, só clarões. Mas não sentia pânico ou medo; só uma sensação de espera, de esperar por qualquer coisa e não me importar.

— Você é grande demais — disse uma delas —, senta nessa cadeira.

Elas me puseram na cadeira e me empurraram pelo chão. Parecia que eu não pesava mais do que três quilos.

E então elas estavam ao meu redor — pessoas. Lembro-me de um médico usando um jaleco verde, um jaleco de cirurgia. Ele parecia bravo. Estava falando com a enfermeira-chefe.

— Por que esse homem não recebeu uma transfusão? Ele está com... mililitros.

— A papelada dele passou lá embaixo enquanto eu estava aqui em cima, e aí foi arquivada antes de eu ver. Além disso, doutor, ele não tem crédito de sangue.

— Eu quero um pouco de sangue aqui em cima e quero *agora*!

Quem será esse cara, pensei. *Que estranho. Que estranho para um médico.*

Eles começaram as transfusões — quatro litros de sangue e outro tanto de glicose.

Uma enfermeira tentou me alimentar com batatas, ervilhas e cenouras na primeira refeição. Ela pôs a bandeja na minha frente.

— Caralho, eu não posso comer isso! — exclamei. — Vai me matar!

— Coma — disse ela —, está na sua lista, está na sua dieta.

— Me traz um pouco de leite — falei.

— Coma isso — insistiu ela, e se afastou.

Eu deixei de lado.

Cinco minutos depois, ela entrou correndo na ala.

— *Não coma isso!* — berrou ela. — Você não pode *comer isso*! A lista estava errada!

Ela levou a bandeja e voltou com um copo de leite.

Assim que a primeira bolsa de sangue se esvaziou dentro de mim, eles me puseram em uma cadeira de rodas e me levaram à sala de raio-x. O médico me mandou ficar de pé. Eu não parava de cair para trás.

— *Puta merda!* — berrou ele. — *Você me fez estragar outro filme! Agora fique parado aí e não caia!*

Eu tentei, mas não consegui ficar parado. Caí para trás.

— Ah, merda — disse ele à enfermeira —, leve ele embora.

No domingo de Páscoa, a banda do Exército da Salvação começou a tocar bem embaixo da nossa janela às cinco da manhã.

Eles tocaram uma música religiosa horrível, tocaram mal e alto, e o som me inundou, me atravessou, quase me assassinou. Nunca me senti tão próximo da morte quanto naquela manhã. Estava por um triz, por um fio. Até que eles foram para outra parte da ala e comecei a me puxar de volta em direção à vida. Eu diria que naquela manhã eles provavelmente mataram meia dúzia de prisioneiros com sua música.

Então meu pai apareceu com a minha puta. Ela estava bêbada e eu sabia que ele tinha dado dinheiro para ela comprar bebida e deliberadamente a levara bêbada para me visitar, a fim de me deixar infeliz. Meu velho e eu éramos inimigos de longa data — tudo em que eu acreditava, ele desacreditava, e vice-versa. Ela balançava sobre a minha cama, o rosto vermelho e bêbado.

— Por que trouxe ela assim? — perguntei. — Por que não esperou outro dia?

— Eu disse pra você que ela não prestava! Eu sempre te disse que ela não prestava!

— Você a embebedou e aí trouxe ela aqui. Por que fica me sabotando assim?

— Eu te disse que ela não prestava, eu te disse, eu *te disse*!

— Seu filho da puta, mais uma palavra e vou tirar essa agulha do meu braço e *me levantar e te moer na porrada*!

Ele a tomou pelo braço e eles saíram.

Acho que tinham ligado para eles dizendo que eu ia morrer. A hemorragia continuava. Naquela noite, o padre apareceu.

— Padre — falei —, sem ofensa, mas, por favor, eu gostaria de morrer sem extrema-unção, sem qualquer palavra.

Então fiquei surpreso porque ele cambaleou e balançou de surpresa; foi quase como se eu o tivesse golpeado. Digo que fiquei surpreso porque achei que aqueles rapazes tivessem mais compostura do que isso. Mas, claro, eles também limpam a bunda.

— Padre, fale comigo — disse um velho —, você pode falar comigo.

O homem foi falar com o velho e todo mundo ficou feliz.

Treze dias depois da noite que fui internado, eu estava dirigindo um caminhão e erguendo pacotes que pesavam mais de vinte quilos. Uma semana depois, bebi pela primeira vez — a bebida que diziam que me mataria.

Acho que algum dia vou morrer na maldita ala de caridade. Parece que não consigo escapar dela.

5.

Minha sorte estava uma merda de novo e eu estava ansioso naquela época por causa do excesso de vinho; os olhos desvairados, fraco; deprimido demais para ir atrás do meu quebra-galho habitual e tranquilo trabalhando como empacotador ou armazenista, então fui até a fábrica de processamento de carne e entrei no escritório.

— Eu já não te vi antes? — perguntou o homem.

— Não — menti.

Eu estivera lá uns dois ou três anos antes. Tinha preenchido toda a papelada, as informações médicas e assim por diante, e eles me fizeram descer quatro lances de escada e tinha ficado cada vez mais frio e os pisos estavam cobertos com uma camada de sangue, pisos verdes, paredes verdes. Ele explicara o trabalho para mim — você tinha que apertar um botão e aí, de um buraco na parede, saía um barulho como jogadores de futebol se espremendo ou elefantes caindo, e então vinha... alguma coisa morta, um monte delas, ensanguentadas, e ele me explicou: você pega e joga no caminhão e aperta o botão e outra vem. Então ele se afastou. Quando foi embora, eu tirei o avental, o capacete de metal, as botas (três tamanhos menor que o meu), subi a escada e sumi de lá. Agora eu estava de volta.

— Você parece meio velho demais pro serviço.

— Eu quero me fortalecer. Preciso de trabalho pesado, de um bom trabalho pesado — menti.

— Consegue aguentar?

— Eu sou pura garra. Lutava nos ringues, lutei com os melhores.

— É mesmo?

— Aham.

— Humm, posso ver pela sua cara. Devem ter tido umas lutas difíceis.

— Minha cara não importa. Eu tinha mãos ágeis. Ainda tenho. Tinha que cair de vez em quando, dar um bom show pra eles.

— Eu acompanho o boxe. Não me lembro do seu nome.

— Eu lutava usando outro nome, Kid Stardust.

— Kid Stardust? Não me lembro de um Kid Stardust.

— Lutei na América do Sul, na África, na Europa, nas ilhas, em cidadezinhas de nada. É por isso que tem todas essas lacunas no meu histórico de emprego. Não gosto de colocar boxeador porque as pessoas acham que estou brincando ou mentindo. Só deixo as lacunas e foda-se.

— Tudo bem, venha para o exame médico às nove e meia amanhã e a gente te põe pra trabalhar. Você disse que quer trabalho pesado?

— Bem, se você tiver outra coisa...

— Não, no momento não. Sabe, você parece ter quase cinquenta anos. Será que estou fazendo a coisa certa? Não gostamos de gentinha que desperdiça o nosso tempo.

— Eu não sou gentinha, sou Kid Stardust.

— Ok, garoto. — Ele riu. — Vamos te colocar pra *trabalhar*!

Não gostei do jeito como ele disse isso.

Dois dias depois, atravessei o portão de entrada até um barracão de madeira onde mostrei a um velho o papel com meu nome — Henry Chinaski — e ele me mandou para o cais de carga. Era para eu falar com Thurman. Fui até lá. Havia uma fileira de homens sentados em um banco de madeira e eles me olharam como se eu fosse homossexual ou doido de pedra.

Olhei para eles com o que imaginei ser um desdém tranquilo e disse com a voz arrastada, no meu melhor estilo de marginal:

— Cadê o Thurman. É pra eu falar com ele.

Alguém apontou um cara.

— Thurman?

— Quê?

— Eu trabalho pra você.

— Ah, é?

— É.

Ele olhou pra mim.

— Cadê as tuas botas?

— Botas? Não tenho — falei.

Ele enfiou a mão atrás do banco e me entregou um par, um par velho e duro. Eu as calcei. Mesma história de sempre: três tamanhos menor do que o meu. Meus dedos ficaram esmagados e curvados.

Então ele me deu um avental ensanguentado e um capacete de metal. Enfiei os dois. Esperei ali enquanto ele acendia um cigarro. Ele jogou o fósforo com um floreio calmo e másculo.

— Venha.

Eles eram todos negros e, quando me aproximei, me olharam como se fossem mulçumanos negros. Eu tinha mais de um metro e oitenta, mas eles eram todos mais altos, e se não eram mais altos eram duas ou três vezes mais largos.

— *Hank!* — berrou Thurman.

Hank, pensei. *Hank, como eu. Bom sinal.*

Eu já estava suando sob o capacete de metal.

— Bota ele pra *trabalhar*!!

Jesus Cristo, ah, meu Jesus Cristo. O que tinha acontecido com as noites doces e fáceis? Por que isso não acontece com Walter Winchell, que acredita no *American Way of Life*?* Eu não era um dos alunos mais brilhantes em Antropologia? O que tinha acontecido?

Hank me levou até um caminhão vazio de meio quarteirão de comprimento que estava estacionado no cais.

— Espere aqui.

Então vários dos muçulmanos negros vieram correndo com carrinhos de mão pintados de um branco áspero e encaroçado como cal misturado com merda de galinha. E cada carrinho estava cheio de presuntos que flutuavam em um sangue fino e aguado. Não, não flutuavam no sangue, sentavam-se nele, como chumbo, como balas de canhão, como a morte.

Um dos rapazes pulou no caminhão atrás de mim e outro começou a jogar os presuntos para mim e eu os pegava e jogava para o cara atrás de mim, que se virava e jogava o presunto na carroceria do caminhão. Os presuntos vinham rápido *rápido* e eram pesados e foram ficando mais pesados. Assim que eu jogava um presunto e me virava, outro já estava vindo até mim pelo ar. Eu sabia que eles estavam tentando me quebrar. Logo estava suando suando como se torneiras tivessem sido abertas, e minhas costas doíam, meus pulsos doíam, meus braços doíam, tudo doía e só me

---

* Walter Winchell (1897-1972) começou como artista de *vaudeville* e se tornou jornalista, colunista e radialista, abordando tanto fofocas de celebridades como notícias políticas. Winchell foi um dos primeiros comentaristas a atacar Hitler e organizações nazistas nos Estados Unidos, além de apoiar o movimento pelos direitos civis e denunciar organizações racistas. [N.T.]

restava um último e impossível surto de energia. Eu mal conseguia enxergar, mal conseguia me obrigar a pegar outro presunto e jogá-lo, outro presunto e jogá-lo. Eu estava coberto de sangue e continuava a receber o macio *baque* morto e pesado nas mãos, e o presunto cedia um pouco como a bunda de uma mulher, e eu estava fraco demais para falar: "Ei, qual é o problema com vocês, caralho?". Os presuntos chegando e eu girando, pregado como um homem em uma cruz sob um capacete de metal, e os caras continuam trazendo carrinhos cheios de presuntos presuntos presuntos e por fim todos estão vazios, e fico parado ali balançando e oscilando na luz amarela elétrica. Era noite no inferno. Bem, eu sempre gostei de trabalho noturno.

— Vamos!

Eles me levaram para outra sala. No alto, através de uma abertura grande na parede oposta, havia meio bezerro pendurado, ou talvez fosse um bezerro inteiro — sim, eram bezerros inteiros, pensando bem, tinham as quatro pernas, e um deles saiu do buraco em um gancho, logo após ser assassinado, e parou bem em cima de mim, pendendo bem em cima de mim naquele gancho.

Acabaram de matar ele, pensei, *eles mataram a porra do bicho. Como sabem a diferença entre um homem e um bezerro? Como sabem que não sou um bezerro?*

— Muito bem... *Agora balança!*

— Balançar?

— Isso mesmo. *Dança com ele!*

— Quê?

— Ah, pelo amor de Deus! *George,* vem cá!

George se enfiou embaixo do bezerro morto e o agarrou. *Um.* Ele correu para a frente. *Dois.* Correu para trás. *Três.* Correu bem para a frente. O bezerro estava quase paralelo ao chão. Alguém apertou um botão e todo aquele peso caiu em cima do cara. O peso dos mercados de carne do mundo. O peso das donas de casa fofoqueiras, mal-humoradas, bem descansadas e idiotas do mundo que às duas da tarde estão usando seus roupões, tragando cigarros manchados de batom vermelho e sem sentir quase nada.

Eles me botaram embaixo do próximo bezerro.

Um.

Dois.

Três.

Então ele caiu com tudo em cima de mim. Seus ossos mortos contra os meus ossos vivos, sua carne morta contra minha carne viva, e os ossos e o peso me pressionando, e pensei em uma boceta gostosa sentada à minha frente em um sofá com as pernas cruzadas e eu com uma bebida na mão, falando lenta e certamente até entrar na mente vazia do corpo dela, e Hank berrou:

— *Pendura ele no caminhão!*

Corri até o caminhão. A vergonha da derrota que me foi ensinada nos pátios escolares americanos quando era garoto me disse que eu não podia derrubar o bezerro no chão porque isso provaria que eu era um covarde e não um homem e que portanto não merecia muita coisa, só escárnio e risadas, porque nos Estados Unidos você tinha que se dar bem, não havia saída, você tinha que aprender a lutar por nada, sem questionar, e além disso, se eu deixasse o bezerro cair, talvez tivesse que erguê-lo, e sabia que jamais conseguiria fazer isso. Sem contar que o negócio ficaria sujo. Eu não queria que ficasse sujo, ou melhor — eles não queriam que ficasse sujo.

Corri e o empurrei no caminhão.

— *Pendura!*

O gancho que pendia do teto era cego como o dedão de um homem sem unha. Você empurrava o traseiro do bezerro para trás e tentava perfurar o topo, ficava cutucando a parte de cima no gancho, mas o gancho não entrava. *Caralho!!* Era só cartilagem e gordura, duro, duro.

— *Força! Força!*

Usei minha última reserva de força e o gancho atravessou a carne — era uma visão linda, um milagre, aquele gancho atravessando a carne, o bezerro pendurado lá sozinho, completamente suspenso do meu ombro, pendurado para os roupões e as fofocas dos açougues.

— *Próximo!*

Um homem negro de centro e trinta quilos, insolente, afiado, tranquilo, homicida, entrou e pendurou a carne dele com um único empurrão e abaixou os olhos para mim com desprezo.

— Aqui a gente faz fila!

— Ok, campeão.

Eu saí na frente dele. Outro bezerro me aguardava. Toda vez que carregava um, tinha certeza de que era o último que conseguiria aguentar, mas ficava me dizendo

mais um

só mais um

aí eu

desisto.

Foda-se.

Eles estavam esperando que eu desistisse, dava para ver os olhares, os sorrisos, quando achavam que eu não estava olhando. Eu não queria dar a vitória para eles. Fui pegar outro bezerro. O jogador. Um último esforço do grande jogador fracassado. Fui pegar a carne.

Por duas horas eu continuei, até que alguém berrou:

— *Pausa!*

Eu tinha conseguido. Com um descanso de dez minutos e um pouco de café, eles nunca me fariam desistir. Saí atrás deles em direção ao trailer de almoço. Podia ver o vapor do café se erguendo na noite; podia ver rosquinhas e cigarros e bolos e sanduíches sob as luzes elétricas.

— *Eí, você!*

Era Hank. Hank como eu.

— Que foi, Hank?

— Antes da sua pausa, entre naquele caminhão e o leve até a baia dezoito.

Era o caminhão que tínhamos acabado de carregar, aquele de meio quarteirão de comprimento. A baia dezoito ficava do outro lado do pátio.

Eu consegui abrir a porta e subir na cabine. Ela tinha um banco de couro macio e o assento era tão confortável que eu soube que, se não lutasse contra o sono, logo dormiria. Eu não era motorista de caminhão. Abaixei os olhos e vi meia dúzia de marchas, freios, pedais e coisas do tipo. Girei a chave e consegui ligar o motor. Brinquei com os pedais e marchas até o caminhão começar a se mover e então o dirigi pelo pátio até a baia dezoito, o tempo todo pensando: quando eu voltar, o trailer de almoço vai ter ido embora. Isso era uma tragédia para mim, uma verdadeira tragédia. Estacionei, desliguei o motor e fiquei sentado ali por um minuto, sentindo a maciez deliciosa daquele banco de couro. Então abri a porta e saí. Errei o apoio ou o que quer que deveria haver ali e caí no chão com meu avental ensanguentado e meu capacete de metal como um homem baleado. Não doeu, eu não senti. Levantei-me bem a tempo de ver o trailer de almoço saindo pelo portão e descendo a rua. Eu os vi voltando para o cais rindo e acendendo cigarros.

Tirei as botas, tirei o avental, tirei meu capacete de metal e fui até o barracão na entrada do pátio. Joguei o avental, o capacete e as botas no balcão. O velho olhou para mim.

— Quê? Vai desistir de um emprego *bom* desses?

— Fala pra eles mandaram o meu cheque por essas duas horas pelo correio ou fala pra eles enfiarem no *rabo*, eu tô pouco me fodendo!

Fui embora. Atravessei a rua até um bar mexicano e bebi uma cerveja e peguei um ônibus para casa. O pátio escolar americano tinha me derrotado mais uma vez.

6.

Na noite seguinte, eu estava sentado em um bar entre uma mulher com um trapo na cabeça e uma mulher sem um trapo na cabeça, e era só mais um bar — chato, imperfeito, desesperado, cruel, tosco, pobre, e o pequeno banheiro masculino fedia tanto que dava ânsia de vômito, e não dava para cagar lá, só mijar, e vomitando, virando a cabeça para longe, procurando a luz, rezando para o estômago suportar só mais uma noite.

Eu estava lá fazia umas três horas, bebendo e pagando bebidas para a mulher sem o trapo na cabeça. Ela não era feia: sapatos caros, pernas e bunda boas; logo à beira de desmoronar, mas é aí que elas ficam mais atraentes — para mim.

Comprei outra bebida, mais duas.

— Acabou — falei a ela —, estou liso.

— Você tá brincando.

— Não.

— Tem onde ficar?

— Mais dois dias de aluguel.

— Tá trabalhando?

— Não.

— O que faz da vida?

— Nada.

— Quer dizer, como você se sustenta?

— Eu fui agente de um jóquei por um tempo. Era um bom rapaz, mas o pegaram levando um aparelho de choque pro portão de largada duas vezes e o baniram. Lutei boxe por um tempo, apostei, até tentei criar galinhas. Ficava acordado a noite toda, protegendo elas dos cães selvagens nas colinas, o que era difícil, e aí um dia eu deixei um charuto aceso no galinheiro e incendiei metade delas, além de todos os meus galos bons. Tentei minerar ouro no norte da Califórnia, fui pregoeiro na praia, tentei o comércio, tentei vender a descoberto... nada deu certo, sou um fracasso.

— Bebe — disse ela — e vem comigo.

Aquele "vem comigo" era promissor. Eu bebi e a segui para fora do bar. Subimos a rua e paramos em frente a uma loja de bebidas.

— Agora, fica quieto — disse ela — e deixa que eu falo.

Entramos. Ela pegou um pouco de salame, ovos, pão, bacon, cerveja, mostarda apimentada, picles, duas garrafas de bom uísque, um pouco de aspirina e umas misturas prontas. Cigarros e charutos.

— Ponha na conta de Willie Hansen[*] — disse ela ao vendedor.

Saímos com as coisas e ela chamou um táxi do telefone público na esquina. O táxi chegou e entramos no banco de trás.

— Quem é Willie Hansen? — perguntei.

— Não importa — respondeu ela.

Na minha casa, ela me ajudou a pôr os itens perecíveis na geladeira. Aí se sentou no sofá e cruzou aquelas belas pernas e ficou lá, chutando e girando um tornozelo, olhando para o sapato, aquele belo sapato pontudo. Abri uma garrafa e fiquei lá preparando duas bebidas fortes. Eu era o rei de novo.

---

[*] O episódio dessa seção do conto, sobre Willie Hansen e o passeio de iate, é narrado mais detalhadamente em *Factótum*. [N.T.]

Naquela noite, na cama, parei no meio da transa e olhei para ela embaixo de mim.

— Qual é o seu nome? — perguntei.

— Porra, que diferença isso faz?

Eu ri e continuei.

O aluguel venceu e eu enfiei tudo o que tinha, o que não era muito, na minha mala de papelão, e trinta minutos depois estávamos em uma calçada quebrada, margeando uma loja de peles por atacado, até chegarmos a um sobrado velho de dois andares.

Pepper (era esse o nome dela, ela enfim tinha me contado) tocou a campainha e disse:

— Fica pra trás, só espera ele me ver e, quando a porta abrir, eu empurro e você entra atrás de mim.

Willie Hansen sempre espiava até a metade da escada, onde tinha um espelho que lhe mostrava quem estava na porta, e aí decidia se deveria estar em casa ou não.

Ele decidiu estar em casa. A campainha tocou e segui Pepper para dentro, deixando a mala ao pé da escada.

— Querida! — Ele a encontrou lá em cima. — É *tão* bom te ver!

Era bem velho e só tinha um braço. Passou-o ao redor dela e a beijou.

Então me viu.

— Quem é esse cara?

— Ah, Willie, quero que conheça um amigo meu. Esse é o Kid.

— Oi! — falei.

Ele não respondeu.

— Kid? Ele não parece um garoto.

— Kid Lanny, ele lutava sob o nome Kid Lanny.

— Kid Lancelot — falei.

Subimos para a cozinha e Willie pegou uma garrafa e serviu umas bebidas. Sentamo-nos à mesa.

— Gosta das cortinas? — perguntou ele para mim. — As garotas fizeram para mim. As garotas são muito talentosas.

— Gosto das cortinas — respondi.

— O meu braço está ficando duro, mal consigo mover os dedos. Acho que vou morrer, mas os médicos não conseguem descobrir qual é o problema. As garotas acham que estou brincando, as garotas riem de mim.

— Eu acredito em você — falei.

Bebemos mais umas doses.

— Eu gosto de você — disse Willie —, parece ser um sujeito vivido, parece ter classe. A maioria das pessoas não tem classe. Você tem classe.

— Não sei nada sobre classe — respondi —, mas sou vivido.

Bebemos mais umas e eu fui até a sala de estar. Willie botou um chapéu de marinheiro e sentou-se na frente de um órgão e começou a tocar com seu único braço. O órgão soava muito alto.

Havia moedas de vinte e cinco centavos e de dez e de cinquenta e de cinco e de um centavo espalhadas pelo chão. Não fiz perguntas. Ficamos sentados lá, bebendo e ouvindo o órgão. Aplaudi de leve quando ele terminou.

— Outra noite mesmo, todas as garotas estavam aqui em cima — contou ele. — E aí alguém gritou: *polícia*! E você precisava ver elas correndo, algumas peladas e algumas de calcinha e sutiã, e todas correram lá pra fora e se esconderam na garagem. Foi engraçado pra caramba! Eu fiquei sentado aqui e elas voltaram aos poucos, uma a uma, da garagem. Foi *engraçado* demais!

— Quem foi que gritou *polícia*? — perguntei.

— Eu — disse ele.

Então ele entrou no quarto e tirou as roupas e subiu na cama. Pepper foi atrás e o beijou e falou com ele enquanto eu andava pela sala apanhando as moedas do chão.

Quando ela saiu, fez um gesto para o pé das escadas. Desci para pegar a mala e trouxe-a para cima.

7.

Toda vez que ele colocava o chapéu de capitão pela manhã, sabíamos que iríamos passear de iate. Ele ficava em frente ao espelho, ajustando-o até achar o ângulo certo, e uma das garotas vinha correndo nos contar:

— Vamos passear de iate, Willie está colocando o chapéu!

Foi assim da primeira vez. Ele saiu vestindo o chapéu e o seguimos até a garagem, sem falar uma palavra sequer.

Ele tinha um carro velho, tão velho que tinha um assento de sogra.

Duas ou três garotas entravam na frente com Willie, sentadas no colo uma das outras o melhor que conseguiam — e sempre conseguiam — e Pepper e eu entrávamos no assento de sogra, e ela dizia:

— Ele só sai quando não está de ressaca e quando não está bebendo. O filho da puta não quer que mais ninguém beba, então tome cuidado!

— Inferno, preciso de uma bebida.

— Todos precisamos de uma bebida — disse ela.

Pegou uma garrafinha na bolsa e a destampou, então a estendeu para mim.

— Espere até ele nos ver no espelho retrovisor. Aí, no instante em que ele voltar os olhos pra estrada, tome um gole.

Eu tentei. Funcionou. Depois foi a vez de Pepper. Quando chegamos a San Pedro, a garrafinha estava vazia. Pepper arranjou um chiclete e eu acendi um charuto e saímos do carro.

Era um belo iate. Tinha dois motores e Willie ficou me mostrando como ligar o motor auxiliar caso alguma coisa desse errado. Fiquei ali, sem ouvir, assentindo. Ele estava falando alguma bobagem sobre puxar uma corda para ligar o negócio.

Mostrou-me como erguer a âncora e desamarrá-la do cais, mas eu só estava pensando em outra bebida, e por fim zarpamos, e ele ficou ali na cabine com o chapéu de capitão, pilotando o negócio, com todas as garotas ao seu redor.

— Ah, Willie, me deixa pilotar!

— Willie, me deixa pilotar!

Eu não queria pilotar. Ele deu seu próprio nome ao barco: O WILLHAN. Péssimo nome. Devia ter chamado de A BOCETA FLUTUANTE.

Segui Pepper até a cabine e encontramos mais bebidas, um monte. Ficamos lá embaixo bebendo. Eu o ouvi desligar o motor e ele desceu a escada.

— Vamos voltar — disse ele.

— Por quê?

— Connie está mal-humorada de novo. Tenho medo que se jogue no mar. Ela não quer falar comigo. Só fica sentada, olhando pro nada. Não sabe nadar. Tenho medo de que resolva pular.

(Connie era a garota com um trapo na cabeça.)

— Deixa ela pular. Eu pego ela depois. Dou um nocaute nela, ainda tenho um bom soco, e depois a puxo de volta pro barco. Não se preocupe com ela.

— Não, vamos voltar. Além disso, vocês estão *bebendo*!

Ele subiu. Servi mais algumas doses e acendi um charuto.

8.

Quando chegamos ao cais, Willie desceu e disse que voltava logo. Ele não voltou logo. Não voltou logo. Não voltou por três dias e três noites. Deixou todas as garotas lá. Só foi embora no seu carro.

— Ele é doido — disse uma das garotas.

— É — disse outra.

Mas havia bebida e comida mais do que suficiente no barco, então ficamos e esperamos Willie voltar. Eram quatro garotas, incluindo Pepper. Fazia frio lá embaixo, por mais que você bebesse, por mais cobertores com que se cobrisse. Só havia um jeito de se aquecer. As garotas transformaram a coisa toda em uma piada:

— Agora é a *minha vez*! — exclamava uma delas.

— Acho que me devem um orgasmo — dizia outra.

— Acha que *te* devem um orgasmo? — falei. — E *eu*?

Elas riam. Por fim, eu só não aguentava mais.

Percebi que estava com meus dados verdes e nos sentamos no chão e começamos a jogar dados. Todo mundo estava bêbado e as garotas tinham todo o dinheiro, eu não tinha nada, mas logo ganhei uma boa grana. Elas não entendiam o jogo e eu explicava enquanto jogávamos e mudava o jogo no meio para se adequar às circunstâncias.

Foi assim que Willie nos encontrou quando voltou — apostando e bêbados.

— *Eu não permito apostas neste barco!* — gritou ele do topo da escada.

Connie subiu a escada, jogou os braços ao redor dele, enfiou a língua comprida na sua boca e agarrou o pau dele. Ele desceu a escada sorrindo, pegou uma bebida, serviu bebidas para todos nós, e ficamos sentados lá, conversando e rindo, e ele falou sobre uma ópera que estava escrevendo para o órgão, *O imperador de São Francisco*. Prometi a ele que escreveria a letra para a música e naquela noite voltamos para a cidade, todo mundo bebendo e se sentindo bem. Aquela primeira viagem foi quase idêntica a todas as outras. Uma noite ele morreu e ficamos todos na rua de novo, as garotas e eu. Uma irmã dele na costa leste ficou com cada centavo que ele tinha e eu fui trabalhar em uma fábrica de biscoitos para cachorros.

9.

Eu estava morando em algum lugar na Kingsley Street e trabalhando como empacotador de encomendas para um lugar que vendia luminárias de teto.

Foi uma época bem tranquila. Eu bebia muita cerveja toda noite, muitas vezes me esquecendo de comer. Comprei uma máquina de escrever, uma Underwood usada com teclas que viviam emperrando. Não escrevia nada fazia uns dez anos. Eu me embebedava de cerveja e começava a escrever poesia. Rapidamente acumulei um grande estoque de poemas e não sabia o que fazer com ele. Enfiei tudo em um envelope e mandei para uma revista nova em uma cidade pequena no Texas. Pensei que ninguém aceitaria, mas pelo menos alguém poderia ficar puto, então não seria uma perda de tempo completa.

Recebi uma resposta, recebi duas respostas. Cartas longas. Elas diziam que eu era um gênio, que eu era assombroso, diziam que eu era Deus. Li as cartas muitas vezes e fiquei bêbado e escrevi uma longa carta de volta. Mandei mais poemas. Escrevia poemas e cartas toda noite, eu estava me achando o cara.

A editora, que também era uma espécie de escritora, começou a mandar fotos para mim, e ela não era feia, não era nada feia. As cartas começaram a ficar pessoais. Ela disse que ninguém queria se casar com ela. Seu assistente, um rapaz jovem, disse que se casaria com ela por metade da herança, mas ela disse que não tinha dinheiro, as pessoas só achavam que ela tinha. O assistente mais tarde passou um tempo no hospital psiquiátrico. "Ninguém quer se casar comigo", ela continuou a escrever, "seus poemas vão sair na próxima edição, uma edição toda de Chinaski, e ninguém jamais vai se casar comigo, ninguém, entende, eu tenho uma deformidade, é o meu pescoço, eu nasci assim. Nunca vou me casar."

Eu estava muito bêbado uma noite. "Foda-se", escrevi, "eu me caso com você. Foda-se o pescoço. Eu também não sou tão bonito. Você com seu pescoço e eu com o meu rosto todo arranhado — consigo nos ver andando juntos na rua!"

Mandei a carta e esqueci completamente disso, bebi outra lata de cerveja e fui dormir.

O correio trouxe uma resposta: "Ah, estou tão feliz! Todo mundo olha para mim e diz: 'Niki, o que aconteceu com você? Você está *radiante*, transbordando!!! O que é?'. Eu não contei pra eles! Ah, Henry, *estou tão feliz!*".

Ela tinha enviado algumas fotos, fotos particularmente feias. Fiquei assustado. Saí e comprei uma garrafa de uísque. Olhei as fotos, bebi o uísque. Sentei-me no tapete.

— Ah, meu Deus, ou Jesus, o que eu fiz? O que eu fiz? Bem, vou dizer uma coisa pra vocês, garotos, vou dedicar o resto da minha vida a fazer essa pobre coitada feliz! Vai ser um inferno, mas eu sou duro na queda, e que jeito melhor de morrer do que fazendo *outra* pessoa feliz?

Levantei-me do tapete, não muito confiante quanto à última parte.

Uma semana depois, eu estava esperando na rodoviária, bêbado e esperando a chegada de um ônibus do Texas.

Eles anunciaram o ônibus no alto-falante e eu me preparei para morrer. Via as pessoas chegarem no desembarque e ia comparando com as fotos. E então vi uma loira jovem, de vinte e três anos, boas pernas, passo enérgico, rosto inocente e um tanto esnobe, ousado, achei que daria para chamar, e o pescoço não era ruim de forma alguma. Eu tinha trinta e cinco anos na época.

Fui até ela.

— Você é a Niki?

— Sim.

— Eu sou o Chinaski. Deixa que eu levo a sua mala.

Fomos para o estacionamento.

— Fiquei esperando três horas, ansioso, apreensivo, foi um inferno. Tudo o que deu pra fazer foi tomar umas no bar.

Ela pôs a mão no capô do carro.

— O motor ainda está quente! Você acabou de chegar, seu desgraçado!

Eu ri.

— É verdade.

Entramos no carro velho e fomos para a cidade. Logo nos casamos em Vegas, e precisei de todo o dinheiro que eu tinha para fazer isso e pagar a passagem de ônibus de volta ao Texas.

Subi no ônibus com ela e tinha trinta e cinco centavos no bolso.

— Não sei se papai vai gostar do que eu fiz — disse ela.

— Ah, Jesus, ah, meu Deus — rezei —, me ajude a ser forte, me ajude a ser corajoso!

Ela mordeu meu pescoço e se contorceu e se retorceu até chegarmos à pequena cidade do Texas. Chegamos às duas e meia da manhã e, quando saímos do ônibus, pensei ter ouvido o motorista dizer:

— Quem é esse vagabundo aí com você, Niki?

Saímos na rua e eu disse:

— O que o motorista disse? O que ele disse pra você? — perguntei, remexendo os trinta e cinco centavos que tinha no bolso.

— Ele não disse nada. Venha comigo.

Ela subiu os degraus de um prédio no centro da cidade.

— Ei, aonde você tá indo?

Ela enfiou uma chave na porta e a porta se abriu. Olhei para cima e, entalhada na pedra, havia a palavra PREFEITURA.

Entramos.

— Quero ver se recebi alguma correspondência.

Ela entrou no escritório e revirou uma mesa.

— Que inferno, nenhuma carta! Aposto que aquela *piranha* roubou as minhas cartas!

— Que piranha? Que piranha, querida?

— Eu tenho uma inimiga. Olha, vem comigo.

Descemos o corredor e paramos em frente a uma porta. Ela me deu um grampo de cabelo.

— Aqui, vê se consegue arrombar essa porta.

Eu fiquei lá tentando. Já via as manchetes:

ESCRITOR RENOMADO E PROSTITUTA REFORMADA
INVADEM ESCRITÓRIO DO PREFEITO!

Não consegui arrombar a fechadura.

Voltamos à casa dela, pulamos na cama e continuamos o que tínhamos ensaiado no ônibus.

Eu estava com ela havia uns dois dias quando a campainha tocou às nove da manhã. Estávamos na cama.

— Quem será? — perguntei.

— Vá atender a porta — disse ela.

Enfiei umas roupas e fui até a porta. Um anão* estava parado lá, e de vez em quando ele se tremia inteiro, tinha algum tipo de enfermidade. Usava um chapéu de motorista.

— Sr. Chinaski?

— Que foi?

— O sr. Dyer me pediu para mostrar as terras para o senhor.

— Espere um minuto.

Voltei para o quarto.

— Querida, tem um anão lá fora dizendo que um tal sr. Dyer quer me mostrar as terras dele. Ele é um anão e fica se tremendo todo.

— Bem, vá *com* ele. É o meu pai.

— Quem, o anão?

— Não, o sr. Dyer.

Vesti as meias e os sapatos, e saí na varanda.

— Ok, colega — falei —, vamos lá.

Rodamos toda a cidade e saímos para a estrada.

— O sr. Dyer é dono daquilo. — O anão apontava e eu olhava.

— E o sr. Dyer é dono daquilo também. — E eu olhava.

Eu não dizia nada.

— Todas aquelas fazendas — disse ele —, o sr. Dyer é dono de todas aquelas fazendas e os deixa trabalharem na terra, e eles dividem meio a meio.

O anão levou o carro para uma floresta. Apontou.

— Está vendo o lago?

— Aham.

— Tem sete lagos lá, cheios de peixes. Está vendo os perus andando ali?

---

* O termo usado no original, "*midget*", é um termo ofensivo para se referir a pessoas com nanismo. [N.E.]

— Aham.

— São perus selvagens. O sr. Dyer aluga tudo isso a um clube de pesca e caça que toma conta do lugar. Claro, o sr. Dyer e qualquer amigo dele pode ir lá quando quiser. Você pesca ou caça?

— Atirei bastante na minha época — falei a ele.

Seguimos em frente.

— O sr. Dyer estudou nessa escola.

— Ah, é?

— Sim, naquele prédio de tijolos ali. Agora comprou-o e transformou em um tipo de monumento.

— Incrível.

Voltamos à cidade.

— Obrigado — disse eu.

— Quer que eu volte amanhã de manhã? Tem mais para ver.

— Não, obrigado, não precisa.

Entrei em casa. Eu era o rei de novo...

E é bom concluir por aqui em vez de contar como eu perdi tudo aquilo, embora envolva um turco que usava um alfinete roxo na gravata e tinha bons modos e muita cultura. Eu não tive chance. Mas o turco sumiu também, e a última coisa que fiquei sabendo dela é que estava no Alasca casada com um esquimó. Enviou-me uma foto do seu bebê, e disse que ainda estava escrevendo e muito feliz. Eu disse a ela: "Aguenta firme, querida, que esse mundo é louco".

E isso, como dizem, foi o fim.

Nota da tradutora

Ler *Ao sul de lugar nenhum* é mergulhar em diferentes facetas da obra de Bukowski, desde seu material autobiográfico, especialmente sob o alter ego Chinaski, até incursões no surreal e no fantástico. Com mais de duzentos contos publicados ao longo da carreira, de 1946 a 1990, nesta coletânea Bukowski nos introduz à quintessência de sua escrita: franca, mordaz, satírica e simples só na superfície.

Apesar — ou por causa — de seu estilo direto e economia de linguagem, vários desafios se apresentaram na tradução. As frases curtas e descrições objetivas pelas quais é mais conhecido dividem espaço com longos diálogos e digressões narrativas, repletas de conectivos e, às vezes, sem pontuação. Tentei reproduzir o ritmo sempre que possível, embora tenha precisado fazer algumas concessões ao português.

Também são muitas as repetições ao longo dos textos, as quais, longe de indicar limitação, escondem uma riqueza de ecos e sugestões que nem sempre foi possível preservar — fosse porque não havia jeito de englobar todos os sentidos de uma palavra, fosse porque priorizei a tão almejada naturalidade na língua de chegada. Alguns exemplos: em "Solidão", ao longo da conversa entre Edna e Joe, a palavra *"nice"* é usada quatro vezes, criando um contraste com o clima cada vez mais desconfortável e opressivo da cena; no final de "Nheco-nheco com a cortina", Baldy justifica seu assédio à dançarina dizendo que ela é *"hot"*, palavra que pode ter o sentido mais comum no inglês contemporâneo de "gostosa", mas também "sexualmente excitada ou receptiva", como ele sugere em seguida ao afirmar que "ela tá querendo" (*"hot"* aparece também no título de "O diabo era quente", tendo aí ambos esses sentidos e ainda o mais literal, uma vez que o personagem queima ao toque); em "Você e sua cerveja e como você é incrível", a palavra *"split"* — o termo para a decisão dividida no boxe — é também usada ao final do conto para relatar que o casal se separou; em "Nenhum caminho para o paraíso", a expressão *"make it"* é empregada tanto como uma gíria para fazer sexo quanto no sentido de ter sucesso em algo, no caso, um relacionamento; em "Confissões de um homem insano o bastante para viver com feras", os termos *"had it"* (ter, segurar) e *"had it for"* (ter ódio de algo ou alguém) aparecem na descrição do horrível processo de enganchar os bezerros mortos; e nos contos "Dois bebuns" e "Os assassinos", a palavra *"quit"* pode ter tanto o sentido de "desistir" como "demitir-se", ambos funcionando bem em contexto, dado que tantas vezes em Bukowski o trabalho exaustivo e enfadonho caminha ao lado da desesperança. Como sempre é o caso quando traduzimos, foi preciso optar por uma interpretação, inevitavelmente levando à perda de alguns desses sentidos e sutilezas.

Outro elemento é o uso de nomes que representam ou evocam características dos personagens. Em "Solidão" temos o sr. Lighthill, à procura de mulheres gordas; em "Um homem", a protagonista Constance, como sugere o final do conto, realiza um movimento constante entre os dois homens com quem se relaciona; em "Pare de encarar os meus peitos, senhor", o nome da atraente Honeydew sugere a doçura da melada e os seios grandes como melões; e em "Como os mortos amam", quando o narrador nos diz que há "vários Dicks" no bairro, claramente refere-se não apenas ao apelido do nome Richard, mas também aos significados populares do termo: "pênis" e "babaca". A tradução de nomes é uma questão muito debatida, exigindo uma análise caso a caso. Preferi manter alguns deles no original para preservar a autenticidade da ambientação, embora com isso algumas dessas brincadeiras possam não ser notadas à primeira vista.

O humor, por sinal, é um dos aspectos mais notáveis em Bukowski, muitas vezes acompanhado de vulgaridade, crueza e violência. Inspirado em suas próprias experiências, ele escrevia sobre os *outsiders*, grupo do qual fazia parte, sem cair em sentimentalidades quanto ao cotidiano feio, tedioso e desumanizante daqueles que foram excluídos — ou se afastaram voluntariamente — da sociedade. Para fazê-lo, empregava uma linguagem visceral, pornográfica e escatológica, repleta de gírias e palavrões. Foi preciso buscar soluções para essa coloquialidade que não soassem nem tão antiquadas que perdessem a graça, nem tão contemporâneas que parecessem estranhas a seu momento histórico.

Por fim, é preciso apontar que esses textos trazem uma profusão de termos racistas, homofóbicos e misóginos. Acredito que não cabe a quem traduz suavizar a expressão de um autor, e tentar fazê-lo aqui seria desvirtuar completamente a proposta de Bukowski. Assim, não tentei contornar esses aspectos menos palatáveis — também porque isso desbotaria os contrastes e contradições que o tornam um escritor tão interessante. Por exemplo, embora infame pelas descrições objetificadas e sexualizadas de mulheres (algo já criticado em sua época, quando grupos feministas até iam a suas leituras vaiá-lo), ao longo destes contos — e de sua obra em geral — essa representação varia, coexistindo com momentos mais delicados, enquanto os homens são muitas vezes expostos como violentos, covardes e patéticos. Reproduzir um extremo realça o outro.

Bukowski é inegavelmente um dos grandes nomes da contracultura estadunidense — um escritor para quem a vida era arte e vice-versa, incorporando o movimento *beat* talvez mais do que aqueles que se identificavam de fato com ele. Sua exploração de classe, isolamento social, alcoolismo, machismo e pobreza, sua crítica da lógica de trabalho capitalista e a exposição da falácia do "sonho americano", assim como seus aspectos mais polêmicos e objetáveis, continuarão fascinando leitores por muito tempo. Espero que esta experiência de leitura contribua para isso.

Isadora Prospero é editora, escritora e tradutora.

A luz inútil

Charles Bukowski e seus escritos são as sobras de uma América que nunca se esforçou para oferecer algo aos desvalidos. Ler este autor polêmico hoje é entender que o mundo também é o avesso do que pensamos ser certo. Em *Ao sul de lugar nenhum,* vemos como a solidão o acompanhou e foi um tema central na sua obra. A solidão, inclusive, como consequência do fim da Primeira Guerra Mundial, em 1918, e da Grande Depressão, uma forte recessão econômica causada pela falta de regulação da economia e pela bolha de especulação, gerando a quebra da bolsa de valores de Nova York em outubro de 1929 e revelando as veias de um país corrupto que esvazia relações, precariza o trabalho e deseja ser grande pisando na cabeça dos ferrados.

O título desta coletânea reflete a desorientação americana, o lugar de uma bússola quebrada, sem direção. Afinal, como ter sentido depois do apocalipse? Neste período, os Estados Unidos lidavam com o que havia de pior do capitalismo — se é que há um melhor. Bukowski, um romântico atormentado, precisou viver nestes tempos em que o amor era cifrão, e, o caos, a única moeda de troca. Como método de sobrevivência, tornou-se monstruoso, um bicho que implorava por amor através de grunhidos. Por isso, assusta tanto, choca, provoca asco e raiva, mas é importante vermos de perto aquilo que amedronta.

Porque a vida é isso, não só afagos.

Bukowski, de seu jeito mal iluminado, insiste no amor. Esta característica, somada à solidão, é essencial para entender sua obra. A solidão e a busca pelo amor como um pedido de resgate, no qual ermos, viciados, veteranos de guerra, desempregados, prostitutas, depressivos, pugilistas, bandidos e mendigos parecem querer achar um fio de esperança no cabelo de um cadáver.

Neste livro, tal busca é visível em diversos momentos. Vemos no texto que o abre, "Solidão", em que um homem busca uma namorada colando em uma janela um papelão escrito PROCURA--SE MULHER, descrevendo-se logo abaixo e atraindo a atenção de Edna, mulher tão solitária quanto ele. Assim como em "Amor por dezessete e cinquenta", no qual o protagonista se apaixona por uma manequim que comprou em uma loja de antiguidades. Textos, como outros tantos, que são autobiografias não apenas de Bukowski, mas de muitos outros desse período da América em que afogados buscam salvar ou afogar outros afogados.

Sobre essa aridez violenta e melancólica do autor, vale ressaltar que muitas críticas recentes à sua obra são válidas, mas deixar de lê-lo não me parece ser. Ler Bukowski é entender não apenas um recorte histórico, mas as nossas próprias possibilidades e impossibilidades. É a história vista por baixo, o lado errado da rua, as esquinas nunca habitadas, os apartamentos com móveis surrados e mofados, o que está embaixo do tapete da avó, os perdedores que nunca terão uma chance e, caso tenham, nunca conseguirão chegar lá, onde quer que lá seja.

Assim, como esperar que pessoas que vivem nesse contexto sejam afáveis? Que não xinguem e que respeitem as diferenças entre si e o mundo? Elas são sombras, mais mortas do que vivas;

querem viver, mas parece que algo — a sociedade, o país, o sistema — as puxa para a vala. São sombras em ruínas abandonadas, crias de uma fábrica tóxica que expele veneno e desigualdade 24 horas por dia. A relação de pessoas tão perdidas quanto o meio em que vivem, consequência de uma Guerra Mundial e de uma América destruída por dentro, é visível nos textos "Lembra-se de Pearl Harbor?" e "Algo sobre uma bandeira vietcongue".

Foi por meio dessas questões que me aproximei de Bukowski na adolescência. Sempre me senti um excluído na juventude, seja por ser negro e pelo racismo que me atravessou e me atravessa, seja pelas inúmeras mudanças que fiz em momentos chave da vida, fazendo com que eu fosse sempre o estranho a chegar à sala de aula, invadindo o ano letivo alheio com minha cara esburacada de intelectual. Bukowski acabou se tornando um autor importante em momentos assim: eu conseguia entender aquela raiva, aquela frustração, de onde vinham tanto veneno e ódio. Eu o lia sem o defender ou desejar conhecê-lo — continuo não o defendendo e definitivamente não gostaria de conhecê-lo, mas isso não é mérito do Buk; a maioria dos escritores de que gosto, eu não gostaria de conhecer — porém, via ali um projeto literário.

Seja na poesia ou na prosa, o velho safado tinha o que dizer, e isso é que importa para não invalidar sua leitura. Jogar a verdade na página em branco, sem medo, já deve ser algo que merece ser visto.

Enfim, a minha relação com ele foi se esvaindo com o tempo. A idade chegou e outros autores passaram a conquistar minha atenção, tomando seu lugar, mas muito do que produzo na ficção tem esse tom de desespero que me marcou tanto nos escritos dele. Nesta coletânea, pude sentir isso novamente em textos como "Nenhum caminho para o paraíso", "Assassino de aluguel" e "Sem pescoço e ruim pra cacete", entre outros.

Foi quase como voltar à adolescência e sentir aquela aura de afogamento diário que me fazia sair de casa sem querer voltar. É a escrita como ruído, como a última saída. Voltar a ler Bukowski me leva a lembrar de por que foco tanto nos *outsiders* em minha escrita; é a luz que mais apaga do que acende, é entender que o mundo do outro lado da ponte não é colorido. Infelizmente, eu gostaria que fosse. Ninguém quer ser ferrado, mas a vida em uma sociedade desigual não tem um sistema de iluminação grande o bastante para todo mundo, só para aqueles que podem pagar por sua instalação. E Bukowski escreve sobre esses que não podem pagar.

Nunca me interessei por vencedores, mas por aqueles que perderam e aprenderam a viver mesmo assim.

Buk conseguiu expor, com a sua caneta quebradiça, os derrotados e suas rugas, contradições e amarguras. Por conta disso, é importante dissecarmos as linhas dele para acessar esta América e, por que não, este mundo tão desigual e solitário. Não digo que é fácil nem que concordo. A linguagem e os temas, além do modo como ele colocava muito de si nos textos, deixam claro que o escritor era uma pessoa extremamente ferida, mal resolvida — consequência de tudo o que já falei acima.

Mas o que se pode fazer com isso?

Os postes que iluminavam Bukowski são os que nos iluminam. Os desajustados vivem sob o mesmo teto que a gente, assim como as feras. Não estamos à parte dessas atrocidades e tristezas infindáveis, estamos dentro disso tudo. Estamos ligados como um fio de cobre eletrocutado às tragédias de ontem, de hoje e de amanhã. O sul de lugar nenhum é aqui, agora, e virar a cara não vai fazer com que ele deixe de existir. Resta lê-lo.

Bruno Ribeiro é escritor e mestre em Escrita Criativa pela Universidad de Tres de Febrero. Foi finalista do Prêmio Jabuti.

Este livro foi impresso em 2024, pela Lisgráfica, para a
HarperCollins Brasil. O papel do miolo é pólen
natural 80 g/m².